Jürgen Kaizik

Ich und der Andere

Roman

braumüller

Bibliografische Information der Deutschen Nationalbibliothek
Die Deutsche Nationalbibliothek verzeichnet diese Publikation in der Deutschen Nationalbibliografie; detaillierte bibliografische Daten sind im Internet über http://dnb.d-nb.de abrufbar.

1. Auflage 2021

Servitengasse 5, A-1090 Wien
www.braumueller.at

Lektorat: Johann Auer
Cover basierend auf: © Pablo D. Flores, Public domain, via Wikimedia Commons
Druck: Buch Theiss GmbH, A-9431 St. Stefan im Lavanttal
ISBN 978-3-99200-293-1

Irgendeine heimliche Bombe trägt jeder bei sich. Die Glücklicheren nehmen sie unbeschädigt mit ins Grab. Andere sterben spektakuläre Tode. Und wieder andere warten immerzu, ohne je zu erfahren, worauf. Rundum liegen die Funkenfänger bereit, und wenn eines der Zündschnürchen zu brennen beginnt, gibt es keine Rettung mehr. Plötzlich glaubst du an Gott oder verliebst dich oder hast sonst eine großartige Idee. Das Flämmchen kriecht weiter. Ein glühender Punkt, der nur manchmal leise zischt. Wenn die Glut ihr Ziel erreicht hat, singt und strahlt alles um dich. Den anderen aber fliegt deine Existenz um die Ohren, und innerhalb deines Lebenskreises bleibt kein Stein auf dem anderen.

1

Als ich an jenem schwülen Abend, kurz bevor der Sommer der Revolte die Westküste der USA erreichte, das *London Fog* betrat, hatte ich keine Ahnung, dass mich dort bereits mein Schicksal erwartete. Aber: Hätte ich mich warnen lassen? Ich wartete doch auf nichts anderes, seit ich von zu Hause davongelaufen war, und das war mehr als drei Jahre her. Augenblicklich legte sich der Dampf schwitzender Menschen auf mich wie eine zweite Haut. Unter meinen Füßen spürte ich den Aufruhr der Unterwelt – und wusste zugleich, es war bloß das banale Bassbrummen einfallsloser Musik. Mühsam drang das Licht weniger Scheinwerfer durch die Rauchschwaden, um die kleine Bühne im Hintergrund aus der Dämmerung herauszuheben. Dennoch galt das Fog als Geheimtipp, war es doch einer der wenigen Musikschuppen in L.A., wo unbekannte Bands sich ausprobieren durften, in der Hoffnung auf den großen Coup. Selbstredend ohne Gage, aber immerhin brauchte man hinterher die Getränke nicht zu bezahlen. Trotz seiner Lage am *Sunset Strip* war es nicht mehr als ein schäbiges englisches Pub. Eng und hoch wie das Verlies einer Burg. Hinter der Bühne roch es meist nach verschüttetem Bier, schlechtem Shit, manchmal nach Pisse, wenn sich ein paar Tage lang niemand die Mühe gemacht hatte, die Toiletten zu reinigen. Auf der Bühne produzierten sich im Moment ein paar Dilettanten mit Songs, an denen nur die Lautstärke bemerkenswert war. Unsere eigene Show sollte erst in wenigen Minuten beginnen. Eine von Sprüngen durchzogene Schultafel kündigte uns an: The Doors, nine p.m.

An der Bar waren noch Stehplätze frei, die Stimmungskurve tendierte gegen null. Während ich ein Bier trank, taxierten meine Blicke die Ausgangslage. Das Publikum war das übliche. Mädchen tanzten miteinander, zeigten Körper und Beine, während die Männer ihnen zusahen. Im Hintergrund brachten meine Kumpels inzwischen ihre Instrumente in Stellung und zogen die Kabel der anderen aus den Verstärkern, was mit höhnischem Beifall belohnt wurde. Unser Selbstbewusstsein war robust, wenn auch ohne befestigte Grundlage. Seit einigen Wochen nannten wir uns „The Doors".

Privat waren wir mehr oder weniger normale Ex-Studenten, hatten die Filmhochschule absolviert und waren entschlossen, die Welt der Erwachsenen auf den Kopf zu stellen. Über das Wie stritten wir heftig und nächtelang. Zur ersten Vorbereitung stopften wir allerlei Zeug in uns hinein. Drogen, je nach Angebot, oder Alkohol, beides nur, um unseren Horizont zu erweitern. Dazu passend neue und ältere Literatur. Von Nietzsche über Camus bis zu Kerouac, Celine und vielen anderen. Immer gierten wir nach Erfahrungen, die wir selbst noch nicht gemacht hatten. Die alte, morsche Welt sollte ausradiert werden. Als Publikum wünschten wir uns Rebellen gegen jede Art von Zwang, Tabubrecher, coole Extremisten, Ekstatiker, Liebende. Zum Glück stammten zumindest wir vier aus Familien, die genug Geld im Big Business oder im Krieg verdient hatten. Selbst im Notfall würde keiner von uns in der Gosse landen. Das machte uns mutiger als jene, die arm auf die Welt gekommen waren, um sie später ebenso arm wieder zu verlassen. Zugleich schämten wir uns und schwiegen darüber. Mich nannten alle Jim, obwohl ich eigentlich James hieß und einen ziemlich berühmten Namen trug, den meines Vaters nämlich, von dessen Großtaten sogar die Zeitungen berichteten. Bald hatte ich mein zweites Bier in der Hand und schlenderte betont locker dem Auftritt entgegen. Ein paar Fans klatschten. Das war fast peinlich, weil es noch so wenige waren, und linderte doch meine Aufregung, die ich verbergen wollte.

Genau in diesem Augenblick, bevor die Show losgehen hätte können, entdeckte ich diesen Typen. Das heißt, ich entdeckte ihn nicht, sondern etwas an ihm fuhr mir in die Augen und von da unmittelbar in den Magen, wo es feststeckte, während er mich keines Blickes würdigte. Vielleicht ein Lehrer, schoss es mir durch den Kopf. Lehrer waren mir schon als Kind auf den Geist gegangen. Ausnahmen mag es geben, aber in meinem persönlichen Bestiarium bewohnen sie die untersten Plätze. Altmodisch gekleidet wie die meisten von ihnen, hockte er da, eine abgenutzte Ledertasche neben sich, eine Wolke von Schwermut um sich, kaum älter als ich. Ein Lehrer, der keine gute Zeit hinter sich hatte? Vielleicht. Mir sollte es egal sein, aber warum konnte ich meinen Blick nicht von ihm abwenden? So etwa musste es einem Voyeur gehen, wenn seine Augen, wie von Gott dazu verdammt, an einem Frauenkörper kleben blieben. Andererseits: Für einen Lehrer hatte er viel zu lange Haare. Also doch bloß irgendein Landstreicher? Einer, der sich hereinverirrt hatte, aus Sehnsucht nach anderen Menschen? Oder aus Scheu vor der Welt dort draußen? Wie von einem anderen Stern gefallen, saß er da. Dann griff er nach seiner Tasche und zog ein Heft heraus. Schlug es auf und schrieb etwas hinein. Also doch ein Lehrer! War er etwa hierhergekommen, um Schulhefte zu korrigieren? Eine Provokation! Kann man so einen nicht einfach hinausschmeißen? In diesem Moment wurde mir bewusst, dass ich viel zu lange schon auf einem Platz stehengeblieben war. Mein Magen rebellierte immer noch. Die anderen auf der Bühne hatten inzwischen ihre Gitarren gestimmt und einige Riffs hingelegt, John wirbelte herausfordernd mit seinen Drumsticks. Höchste Zeit, meinen Platz einzunehmen. Ich war der Sänger. Auf mich würde es ankommen. Unter dem Druck der ersten Akkorde gab der Kloß in meinem Magen nach, die Bahn für meine Stimme wurde frei. Sie klang nicht so sexy wie die von Elvis Presley zehn Jahre zuvor, aber sie klang, und auch von meinem Körper ging Kraft aus, das spürte ich an den Blicken und daran, wie sie an mir herumfingerten.

Unsere Musik war eine Mischung aus Mystik und softer Pornografie, eine von Robbies Gitarrenexzessen vorangetriebene Reise an die Ränder der Nacht, bereit für Liebe und Tod, begleitet von meinen Ausbrüchen und den Zauberklängen aus Rays elektrischer Orgel. „Psychedelisch“, nannten wir das, und hielten es für unsere Erfindung. Der Rock ’n’ Roll der Sechzigerjahre plus etwas Neuem, das wir selbst nicht in Worten ausdrücken konnten. Die Texte an diesem Abend waren eher harmlose

Reimereien, die mir in der vergangenen Nacht eingefallen waren und in denen sich Schwanz auf Tanz reimte und so weiter. So etwas hatte ich schon als Kind gern gedichtet, um die Erwachsenen zu verblüffen, was meistens gelang, auch wenn ich oft genug statt Applaus Ohrfeigen geerntet hatte. So war ich schon früh zum Märtyrer meiner Aufrichtigkeit geworden. Die Obszönitäten machten mir trotzdem Spaß, ohne dass ich mir viel dabei dachte. Für Gedichte, wie ich sie früher geschrieben hatte, fühlte ich mich zu alt, und meinen Sehnsüchten war ich mit ihnen nicht näher gekommen. Irgendwo auf halber Strecke ging mir regelmäßig der Witz aus, dann wurde es dunkel – und die Dunkelheit machte mich unsicher. Am liebsten und ausdauerndsten sang ich Bluesballaden. Lange Trips durch dämmrige Seelenlandschaften, die keinen Anfang hatten und auch kein Ende. Alles mündete in einen Groove, auf den Verlass war, wir hatten es oft ausprobiert. Anfangen und spielend abwarten, wohin die Töne dich führen. Das geht wie beim Sex, ganz von allein. Man muss bloß das Ende hinauszögern, bis es keiner mehr aushält.

An diesem Abend war ich es, der es nicht aushielt. Der Typ in seinem Winkel nervte, umso heftiger, je mehr ich ihn zu ignorieren versuchte. Arrogant wie die meisten dieser gottverdammten Lehrer hockte er da, in seine Arbeit versunken. Keine zehn Meter vor mir kritzelte er in ein Heft und beachtete mich nicht, egal, was wir auf der Bühne trieben. Er schrieb, kritzelte, strich durch, biss in seinen Stift, schrieb weiter. Als wäre er allein auf der Welt. Schlimmstenfalls korrigierte er tatsächlich die Aufsätze seiner Schüler. Schräg hinter ihm lümmelte ein Mädchen, das meine genervten Blicke auf sich bezog. Sie antwortete darauf mit einem Lächeln, das tief aus ihr zu kommen schien. Unter ihrem zu weiten Hemd war sie nackt, das war nicht zu übersehen. Man konnte ihre Brüste erkennen, wie sie sich gegen den Stoff drückten, zu mir her. Um mich von dem Lehrer abzulenken, schenkte ich ihr einen Blick und fuhr mit einem Finger über meine Lippen. Sie griff sich zwischen die Beine und bewegte ihre Hand dort unten auf und ab. Er aber, der Lehrer, schrieb weiter in sein Heft und merkte nichts von alledem. Spürte nichts von den Wellen der Erregung zwischen hier und dort. Schrieb. Ohne Ankündigung ließ ich einen ekstatischen, langgezogenen Schrei los. Das war ein erprobtes Mittel, das Publikum aus seiner Lethargie zu reißen, diesmal mehr noch ein Notschrei, um mir Luft zu verschaffen. Ray, an den Keyboards, schien zu ahnen, was mit mir los war. Mit einem imposanten Orgelsolo, das wie ein Präludium von Bach begann und sich Takt um Takt in eine rockige Tokkata verwandelte, verschaffte er mir ein wenig Luft. Tatsächlich hob nun auch dieser Kerl seinen Kopf und warf einen Blick auf die Bühne. Einen müden Blick, der ebenso der puren Störung gelten mochte wie unserer Musik. Gleichmütig glitt dieser Blick über mich hin und wieder zurück in sein Heft, ohne anzuhalten. Aber der Ausdruck seiner Augen enthüllte mir sein Urteil. Kein Zweifel, für ihn war ich gleich null. Seine Verachtung traf mich wie ein Faustschlag, und gleich darauf fühlte ich mich wanken. So musste sich ein Boxer fühlen, wenn der Ringrichter zu zählen beginnt.

... fünf, sechs, sieben ...

Mit seinem Bottleneck zog Richie zärtlich über die Saiten der Gitarre, während seine Linke das Griffbrett quälend langsam rauf und runter fuhr. Das klang wie die Klagen Verstorbener oder wie die Schreie des Totenvogels. Dann legte er plötzlich los, ließ die Anfangsakkorde meiner Lieblingsnummer explodieren. Mit ihnen begann, was, wie gewohnt, zum Hit des Abends werden sollte.

... acht, neun ...

Ich wusste nicht weiter. Wankte. Der Text, den ich selbst geschrieben hatte, mein bester Text überhaupt, war wie weggeblasen, kein Wort fiel mir ein. Die Panik wuchs weiter, der Text blieb, wo er war, im Nirwana. Nach einer gefühlten Ewigkeit rettete ich mich durch einen Sprung von der Bühne. Von außen sollte es aussehen, als hätte ich einfach die Lust verloren weiterzumachen. Eine Starallüre von einem, der leider längst noch kein Star war. Während in meinem Schädel noch die Blitze zuckten, beruhigte ich mich ein wenig und meine Instinkte führten mich auf dem kürzesten Weg zur Bar zurück. Ich hatte die Nase voll von diesem Abend. Auf der Bühne war es Ray, der mich rettete. Dank seines freundschaftlichen Mitgefühls hatte er bereits den Grund meines Blackouts im Auge. Zwar wäre ihm nicht eingefallen, an meiner Stelle zu singen, aber immerhin spielte er die fehlende Gesangsstimme mit der linken Hand, während die rechte in Variationen schwelgte, als müsste das alles genau so sein. Die anderen sprangen ihm bei und warfen besorgte Blicke in meine Richtung. Dann war die Show vorbei, ohne dass sie richtig stattgefunden hatte. Der übliche Applaus, bloß ein wenig schwächer als sonst, ebbte rasch ab und verwandelte sich in das übliche Gerede, wenn das Publikum zu müde oder zu betrunken war, um noch einen klaren Gedanken fassen zu können. Ganz anders ich. Drogen aller Art dienten mir nie zur Betäubung. Im Gegenteil. Sie eröffneten Wettkämpfe zwischen meinem kritischen Kopf und den Visionen meiner Fantasie. Wenn die Funken stoben, jubelte ich. Ein Gefühl, als könnte man fliegen. Diesmal aber ging es um etwas anderes. Mir war eine peinliche Niederlage zugefügt worden, und ich wollte verhindern, dass sie das letzte Wort an diesem Abend bleiben sollte. Kampfbereit drängte ich mich durch die Menge, um ihn, den Störer, den Lehrer, den Herausforderer, herauszufordern. In Griffweite baute ich mich vor dem Typen auf und fixierte ihn, wie er in seine Arbeit versunken war. Zu meiner Verblüffung blickte er aber im nächsten Augenblick auf und lächelte mich gar nicht unfreundlich an, als wären wir schon länger miteinander bekannt. Ich schnitt ihm eine Grimasse. Er lächelte versöhnlich.

„Du trinkst zu viel! Das macht dich unsicher", flüsterte er dann, und seine Stimme klang so sanft und freundlich, dass ich die Worte nicht gleich verstand, auch versteckte er seinen Mund beim Reden ein wenig hinter seiner vorgehaltenen Hand, als ob der dichte Rauch hier ihn zum Husten reizte.

„Gleichzeitig aber … kann auch sein, du trinkst zu wenig …"

„Was?"

„Das macht dich unsicher. Wenn schon, denn schon. Man muss aufs Ganze gehen, wenn man das Ganze will."

Stotterte er etwa? Oder kam es mir nur so vor? In meinen Ohren redete er so umständlich wie ein Lehrer, der alles besser wissen wollte.

„Lehrer sind hier am falschen Ort zur falschen Zeit! Verstehst du das? Es genügt, wenn ihr den Kindern in der Schule das Leben vermiest."

Jetzt schien es an ihm, überrascht zu sein. Er schwieg, ich hatte sogar den Eindruck, er schwieg betroffen. Wie um das Gespräch zu beenden, fügte er dann hinzu, dass er unseren Auftritt nicht hatte stören wollen. Mit diesen Worten wandte er seine Aufmerksamkeit wieder dem Heft zu.

Jetzt stand ich da wie abgeblitzt. Das Mädchen im halboffenen Hemd hatte meine Annäherung bemerkt, meine Zurückweisung aber missverstanden. Aufmunternd hielt sie mir den Joint entgegen, an dem sie gerade noch hingebungsvoll gesogen hatte. In ihren Augen glänzte es feucht, und ihre Wangen färbten sich. Als hätte ich Beistand nötig, stellte sie sich an meine Seite. Die Einladung nahm ich dankend an. Der Stoff war gut, und tief sog ich den Rauch in meine Lungen. Fast augenblicklich hellte sich meine Stimmung auf, und ich beschloss, den Lehrer nicht so einfach davonkommen zu lassen.

„Wie viel ich trinke, geht dich nichts an! Außerdem trinke oder rauche ich bloß, weil ich dann die Geheimnisse der Götter besser verstehe … Aber so etwas passt sicher nicht in deinen Lehrerkopf! Stimmts?"

Das Mädchen lachte, ich war zufrieden, der Lehrer aber erhob sich und blickte mir in die Augen, als suchte er einen Grund für meine Attacke. Seine Antwort kam leise und abgehackt.

„Gar nichts verstehst du, gar nichts. Schlimmer noch, alles verstehst du – falsch."

Eigentlich brauchte ich nur noch in das Lachen des Mädchens einzustimmen, um als Sieger davonzugehen. Einen Trumpf hatte ich noch, den spielte ich aus, um das letzte Wort zu haben.

„Die Götter versteht eben nur, wer selbst zu einem Gott werden kann!"

Da ließ er Heft und Tasche liegen, wo sie waren, und drängte sich um den Tisch und zwischen mich und das Mädchen.

„Die Götter sind stumm, stumm wie die Bäume."

Er stotterte jetzt stärker, weil er versuchte, deutlicher zu sprechen, und wie nach einem Halt suchend, legte er mir sogar eine Hand auf die Schulter.

„Es ist die Aufgabe des Menschen, statt ihnen zu sprechen … oder zu singen …"

„Bist du von der Heilsarmee?"

„Sie sind nicht dort, wo du glaubst, deshalb wusstest du nicht weiter … dir fehlen die rechten Worte. Lass dir helfen …"

„Von dir etwa?"

Sein Gesicht war kindlich, weich und offen. Beinahe wie mein eigenes, wenn ich es manchmal unvermutet im Spiegel ertappte. Nur seine Augen wirkten hart und wie unbeteiligt, als brannte dort ein kaltes Feuer nur für ihn. So wirkte er jung und zugleich doch um vieles älter.

Das Mädchen war langsam wieder näher gekommen. Da stand sie nun, zum Greifen nah, schaute mich an und streckte mir die Arme entgegen, mit einem weichen, verheißungsvollen Lächeln.

„... von den Göttern darfst du nicht viel erwarten ... und ... sie sind gefährlich! Wenn du ihnen zu nahe kommst, verbrennst du! Aber gefährlich ist auch der Rausch ohne sie, in ihm ertrinkt man ... Ertrinken ist noch schlimmer als verbrennen ...“

Das Mädchen war in eine süße Wolke gehüllt und strahlte mich an. Der Abstand zwischen ihm und mir wuchs. Wir mussten rufen, um noch verstanden zu werden.

„Und du quatscht wie ein Lehrer, der alles weiß und dabei selbst von nichts eine Ahnung hat.“

„Aber du wusstest nicht weiter ... stimmts? Dir fehlt der Text. Vielleicht kannst du dir helfen lassen ...“

Das Mädchen lächelte daraufhin ein wenig nachsichtig in seine Richtung. Sie stand vor mir. Ich brauchte nur noch zuzugreifen, um die Frucht zu pflücken. Die Sache mit dem Typen war für mich zu Ende. Es reichte. In L.A. gab es zu viele Verrückte, viel mehr noch als sonst wo in diesem ohnehin durch und durch verrückten Land. Was er noch zu sagen hatte, war mir egal, es war ohnehin nicht mehr zu verstehen.

„Solche Sachen kannst du deinen Schülern erzählen, um ihnen Angst zu machen. Dafür werdet ihr doch bezahlt!“ Sekunden nach diesem Abschied wurden wir getrennt. Die Szene hatte Aufmerksamkeit erregt. Dankbar für die Abwechslung mischten sich einige ein, ergriffen meine Partei, verhöhnten den Stotternden, er riss sich los, wurde wütend, ich konnte nicht mehr hören, was er mir nachrief. Es interessierte mich auch nicht mehr. Das Mädchen mit den verlockenden Blicken und dem langen braunen Haar stand nun allein vor mir. Ihre Anwesenheit war eine unwiderstehliche Einladung. Überdies trug sie jetzt einen Blütenkranz im Haar. Ein wahrer, ein leibgewordener Traum von einem Blumenmädchen. Ihr Hemd klaffte weit auf und ihre Brüste sahen warm und fest zu mir her. Ihr Gesicht war mit feinen, blassen Sommersprossen getupft, die mich wie eine frische Wiese einluden, auf ihr zu liegen. Zart wie ein Schmetterlingsflügel berührte sie meine Hand und führte mich vorbei an den anderen. Wie von selbst schien sich eine Gasse für uns zu öffnen. Durch diese schritten wir aus dem London Fog. Später, bei ihr Zuhause, stürzten wir in einen Wirbel, wie ihn nur die Körper zweier junger Menschen erschaffen konnten, denen die Lust alle Fesseln gelöst hat.

Währenddessen war es Ray, der sich auf seine Art um den Fremden kümmerte. Wieder einmal erwies er sich als echter Freund – und überdies als der Einzige, der mich, wenn es nötig war, auch vor mir selbst beschützte. Von fern hatte er die Szene beobachtet, und die Erscheinung des Lehrers hatte ihn eher neugierig gemacht als irritiert. Er entschloss sich, diesen ein wenig unter die Lupe zu nehmen. Zunächst blätterte er flüchtig in dem auf dem Tisch zurückgelassenen Heft. Was er dort in der Schnelle entziffern konnte, war zwar kaum zu verstehen, blieb aber doch auch merkwürdig genug, seine Neugier weiter zu steigern. Mit seinem coolen Charme animierte er den Menschen, der zuletzt verstört und von der Menge verlassen alleingeblieben war, zum Erzählen. Ray besorgte die richtigen Getränke, drehte verführerische Joints. Dankbar trank und rauchte der Fremde, was man ihm anbot, und sprang dabei von einem zum anderen. Immer ein wenig stotternd entwarf er Visionen einer besseren Welt, die verlässlich käme, wenn die Menschen es gemeinsam wirklich wollten. Dazu bedürfte es einer neuen Sprache, welche die Dinge beim Namen nannte. Auch von Göttern sprach er dies und das. Ihnen seine Stimme zu leihen, darum ging es, in allem, was er tat. Oft hatte Ray Mühe, seinen Gedanken zu folgen, obwohl er selber anfällig war für solche Ausflüge ins Unerklärliche und Fragwürdige. Das Geheimnisvolle und Unerklärliche des Lebens war einer der wichtigsten Gründe, aus denen er so unendlich in die Musik verliebt war. In ihr war zu hören, was unausgesprochen in uns allen lebte. Die Musik konnte sagen, was sie wollte – wenn sie gute Musik war, gab Ray ihr stets recht. Ray schwärmte von der Musik, der Fremde von der Sprache. So waren die beiden sich einig. Wenn ein Außenstehender ihr Gespräch verfolgt hätte, würde er sie für Kampfgenossen gehalten haben.

Auf der Bühne versuchte bereits eine andere Band mit hingehämmerten Songs ohne jede Melodie die Reste der Aufmerksamkeit auf sich zu ziehen. Es klang wie in einer Maschinenhalle. Alleingebliebene Mädchen wiegten sich dennoch in ihren Träumereien, und das London Fog versank Glas um Glas und Zug um Zug in der dumpfen Bewusstlosigkeit später Stunden, in die sich viele so gern fallen lassen, um nicht mehr selbst denken zu müssen. Aber da hatte Ray den von der eigenen Begeisterung Erschöpften schon in ein kleines Hotel gebracht, ihm ein Zimmer für die Nacht bezahlt und ihm überdies ein wenig Geld in die Hosentasche gesteckt. Jenes Heft und einige lose Blätter, die achtlos auf dem Tisch liegen geblieben waren, nahm Ray dafür ohne schlechtes Gewissen an sich. Der Lehrer würde am nächsten Tag ohnehin alles vergessen haben, dachte er, um sich darüber zu beruhigen. Tatsächlich war jener aber schon vor Anbruch dieses nächsten Tages spurlos aus dem Hotel verschwunden. Wir bekamen ihn lange nicht mehr zu sehen.

So war der Anfang von allem, was geschehen sollte. Wenn mir in dieser Nacht jemand gesagt hätte, dass wir ein Jahr später eine Kultband sein würden, der weltweit die Massen zujubelten, wäre ich der Länge nach hingefallen vor Lachen. Und doch wäre es zugleich ein triumphierendes Lachen gewesen, das nur meine geheimsten Erwartungen bestätigt hätte. Alles andere aber, was mir sonst noch widerfahren sollte, lag in jenen Tagen ganz und gar außerhalb des Denkbaren. Nichts davon hätte ich mir vorzustellen vermocht, nichts von dem, was in künftigen Tagen alles allzu wirklich eintreffen sollte.

Das in dieser Nacht entfesselte Gewitter hatte das Bild des Stotterers mit ungestümer Hand hinweggefegt. Als ich am späten Vormittag neben dem Mädchen mit den Sommersprossen erwachte, war mein erster und einziger Gedanke, dass ich sie niemals wieder verlassen wollte. Und trotz allem, was passieren musste, hatte dieses Gefühl mich nicht getäuscht. Später, während ich mit verliebten Ohren lauschte, wie sie in ihrer kleinen Kochnische den Kaffee für uns beide zubereitete, erschien jedoch vor meinen Augen das Gesicht dieses

Fremden wieder. Sekunden danach wusste ich auch, was genau an ihm mich so irritiert hatte. Es war der Ausdruck seines Gesichts, den ich wiedererkannt hatte. Aus weiter Ferne war er in diesem Moment in mir aufgetaucht. Als Jugendlicher hatte ich oft Bücher gekauft, alte und neue. Es war meine Leidenschaft gewesen, übrigens die Einzige, gegen die mein Vater keine Einwände vorbrachte. Eines dieser Bücher hatte auf dem Cover das gezeichnete Porträt eines mir unbekannten Dichters gezeigt, der genau hundert Jahre vor meiner Geburt gestorben war. Aus diesem Grund hatte ich es erworben. Von den Gedichten selbst verstand ich kein Wort, sie waren alle auf Deutsch geschrieben. Aber den Namen des Dichters hatte ich mir gemerkt, weil er so seltsam klang. Hölderlin. Einige Monate lang war dieses Buch auf meinem Schreibtisch gelegen und hatte mich angesehen. Irgendwann war es verschwunden. Verlegt, verloren, was weiß ich. Der Ausdruck dieses Gesichtes aber blieb in mir haften, fremd und streng. Wie ein Freund, oder ein Lehrer eben, wie ich noch nie einen gehabt hatte. Noch Tage nach dem missglückten Auftritt im Fog verfolgte ich in Gedanken seine Spur. Ich schlug sogar in einem Lexikon nach und erfuhr, dass dieser Hölderlin tatsächlich ein einst berühmter, jetzt aber fast vergessener Dichter war, der die zweite Hälfte seines Lebens, fast sechsunddreißig Jahre lang, angeblich geistig umnachtet, in einem Turm verbracht hatte. Nie allerdings hatte er damit aufgehört, eigensinnige und merkwürdige Gedichte zu schreiben.

Als der Fremde nach wirren Träumen jäh hochschreckte, herrschte vor den Fenstern des fremden Hotels noch Nacht. Es dauerte, bis er gänzlich zu sich kam, dann aber schlich er sich eilig wie ein Dieb aus dem Haus und atmete erleichtert auf, als er an der leeren, von einer funzeligen Leuchte erhellten Portiersloge vorbei war – ohne zu ahnen, dass er es war, den man bestohlen hatte. Die letzte Nacht lag als dunkle Wand hinter ihm, fremde Schatten tanzten dort. Worte, die er selbst gesprochen hatte, umkreisten ihn wie ein Vogelschwarm. So schlich er an fremden Häusern entlang, einer bloß ungefähr erahnten Richtung folgend nach Hause. Dieses vorläufige Zuhause lag eine Stunde Fußweg entfernt, am Rande der Stadt, am Beginn eines öden Brachlandes, und bestand aus einer versteckten Kammer unter dem Treppenaufgang eines unbewohnten Hauses. Einer der Vorgänger dort hatte ihm den Tipp gegeben, bevor er selbst irgendwohin verschwunden war.

Angekommen, nahm er vor einer zum Tisch umfunktionierten Kiste Platz, todmüde wie er war, um einen Brief fertig zu schreiben, den er tags zuvor nicht vollendet hatte, weil ihn Unruhe und Einsamkeit hinaus und zu fremden Menschen getrieben hatten. Nach wenigen Zeilen schon schlief er ein und erwachte erst wieder, als die Sonne durch ein schmales Fenster einen harten Lichtbalken auf seinen ohnehin schmerzenden Kopf warf. Er nahm die Schmerzen wie eine Strafe, beendete mit knappen Worten den Brief, auf den er seine vielleicht letzte Hoffnung setzte, steckte ihn ein und machte sich auf den Weg. Beim Weggehen fiel ihm ein, dass die Amerikaner einen zum Tode verurteilten Mann *Dead Man Walking* nannten.

So wanderte er durch die trostlosen Randgebiete dieser Stadt, die so riesig war, wie bei ihm zu Hause ein ganzes Land. Ihre lärmende Aura reichte bis zu ihm hin und schenkte ihm das Gefühl, irgendwie dazuzugehören. Hätte ihn jemand tatsächlich beobachtet, wäre er schnell als der Fremde erkannt worden, der er war. Immer wieder blieb er stehen, von Alltäglichkeiten angezogen, die den Einheimischen nicht mehr auffielen. Manchmal stand er staunend vor den Geschäften mit den schreienden Auslagen. Oder aus einer Kirche drang der Gesang einer Gottesdienst feiernden Gemeinde, der viel unbeschwerter klang als in seiner Heimat. Dann wartete er lauschend ab. Nach solchen Unterbrechungen wirkte er unruhig, wie einer, der noch sehr viel zu erledigen hatte. Hastig marschierte er die belebte, traurig bunte Straße entlang auf sein Ziel zu. Fußgänger gab es in dieser Gegend kaum. Wer es sich leisten konnte, fuhr mit dem Auto. Die Straßen waren so breit, dass noch zehnmal mehr Autos auf ihnen hätten fahren können. Wer selbst keines besaß, zählte nicht. Diese Leute, die nicht zählten, erkannte man auch daran, dass sie mit übertriebener Fröhlichkeit und kindlichem Mutwillen ihre Erbärmlichkeit überspielten.

Entlang seines Wegs gab es zwei Verkehrsampeln, die wie zum Trotz immer auf Rot standen, wenn er bei ihnen ankam. Er wartete das Grün ab, obwohl sich weder von links noch von rechts Fahrzeuge näherten. Einige Straßen weiter führte sein Weg an einer öffentlichen Schule vorbei. Vormittags war dort das Lachen und Rufen ausgelassener Kinder aus offenen Fenstern zu hören, dann beschleunigte er seine Schritte oder bog schon zwei Querstraßen früher ab, nahm einen Umweg in Kauf, den er sonst scheute wegen der vielen freilaufenden Hunde, um die sich niemand kümmerte. Mit einem dieser halbwilden Tiere verband ihn eine innige Feindschaft. Wenn der Hund ihn wahrnahm, stoppte er mitten im Lauf, die Nackenhaare sträubten sich, die Rute stand fast waagrecht nach hinten ab. Alles verriet seine Bereitschaft zum Angriff, und aus seinem Inneren kroch ein dumpfes Knurren heraus, das beständig lauter und böser wurde. Auch der Fremde blieb stehen, minutenlang Aug in Aug mit dem Tier, bevor er, als hätte er nie anderes vorgehabt, die Straßenseite wechselte. Der Hund durfte sich als Sieger fühlen, war zufrieden und trollte sich, vom Hunger getrieben oder einem anderen Widersacher entgegen.

Als der Stadtwanderer nach bestandener Mutprobe die Hände in die Hosentaschen steckte, fand er dort ein paar Geldscheine, die tags zuvor nicht dagewesen waren. Ungläubig betrachtete er den kleinen Schatz. Ein Geschenk des Himmels, über das er nicht weiter nachdenken wollte.

An der zweiten Ampel, schon etwas über der Hälfte seines Weges zum Postamt, wartete ein Zeitungsverkäufer auf Kundschaft. Ohne dass sie je viele Worte gewechselt hatten, bloß durch den Austausch freundlichen Lächelns, waren die beiden Außenseiter zu Freunden geworden. So durfte der Stadtwanderer gratis die ausgelegten Zeitungen lesen. Diesmal aber hielt er dem Verkäufer, ohne einen Blick auf die Zeitungen zu werfen, einen Dollarschein entgegen, wünschte dem Verblüfften einen erfolgreichen

Tag und wanderte weiter. Diesen Weg entlang der äußeren Grenze der Stadt, von seinem brüchigen Wohnort zum Postoffice und wieder retour, unternahm er an manchen Tagen, wenn die Neugierde zu heftig wurde, sogar zweimal. Am Schalter, wo man ihn längst kannte, brauchte er nach Post für sich gar nicht zu fragen, die Antwort war an den mitfühlenden Gesichtern abzulesen. Die Frau hinter der Scheibe schob dann ihren Kaugummi von einer Backe in die andere, als wäre seine Enttäuschung auch die ihre. Dann wusste er, was los war, oder eben nicht los war, nickte und drehte wieder um. Sie kaute dann weiter und vertröstete ihn auf morgen.

„Maybe tomorrow! Okay? Good guy, see you!"

Die Trostworte, die sie ihm hinterherschickte, klangen wie der Refrain eines Blues, sie erleichterten seinen Heimweg. Diesmal aber kehrte er nicht gleich um, sondern legte den Brief auf den Tresen, den er am Morgen geschrieben hatte. Die Schwarze nahm es als Zeichen, dass er neue Hoffnungen hegte, und freute sich für ihn. Zum verlangten Porto schob er ihr ein Trinkgeld durch die Öffnung der Glasscheibe zu.

„Big fat blessing!"

Mit gespitzten Lippen spuckte sie dreimal auf das Kuvert, um dem Schreiben ihre Glück- und Segenswünsche mit auf den Weg zu geben.

Langsamer wanderte er auf Umwegen heimwärts, oft stundenlang. Zuhause erwartete ihn nichts, auf das er sich hätte freuen können. In der Dämmerung kreuzte er einen Straßenmarkt, der sich gerade auflöste. Hier bot sich ein kleines Schauspiel, das sich der Wanderer selten entgehen ließ. Lieferwägen rauschten hinweg, beladen mit dem, was vom Tage übrig war. Oft lagen ein paar hübsche Früchte auf der Straße, von denen er die hübschesten jeweils aufsammelte. So auch dieses Mal. Während der volle Mond wie ein kahlgeräumtes Ebenbild unserer Erde sich über die bunt blinkenden Reklameschilder der Vorstadt hob, während von irgendwoher ein paar stille Kirchenglocken tönten, die Nacht dem Himmel sein Blau nahm und die ersten Trunkenen bereits ihre Lieder grölten, stand der Wanderer still. Versonnen kaute er an einem rotbackigen Apfel, dessen einziger Makel aus einem kleinen, braunen Fleck bestand.

Die Unruhe, die von jenem Abend im Fog in mir zurückgeblieben war, trieb mich Wochen später an den Strand von Venice hinaus. Früher, als Student, hatte ich dort viele Nächte unter freiem Himmel verbracht. Hatte der beharrlich murmelnden Stimme des Meeres gelauscht, und versucht, seine Verheißungen zu entziffern. Wer sich diesem Rauschen hinzugeben vermag, braucht keinen anderen Stoff, um high zu sein. Das Meer mit seiner mal wilden, mal sanften Macht spielt mit den Kräften der Wirklichkeit, als wären diese nichts als kleine Kiesel, nichts als der Sand, mit dem sich alles bauen lässt, was man sich erträumt. Und alle Sinne spielen mit. Früher ließ ich sie oft frei schalten und walten – und wurde immer aufs Neue beschenkt. Solange wir bloß rechnen und planen, bleiben Augen und Ohren, bleibt unser Geist betäubt und nachlässig. Dann fertigen uns die Schatten der Wirklichkeit ab, als wären sie schon alles, was es zu erleben und zu erkennen gibt, und die Pracht, die in ihnen verborgen ist, wartet vergeblich auf unsere Freude. Als ich an diesem Tag wieder die Stimmen des Meeres vernahm, war ich mir sicher, dass sie es waren, die mich hierher gerufen hatten.

Diese Stelle, der Strand von Venice, ist geografisch tatsächlich der äußerste Vorposten der westlichen Welt. Wer von dort einst über den Ozean hinaus schaute, nach Osten hin, hätte diesen einzigartigen, ursprünglichen Menschheitstraum hinter sich spüren können, wie eine Vergangenheit, deren Bild nun immer schwächer wurde. Wo war die Kraft geblieben, aus der heraus der Westen, wenn er es denn wollte, heute noch seine Hoffnungen schöpfen könnte? Zweieinhalbtausend Jahre zuvor war dieser Traum im alten Griechenland geboren worden. Ein Traum aus Kunst, Musik und Sprache, mit dem Inhalt, dass der Mensch denkend lernen könnte, mit anderen Menschen zu leben und gemeinsam weiterzukommen. Aus Griechenland war diese Vision später weiter nach Westen gewandert, über Italiens Rom nach ganz Europa, hatte Religionen begründet, Staaten befruchtet, ungeheure Werke geschaffen – und war vor ein paar Jahrhunderten bis nach Amerika gekommen, um auch dieses wilde Land zu zivilisieren und zu einem Hort der Freiheit zu machen. Viele Menschen hatten auf diese Hoffnung gesetzt, Menschen aus der alten Welt waren in die USA gekommen, weil sie an die Kraft jenes Traumes glauben wollten.

The west
Is the best
Is the best
Is the best

Die Stimmen des Meeres klangen nach Ironie. Bis zum Überdruss wiederholten sie diesen Vers, der zur Lüge geworden war, als sollte ich genau das endlich begreifen. Was war unter den Händen unserer Väter aus diesem Traum vom Westen geworden? Was konnte er noch bewirken? Hatte sich die Welt von ihren Träumen abgekehrt? Hinter dem Stillen Ozean lag der Osten. Lagen China, Indien, Japan, mit vielen Geheimnissen. Was hatte der Westen ihnen heute entgegenzuhalten? Aber waren wir nicht alle jung genug, um unsere eigene Zukunft selbst zu gestalten? Wir durften es einfach nicht hinnehmen, dass unsere kühnsten Gedanken, unsere Utopien, für immer hinter uns, im längst Vergangenen, liegen blieben.

Hier, genau an dieser Stelle, wo die Landschaft selbst das Ende des Westens anzeigte, wo es sichtbar und hörbar war, hatten Ray und ich vor einigen Monaten die Idee der „Doors“ ins Leben gerufen. Damals waren wir nur zu zweit gewesen und hatten nicht gewusst, wohin mit uns. Einer war allein, aber zwei, die waren schon fast eine neue Menschheit! So dachten wir, so riefen wir es dem Rauschen des Meeres entgegen. Ohne dass wir es schon mit diesen Worten sagen hätten können, war die Band als Antwort auf diese Frage gemeint, wie dieser Traum zu neuem Leben erweckt werden könnte. Und in der Hoffnung, ihn neu zu erschaffen und ihn mit unserer Musik zu beleben, wollten wir die Größten werden. Mussten wir die Größten werden. Dann bräuchte das alles gar kein Traum mehr sein, sondern die Wirklichkeit für alle, die bereit waren, sie zusammen mit uns zu erkämpfen.

Ray und ich hatten uns damals erst flüchtig von der Universität her gekannt. Möglicherweise nur deshalb hatte ich den Mut, ihm eines meiner Gedichte vorzutragen, von denen ich früher mehr geschrieben hatte, ohne zu wissen, wozu. Er hatte wie elektrisiert gelauscht und immer nach mehr verlangt. Ich hatte die Worte wiederholen müssen, und bald begann er, einen Rhythmus in den Sand zu klopfen. Aus dem Rhythmus wiederum entstand in mir eine Melodie, wie von allein, und ich sang nun die Worte, statt sie zu sprechen. Und wieder ein paar Zeilen später lagen wir uns in den Armen, weinten und tanzten. Und ab da waren wir auf dem Weg. Auf unserem Weg.

Während solcher oder ähnlicher Erinnerungen musste ich eingeschlafen sein, dort draußen am Strand. Oder ich schlief gar nicht, sondern erlebte bei eingeschränktem Bewusstsein eine Vision. Schon als Kind hatte ich Traum und Wachsein öfter, als mir guttat, durcheinandergebracht. Aber das ist ein anderes Kapitel, ein ganz anderes. Später vielleicht, wenn ich noch Zeit habe, will ich es erzählen. Jedenfalls begegnete mir an diesem Tag eine Erscheinung, als wäre sie wirklich: Ein junger Mensch mit einer Frisur, wie Jimmy Hendrix sie damals berühmt gemacht hatte, war aus dem Wasser aufgetaucht. Nackt entstieg er endlich der Brandung und schwebte zu mir her. Schwebte nicht, sondern sprang in weiten Sprüngen wie ein Bock, der fliegen wollte. Mit geöffneten Armen. Es war komisch und faszinierend zugleich.

„Hey Jim! Ich komme von da drüben. Von der anderen Seite! Kannst du mich sehen?“

So rief er schon von Weitem.

„Gut, dass du gekommen bist. Ich muss dich etwas fragen: Willst du noch, was du früher wolltest? Und was ist daraus geworden? Bist du mit deinen Wünschen schon am Ende? Willst du Ekstase und Lust und Träume? Ja? Aber was tust du, um deine Wünsche wirklich werden zu lassen? Bist du noch der Jim, den ich kannte?!"

Der mit der Hendrix-Frisur war inzwischen näher gehüpft. Die Erscheinung war klar und deutlich wie ein Passfoto; als er nah genug war, hatte er sich verändert. Es war jetzt kein anderer als der Lehrer aus dem Fog. Nicht wirklich, sondern überwirklich. Er besaß seine Augen! Sie glühten in einem dunklen Licht, und mit diesem Licht hielten sie mich fest.

„Hör mich an", flüsterte er, „du musst durch die Tore gehen, nicht bloß durch das erste und das zweite. Es genügt nicht, dass ihr euch ‚The Doors' nennt. Du musst durch alle Tore hindurch, die dir den Weg verrammeln, damit du die Welt endlich so siehst, wie sie wirklich ist. Dazu musst du auf die andere Seite! Komm zu mir. Nur so kannst du bis zur wirklichen Wirklichkeit durchkommen. Du bist zu jung, um schon so alt zu sein, wie du dich fühlst. Sei du. Gib nicht auf! Verlange mehr. Glaub an mich – Glaub an dich!"

„Wer bist du …", stotterte ich, dann blieb mir die Sprache ganz weg.

„Du kennst mich doch noch!", antwortete er und ließ sich, als wäre er erschöpft, auf den Boden sinken. Langsam fügte er Wort an Wort, während ich wie gelähmt an meinen Platz gebannt war.

„Glaubst du noch an die schreckliche, ehrfurchtgebietende, grausame, unerbittliche Macht der Liebe? Oder hat dich dein kleines Sommersprossenmädchen bequem und zufrieden gemacht? Soll das alles gewesen sein? Armer Jim."

Wütend wollte ich etwas entgegnen. Aber das Meer rauschte lauter noch und der Wind riss mir die Worte aus dem Mund. So schwieg ich und wich seinem Blick aus. Er flüsterte mehreres, das ich nicht verstand, und als er dann langsam wieder ins Wasser zurückwich, versuchte ich ihn festzuhalten, kam aber nicht von der Stelle, wollte ihn fragen, dies und das, bekam keinen Laut heraus, und dann war er verschwunden, und in der Hand hielt ich einen Kranz aus Efeu, den ich erst gar nicht an ihm bemerkt hatte. Als ich endgültig erwachte oder zu mir kam, war auch der Kranz verschwunden. Lief ich Gefahr, verrückt zu werden? Blendete das Leben mich mit kleinen Freuden, um mir die großen vorzuenthalten? Innen stieg eine feuchtkühle Wolke in mir hoch, wie im Herbst, wenn sich die Natur zum Sterben bereit machte. Sie verdichtete sich, erreichte mein Herz, das sich vor Angst schmerzhaft zusammenzog. Im nächsten Moment würde es zu schlagen aufhören. Da erwachte ich nochmals, als müsste man auf der Treppe des Erwachens Stufe um Stufe hochsteigen, aber mein Herz schlug immer noch und heftiger als zuvor.

In der darauffolgenden Nacht kam der Traum zurück. Zuhause, in meinem Bett! Mit kleinen Veränderungen und noch bohrenderen Fragen an mich. Auch war ich mir nicht mehr sicher, ob er noch die Frisur von Jimmy Hendrix trug oder die meine. Unverwechselbar blieben allein die Augen, es waren die des Lehrers, brennend in dunklen Höhlen. Diesmal wollte ich ihn zur Rede stellen, wollte wissen, was ich denn anders machen sollte. Er lachte schallend, streckte mir die Hand entgegen und wollte zu einer Rede ausholen. In diesem entscheidenden Moment weckte mich das Klingeln des Telefons.

Es war zum Verzweifeln.

Am anderen Ende der Leitung meldete sich die nüchterne Stimme eines Fremden. Er stellte sich als Agent eines marktbeherrschenden Labels vor, das er allerdings nicht mit Namen nennen wollte. Er fragte, wann er einen unserer Auftritte zu sehen bekommen könnte. Man hatte ihm von uns erzählt, und er sei neugierig geworden. Wir vereinbarten einen Termin. Im Fog, in der kommenden Woche. Kurz angebunden legte er wieder auf. Lange noch hielt ich den Telefonhörer ans Ohr gepresst und lauschte dem Rauschen des Meeres, das nicht aufhören wollte. Traum und Wirklichkeit vermischten sich, ehe mir allmählich deutlicher wurde, was da geschehen war und was nun vielleicht auch in Wirklichkeit geschehen sollte. In meinem Kopf marschierten Hunderte Fragen und Hoffnungen auf, Zweifel und Ängste hielten höhnisch dagegen. Um dem Chaos zu entgehen, stürzte ich ins Freie.

Unsere Welt als Ganze, wahrscheinlich die Einzige, auf der sich einigermaßen leben ließ, noch, lag in dieser Zeit wie ein großer, schwerer Ball auf einem dürren, langen Brett. Und das Brett lag auf einer Wippe und wankte, sodass der Ball langsam und wie widerwillig seine Richtung ändern musste. Immer wieder. Auf beiden Seiten drohte das Nichts. Absturz und Untergang oder Aufbruch und Zukunft. Noch war nichts entschieden, aber in den Straßen war das Hin und Her hautnah zu erleben. Wer Augen und Ohren nicht gewaltsam verschloss, konnte es hören und sehen. Und wem ein lebendiges Herz schlug, der machte mit. Auf den ins Unendliche hinauslaufenden Boulevards stockte der Verkehr. Fahnen wurden geschwungen. Rot war die Farbe der Revolution, schwarz flatterte die Anarchie. Parolen wurden gebrüllt. Transparente gaben die Texte vor. Es wurden immer mehr, wer zum Zuschauen gekommen war, ließen sich mitreißen. Gleichgültigkeit galt nicht. Der Aufruhr war ansteckend wie eine Krankheit oder wie das Leben selbst, das anders gar nicht hätte überleben können.

Wir sind das Leben.

Alle sind verantwortlich für alles.

Jeder ist an allem schuld.

Keine MACHT FÜR NIEMANDEN.

(Es war zum Lachen, und es war zum Weinen.)

WER ZWEIMAL MIT DERSELBEN PENNT, GEHÖRT SCHON ZUM ESTABLISHMENT

MAKE LOVE NOT WAR

Passanten umarmten Demonstranten. Mädchen verteilten Blumen an Polizisten, die sich hinter dicken Schildern versteckten. Winken und Singen. Ein Sternmarsch des Protests breitete sich aus wie die funkelnde Krone eines Feuerwerks. Ein Fest, keine Schlacht, noch nicht. Des gemeinsamen Geistes Gedanken wurden laut und lauter, schrien nicht, sangen. Chöre skandierten Parolen, die klangen wie Jubel. Überall sollten Blumen aus dem Asphalt wachsen.

Die, welche die Botschaft durch die Metropolen trugen, waren Studenten und Arbeiter aus dem ganzen Land. Junge Menschen, die den letzten Krieg nicht mehr erlebt hatten. Die noch nie selbst auf der Flucht gewesen waren. Verwöhnte Blumenkinder, die kein Blut sehen konnten. Und doch! Ihre Fantasien waren angezündet von der Luft, die nach Brand roch, von den Songs, die gegen das Schweigen ansangen. Von den Bildern der Wochenschauen, wo die Propagandareden der Politiker nach Blut stanken. Einig im Aufstand gegen die mit den weißen Hemden hinter den polierten Schreibtischen. Gegen die Börsen mit ihren um das goldene Kalb tanzenden Zahlen. Die einen machten Geschäfte mit allem, was Tod brachte. Die anderen brachten ihre Freundlichkeit in Stellung. Noch warfen sie nur Blumen auf jene, die im Finstern Pläne schmiedeten und die mit der Apokalypse im Bunde dem Ende entgegentanzten, ohne zu ahnen, dass es ihr eigenes werden sollte.

Das Goethe-Institut von L.A. lag im letzten Stock eines durchschnittlichen Hochhauses nahe dem Zentrum. Ins Chefbüro drang der Aufruhr der Marschierer auf den Straßen nur mehr als ein murmelnder Hauch. Vom Stuhl, auf dem Bewerber Platz zu nehmen hatten, ging die Aussicht weit hinaus auf das Meer, das sich hinter der Stadt undeutlich im Dunst der Ferne verlor. Der, welcher Jim Morrison an einen längst verstorbenen Dichter erinnert hatte, saß dort und träumte mit offenen Augen.

Der Direktor, der über seinen Antrag zu entscheiden hatte, drehte sich auf seinem schwarzen Drehstuhl ungeduldig hin und her. Sein Bein wippte auf und ab, während er Schriftstücke unterschrieb und in eine Mappe zurücklegte.

„Um es ganz direkt zu sagen, wir haben zurzeit tatsächlich keine Planstelle frei für Lehrer. Auch wenn ihre Zeugnisse noch so gut sind. Das ist eine Tatsache und hat mit Ihnen persönlich nichts zu tun. Das verstehen Sie doch? Weder für Deutsch, noch für Naturkunde, wie Sie das nennen. Man hat uns die Gelder gekürzt; wie üblich. Den Letzten beißen die Hunde. Und die Kultur ist und bleibt immer das Letzte. Leider. Überhaupt …"

Um das Ganze abzukürzen, und weil sein Gegenüber noch immer keine Anstalten machte, sich zu erheben, und auch weil ihm die Zeit knapp wurde und kostbar war für einen wie ihn, unterbrach er sich, stand auf, trat hinter den Besucher, legte ihm besänftigend die Hand auf die Schulter und drehte seine Stimmlage auf sanft. So folgte er dem Blick seines Besuchers in die blassblaue Ferne.

„Ja, die Aussicht von hier ist wahrhaftig erhebend. Ich habe immer gefunden, mein Schreibtisch blickt in die falsche Richtung, aber die Gewohnheiten … Ich bin ein Sklave der Gewohnheiten, auch wenn Ihnen das anders vorkommen mag. Lassen wir das! Wenn ich Ihnen darüber hinaus noch einen Rat geben darf, einen persönlichen Rat, von Kollege zu Kollege: Überlegen Sie doch noch einmal, ob der Lehrerberuf für Sie das Rechte ist. Ich meine grundsätzlich. Schüler werden ungeduldig, wenn einer länger braucht, um das passende Wort auszusprechen. Sie wollen leben, nicht lernen. Die Zeit hüpft in ihnen von einem Bein auf das andere. Verstehen Sie mich nicht falsch! Mich stört es nicht, wenn jemand stottert, aber die Jungen … Die sind unbarmherzig. Wissen Sie, was unlängst an die Fassade dieses Hauses gepinselt wurde? Nein, wissen Sie nicht. Glauben werden Sie es auch nicht: *FUCK GOETHE* stand dort zu lesen!"

Aufstehen, den Kopf senken, anstatt sich dem Zorn seiner Gefühle hinzugeben, der rotgefärbten Wut, die von innen gegen die Schädeldecke pochte. Vielleicht sollte man dem selbstzufriedenen Kerl mit seiner korrekt gebundenen Krawatte seine Kaffeetasse über den Kopf leeren, oder ihm seine Akten um die Ohren schmeißen, oder besser noch, ihm die Ohren abschneiden und sie aus dem Fenster werfen, den abziehenden Demonstranten hinterher. Vielleicht hört er dann, was los ist.

Kann sein.

Stumm aufgestanden, weil das Blut im Kopf sich staute, was niemand sehen sollte, schon gar nicht der Kerl mit seinem Seifenlächeln. Lieber die Scham alleine ertragen für die dummen Gewohnheiten aller anderen.

L.A. war nur eine von achtundzwanzig Großstädten der USA, wo während dieses heißkochenden Sommers des Jahres neunzehnhundertachtundsechzig die Tumulte losbrachen. L.A. war aber auch die Hauptstadt des Films und der Musik, des Big Business und des Verbrechens. Das alles zusammen wirkte als riesiger Resonanzraum, verstärkte die inneren Gegensätze, die rivalisierenden Interessen, die auf Krieg hinauslaufen wollten. Alles Mögliche fand hier einen fruchtbaren Boden, und strahlte von hier auf die ganze Nation aus. In den Straßen der riesigen Stadt herrschte eine Stimmung, die zwischen Volksfest und Bürgerkrieg noch unentschieden hin- und herpendelte. Martin Luther King hatte den Schwarzen Mut zugesprochen. Zwar hatte man ihn vor einigen Monaten heimtückisch erschossen, aber seine Stimme, die „I have a dream" gesagt hatte, lebte weiter, eindringlicher als zuvor. Noch als Opfer war er ein Mutmacher geblieben. Noch als Toter belebte er die Fantasie der Lebenden.

Der Ruf nach freier Liebe und der Gegenruf nach soldatischer Disziplin im Dienst des Vaterlandes hatten sich noch nicht zu feindlichen Armeen auskristallisiert. Alles war noch möglich, aber die Gegensätze nahmen Gestalt an. Fronten wurden deutlicher erkennbar. Die Hafenarbeiter streikten, weil sie von dem Hungerlohn, den ihnen die Reedereien hinwarfen, nicht leben konnten, und ihre Kinder noch weniger. Da konnten sie schuften, bis sie Blut schwitzten. Kein Wunder also, dass sie den Bettel hinwarfen und den Hafen blockierten. Die Studenten, die gegen den Krieg, den die USA in die Welt trug, demonstrierten und dabei das versteinte System als Ganzes meinten, waren bald auf ihrer Seite. Genüsslich verströmte die Boulevardpresse ihren üblen Atem, und die Polizei stand ihr mit Wasserwerfern und Schlagstöcken nach Kräften bei. Schlagzeilen machten ihrem Namen Ehre und schlugen lauthals ein auf alles, was störte. In ihrem Wörterbuch wurden aus Streikenden Faulpelze oder Halunken, Säufer und Nichtstuer. Bastarde, von anderen Bastarden aufgehetzt, um den sozialen Frieden zu gefährden. Am besten alle zurückschicken, woher sie gekommen waren, und sei's mit Gewalt, am besten in die Wüste oder ins Meer, oder einsperren, auf Nimmerwiedersehen, das wäre das Mindeste. Radikalere Ideen hielt man für die nächsten Auflagen in Reserve. Fiel es wirklich keinem ihrer Leser auf, dass die Schmutzzeitungen, die solches begierig druckten, dem gleichen Konzern gehörten wie die meisten der Reedereien? Dass der Polizeipräsident im Aufsichtsrat der Hafengesellschaft saß und an ihrem Gewinn beteiligt war? Es war nur noch eine Frage der Zeit, bis alle es wüssten. Dafür wollten sie sorgen, die auf den Straßen sangen – und für manches andere auch noch. Alles eine Frage der Zeit, und die war erst dabei, so richtig Schwung zu holen.

Beim Verlassen des Goethe-Instituts, mit schamroten Wangen und ohne Geld in der Tasche, stachen dem wieder einmal Abgewiesenen Plakate ins Auge. Mit Riesenlettern wurde nach Arbeitern gesucht. WE NEED YOU!!! Sofort und zu großzügig erhöhten Löhnen! Meldestellen für die Arbeitswilligen waren an markanten Ecken der Stadt eingerichtet. Das Wort „Streikbrecher“ fiel nicht, und die meisten Suchenden hätten es gar nicht verstanden oder es absichtsvoll überlesen. Von Arbeitskampf war an keiner Stelle die Rede. Mit offenen Armen und einer Flasche lauwarmem Bier als Willkommensgruß wurde der heimatlose Lehrer angenommen, zusammen mit anderen Ahnungslosen in Busse verladen und unter Polizeischutz zum Hafen gekarrt. Die hasserfüllten Gesichter auf der anderen Seite der Barrikaden schmerzten, galten sie doch offensichtlich auch ihm. Die Beschimpfungen, die sie brüllten, verstand er nicht. Hassverzerrt kamen sie an und waren kaum menschliche Sprache zu nennen. Darauf ließ sich nicht antworten. So schwieg er und konnte doch den Blick nicht abwenden von ihnen. Die meisten im Bus lachten und verhöhnten die Menge draußen mit obszönen Gesten. Schrittweise krochen die Busse in Richtung Meer. Der Kampf der Verlierer, die einander hassten, ohne einander zu kennen, wurde dann von Knüppeln entschieden, an deren Griffen uniformierte Staatsdiener hingen, denen man Ansätze von Mitgefühl mitsamt der Erinnerung daran längst heraustrainiert hatte. So gewannen sie allmählich freiere Fahrt. Steine flogen ihnen hinterher, bis auch diese Geste der Ohnmacht niedergeschlagen war. Als Stunden später endlich die Silhouette des Hafens mit Schiffen, Kränen und Lagerhäusern aus dem Dunst auftauchte, fühlte er, der überall Fremde, sich fast wie geborgen.

Manche Gerüchte schleichen über versteckte Pfade, andere überschwemmen uns wie eine Grippewelle und wieder andere werfen ihre Mondschatten lautlos voraus, wie der Flug der räuberischen Nachtvögel. Vielleicht war es eine Mischung aus allem, vielleicht Magie, vielleicht auch purer Zufall, was die Menschen an diesem für uns entscheidenden Abend ins Fog trieb. Jedenfalls stauten sich schon eine Stunde vor Beginn die Menschen am Eingang und drängten hinein, um Plätze zu ergattern. Wir benutzten den versteckt liegenden Hintereingang. Keiner wusste, wer unter allen jener Agent sein mochte. Wir wussten nicht einmal, ob er wirklich da war oder alles vielleicht nur ein geschmackloser Scherz auf unsere Kosten. Die wachsende Anspannung drohte jeden Augenblick in Aggression umzukippen. Beim Soundcheck zitterten unsere Hände, was wir so gut es ging zu verbergen suchten. Während unsere Herzen wie wild gegen die Rippen schlugen, improvisierten wir düstere Tonfolgen und Ray präludierte ausdauernd auf seiner Orgel, als sollte mit uns, den Doors, nun endlich die polyphone Ära der Rockmusik beginnen. Seine Sicherheit beruhigte uns ein wenig. Ich selbst hielt mich im Hintergrund und gab das am Erfolg uninteressierte Genie. Dabei zeigte ich dem Publikum meinen Hintern. Das kitzelte die Leute und machte sie neugierig. Als ich mich dann abrupt nach vorne drehte und ihre hungrigen Augen sah, wie sie jeder meiner Bewegungen folgten wie Fliegen dem Fleisch, da spürte ich wieder deutlich die dunkle Energie, die von mir ausging. Als besonderen Effekt für diesen Abend hatte ich mir vorgenommen, schlecht von meinem Vater zu sprechen. Mehr als nur schlecht. Dabei stellte ich mir vor, dass er gezwungen war, mir zuzuhören. Um die Spannung zu steigern, sprach ich mit raunender Stimme davon, dass einige tausend Kilometer von hier entfernt die US-Air Forces ihre Bombenteppiche über Vietnam entrollten, über den Städten und über dem Urwald und über den flüchtenden Menschen, den Männern, den Frauen, den Kindern. Dass es mein Vater war, der als Admiral eines der Schiffe befehligte, von denen diese Bomber aufstiegen, erwähnte ich nicht. Oder ich hob es mir auf für einen späteren Moment. Da war ich mir noch nicht ganz sicher. Die meisten Menschen in diesem Saal gierten nach Erregung, nicht nach Erklärungen. Dazu brauchten sie uns ja, brauchten Sänger, Helden, Stars, Dichter, Führer, um ihr Leben in Feuer zu baden, es in eine Form zu brennen, irgendeine Form. Lieber noch waren sie Soldaten in einem Dreckskrieg als gar nichts. Zeremonien brauchten sie, um etwas zu erleben, Rituale, Theater, Tänze. Weil ich immer noch nicht richtig loslegte, sondern mich in dunklen Prophezeiungen verlor, waren meine drei Freunde an ihren Instrumenten unruhig geworden, obwohl sie einiges von mir gewohnt waren. Diesmal wussten sie nicht genau, wohin ich mit ihnen wollte und was wir als Nächstes spielen würden. In ihrer Unsicherheit boten sie mir simple Moll-Akkorde an, die nach vielen Richtungen offen waren. Ray ritt auf einem verminderten Septakkord in Cis-Dur herum, der zugleich cool und aufreizend wirkte, was in mir unangenehme Erinnerungen weckte. Mit ähnlichen Akkorden hatte ich mich als Kind getröstet, wenn Vater in geheimnisumwitterten Fernen weilte und Mutter sich als seine Stellvertreterin aufspielte.

„Hör auf mit dem Lärm!"

Befehlston. Klavierdeckel zuknallen. Das Kind schreien lassen. Fernsehverbot. Hungrig schlafen gehen.

Aber da hatte ich bereits wirklich geschrien, aus der Tiefe meiner Erinnerung heraus, wie nur verzweifelte Kinder schreien können, wenn sie nahe daran sind, ihren kleinen Verstand zu verlieren. Hier auf der Bühne des Fog klang dieser Schrei wie das Echo von Rays Improvisationen. Dankbar strahlte er zu mir herüber. Die anderen verstanden dies als Startschuss zu unserem gewohnten Hit und wollten loslegen. Ich aber hatte anderes im Sinn. Ganz anderes. Mit dem Schrei hatte ich einen Song eingeleitet, den wir gemeinsam noch nie so richtig geprobt hatten. So dauerte es eine Weile, ehe wir zu einer Melodie zusammenfanden. Dann aber geschah das Wunder der gemeinsamen Inspiration. Text und Musik vereinten sich zu etwas Unvorhersehbaren, aus dem neues Leben wuchs. Ich fühlte die erregende Wirkung meines Gesangs an mir selbst, fühlte, wie sich die Hose zwischen meinen Beinen spannte. Genau so musste es sich anfühlen, wenn einer der Piloten meines Vaters den Steuerknüppel seines Jets nach hinten zog und abhob, mit einem Bauch voller Bomben unter sich. Aber noch hielt ich, was ich am stärksten in mir fühlte, in mir zurück.

„Ich habe Gott gesehen …", flüsterte ich stattdessen ins Mikrofon, „… er ist unfassbarer als der Tod. Er ist das vollkommene Mandala. Er ist das Ganze und die Schlange, die sich selbst in den Schwanz beißt, denn alles, was war, kommt zurück. Jeder Anfang ist zugleich das Ende von allem, was sterben muss. Und das Ende ist der neue Anfang! Um euch das zu zeigen, bin ich hier."

Die Laute aus meinem Mund verschmolzen mehr und mehr zu einem Strom. Nicht ich sang, sondern *es*. Wie von selbst fügten sich die Worte aneinander. John an den Drums antwortete mit einem virtuosen Wirbel sich überschlagender Rhythmen, beschleunigte immer weiter, brach ab, schwieg. Wie wehrlos erlagen die Hörer dem Bann, den wir um sie zogen. Robby quälte die Saiten seiner Gitarre mit seinem zerborstenen Flaschenhals bis an die Grenze des Erträglichen.

„Gott ist überall. Er stirbt mit den Menschen und kommt mit ihnen wieder auf die Welt. Du kannst ihn sehen, in der Sonne, die täglich in einem Blutmeer versinkt. Im roten Fleisch schmecken, als Wein lässt er sich trinken. Ein Engel läuft durch das Licht, schattenlos, und ein Geist schwebt uns voran, wo immer wir gehen, es ist der Geist unserer Jugend. Die rohe, rücksichtslose Kraft des Lebens. Aber ein Schatten folgt uns auf den Fersen, der übergroße Schatten des Vergangenen. Bedrohlich kommt er näher. Wirft sich auf uns. Also weiter! Der Schatten ist riesig, trotzdem ist er nicht mächtig genug, uns zurückzuhalten. Wer sich aufhalten lässt, ist im nächsten Augenblick verloren. Wer stehen bleibt, stirbt einen grausamen Tod. Aber wir halten nicht an, wir bleiben nicht stehen. Schlagt kaputt, was euch kaputt macht! Schlagt kaputt! Schlagt!"

Ich weiß nicht mehr, was ich sonst noch über die Schar der Tanzenden unter mir hinweg rief oder sang. Immer mehr von ihnen hörten zu tanzen auf, versuchten meine Botschaft zu verstehen. In diesen stilleren Momenten, in denen nur ein leises Klappern von den Drums kaum vernehmbar das Heranschreiten eines hölzernen Gespenstes nachahmte, fiel mir Vater wieder ein. Mein Vater, der wollte, dass ich wurde, was er war. Mein Vater, der die blutigen Schiffe befehligte. Er war der Schatten hinter mir, der die Bomben losschickte. Ich hasste ihn mehr denn je, und ich spürte, wie dieser Hass meinen Geist lähmte, wie er mich dumpf machte. Wenn wir fliegen wollten, mussten wir auch den Hass abwerfen, wie eine Last, die uns in die Tiefe zog. Den Vater loswerden, wie er die Bomben loswurde, die er vom Himmel tropfen ließ, um das Land mit Feuer zu überschwemmen. Ich fühlte, wie die Menschen vor und unter mir im Dunkel keinen Willen mehr hatten für sich selbst. Über die wogenden Köpfe hätte ich hinweg zu schreiten vermocht wie Jesus über den See. War ich zum König der Eidechsen geworden, der alles vermochte? Trug ich nur deshalb meine Schlangenlederhosen, meine Stiefel, um unerkannt zum Ziel zu gelangen, zum Ende?

„Und das wird dann das Ende sein, mein und euer aller Ende. Aber auch das Ende der Schatten, die uns erdrücken. Wir müssen durch dieses Ende hindurch. Durch die wohldurchdachten Pläne, durch alle Sicherheiten, nichts mehr habt ihr zu erwarten, so lange ihr zögert. Aber dann, danach, werden wir ohne Grenzen sein, ohne Gesetze und wirklich frei."

Längst war ich selbst zum Zuhörer meiner Worte geworden, gespannt wie alle, wohin sie mich führen wollten.

„Noch sind wir verloren in der Wildnis unseres Schmerzes. Ich aber reite die Schlange, sie ist sieben Meilen lang. Ein blauer Bus aus Träumen trägt uns weit hin über den Highway. So reitet auch ihr die Schlange!"

Ein neues Bild tauchte auf, ein Bild, dem ich nicht widerstehen konnte. Ich selbst musste in das Bild eintreten.

„Der Mörder erwacht vor Morgengrauen, und er zieht seine Stiefel an, borgt sich mein Gesicht aus der Galerie der Ahnen, wandelt durch die leeren Räume unseres Hauses, dorthin, wo mein Bruder schläft, wo meine Schwester schläft. Er gelangt zu einem anderen Raum, wo mein Vater schläft, der die blutigen Schiffe befehligt hat. Vater, ruft er, Vater!

Ja, Sohn?

Seine Stimme klingt von sehr weit her, wie aus einer Gruft.

Vater, ich will dich töten.

Und dann geht er, der Sohn, der Mörder, weiter, dorthin, wo die Mutter schläft. Seine Mutter. Ihr sagt er etwas anderes, ‚Mutter', sagt er,

Mutter, ich will dich …"

Schmerz und Lust vermischten sich zu einem Schrei, der alles bedeuten mochte. Ich vermochte das schlimme Wort, das jetzt laut werden wollte, nicht auszusprechen, aber es hing über uns allen, alle erwarteten es, wollten es. Böse drohte es von oben, es war nicht gänzlich aufgegangen in diesem unartikulierten Schrei, der kein Ende nahm, der alles bedeutete, mit aller Kraft, was der Hass will, wenn die Liebe versagt. Als dann alle im Raum wie gelähmt den Atem anhielten, nicht wussten, ob sie recht verstanden hatten, ob ich das alles tatsächlich Wort für Wort so gemeint und gesagt hatte, wie es da unten angekommen war, da riss mein Film, in den ich mich verloren hatte. Der Stecker war gezogen. Das Ende war da. Der Saal kochte über. Der Abend war vorbei.

Tagsüber schleppte der Streikbrecher arglos prall gefüllte Säcke aus den Laderäumen der Schiffe heraus zu den wartenden Zügen. Die Sonne brannte hoch am Himmel. Gerüche fernster Länder stiegen ihm lockend in die Nase. Die Angeworbenen arbeiteten schweigend und ohne einander in die Augen zu sehen, wie aus schlechtem Gewissen. Die Polizisten verzehrten ihre Stullen und sahen teilnahmslos zu. Pünktlich machten sie Feierabend. Die Schicht der Arbeiter ging später zu Ende. Müde warteten sie ab. Erst als es dunkel wurde, zahlte man sie aus und lud sie ein, am nächsten Tag wiederzukommen. Schweigend steckten sie das Geld ein und immer noch schweigend krochen sie in die wartenden Busse, die sie in die Stadt zurücktransportierten. Es waren zu viele, die Platz finden mussten, aber die Fahrt über holprige Straßen rüttelte an den müdegearbeiteten Körpern, bis sie fugenlos aneinanderlagen, ein einziger, vielgliedriger Organismus. Der Lehrer, der keiner mehr sein durfte, bloß ein Teil dieses Ganzen. Er schloss die Augen und genoss diesen Zustand, fühlte, dass er hier nicht alleine war und dass es auf ihn nicht ankam. Oder, dass es auf alle anderen um ihn herum genauso ankam wie auf ihn, mit allen seinen Projekten, die ihn angetrieben hatten, mit seinen Ängsten, die ihn immer wieder zaudern ließen, und mit den Umständen, die ihn in die Flucht getrieben hatten. Er hätte lange so fahren mögen. Nach und nach spuckte der Bus seine Ladung wieder aus. Er fühlte, wie der Organismus seinen Zusammenhalt wieder verlor. Er war einer der Letzten, die erst am Ende der Tour dem Ziel nahe waren. Als er allein dem abfahrenden Bus hinterher sah, hatte er noch eine knappe Stunde Fußweg vor sich. Dann, am Strand von Venice, war die Flucht für diesen Tag zu Ende. Der Strand von Venice verlief nicht weit von L.A., und lebte vom Ruf einer legendären Vergangenheit im Gedächtnis der ersten Hippie-Generation. Der Ort Venice selbst aber lag seither verlassen am Rande des allgemeinen Fortschritts. Ein ödes Denkmal der vergehenden Zeit, eine verfallene, kleine Stadt, mit wackeligen Stegen hinaus ins Meer. Altgewordene Fischerboote lehnten leck und schief halb im Wasser. In der Stille lauschte der Wanderer auf das leise Schlagen der Wellen gegen den leeren Strand. Manchmal hörte er den Verputz von den ungenutzten Häusern auf den Asphalt fallen. Unter Palmen oder zwischen den windschiefen Hütten schliefen Betäubte im Sand ihre künstlichen Träume aus. Wer von seinem Trip nicht mehr zurückkam, blieb oft tagelang dort liegen. Manche holte sich das weite Westmeer. Sie fehlten niemandem, und kaum jemand fragte nach ihnen.

Durch Zufall hatte der Heimatlose ganz in der Nähe einen schmalen Raum als billige Unterkunft gefunden. Platz für ein schmales Bett, einen Tisch. An der Wand waren ein paar Haken für Kleider befestigt. WC und Dusche gab es draußen auf einem Flur, dessen einzige Lichtquelle eine nackte Glühbirne war, die Tag und Nacht leuchtete und von den unzähligen Faltern und Fliegen mit schwarzen Brandmalen übersät war. Das einzige Fenster seiner Kammer führte auf ein flaches Dach hinaus, mit Fernsehantennen und Schachtöffnungen für Abluft und Klimaanlagen. Es kostete wenig Mühe, durch das Fenster dort hinauszusteigen. Man konnte sich einfach auf das Fensterbrett setzen und die Beine hinausschwingen. Auf diese Weise betrat man ein kleines Paradies mit einem Ausblick, der ihn für alles andere entschädigte. Das Haus lag am Rande des Ortes und überragte die anderen Bauwerke in der näheren Nachbarschaft. Wenn er von diesem Dach steil hinunter in die Tiefe blickte, konnte er, der die ganze bisherige Reise meist in dunklen Löchern gehaust hatte, den Palmen auf den Scheitel sehen. Er sah das ununterbrochene Wehen ihrer angetrockneten Blätter, sah den Sand zwischen ihren Stämmen, der vom nahen Strand herkam und das Pflaster der Straßen mit kleinen, wandernden Dünen überzog. Dort unten lebten die Menschen, die sonst nichts zu tun hatten. Sie saßen, sie tranken, sie sangen und wankten und sie liebten einander. Manchmal zankten sie auch, aber ihre Stimmen gelangten nicht bis zu ihm herauf, der Wind verwehte sie auf halbem Weg. So blieb es ein stummes Schauspiel, das sich ihm darbot und an dem ihm nichts fehlte, weil er sich die Worte selbst dazu denken konnte. Wenn er den Blick hob, sah er auf das Meer hinaus. Sah am Horizont die Schiffe gehen und kommen.

Er aber war allein. Er und die Weite dort draußen. Das Rauschen, die undeutliche Sprache des Fernsten, lockte ihn weiter, aber es gab kein Weiter. Hier war er an ein greifbares Ende gelangt. Das Ende der westlichen Welt, viel wirklicher und endgültiger als der bloße äußerste Punkt eines noch so großen Kontinents. Weiter weg war nur noch der Himmel über ihm. Aber der blieb stumm, als wartete er bloß ab.

Wenn ihm das Alleinsein zu viel wurde, nachts, wenn statt der Menschen nur noch die Lichter tanzten, wenn der kühle Mond das Meer mit silbernen Fäden überzog, die sich fanden und flohen, sich manchmal verschlangen oder aufhörten, ohne Spur, um anderswo aufzuglänzen wie kaltes Feuer, dann stieg er hinab, durch acht Stockwerke, in deren jedem die gleiche schwarzgefleckte

Glühbirne hing. Hinter den Türen mischten sich die Schreie menschlicher und tierischer Not, untermalt vom Lachen der Shows und dem aufdringlichen Geplärre allgegenwärtiger Werbespots. Dann strich er durch die Straßen, ein Schatten unter anderen Schatten, die sich mischten und wieder verloren. Noch nie war er bis zum Meer hinuntergegangen, dessen Brandung ihm eine unbestimmte Angst machte. Wie das Seufzen eines endlosen Vergehens und Wiederkehrens, das nicht mehr weiterwusste. Manchmal suchte er eine Kneipe auf, saß an der Theke, trank ein Bier und schaute scheu zwischen seinen aufgestützten Armen zu den anderen hinüber. Dann überraschte ihn der Frühlingsbeginn, nach einem langen feuchten Winter, als Tag und Nacht endlich wieder gleich lange dauerten. Die Bars konnten die vielen Menschen nicht fassen, die das wachsende Licht mit Gesang und Tanz begrüßten, Menschen aus fernen Ländern und in vielen Farben. Die Türen blieben offen, sie brachten ihre Gitarren und spielten Lieder ihrer alten Heimat. Braune Frauen tanzten Hand in Hand, bildeten Kreise und zogen auch ihn mit, der scheu zurückweichen wollte. Dann tanzte auch er, spürte eine weiche, samtige Hand in der seinen und sah die weiß blitzenden Zähne zwischen dem rosigen Fleisch der dunklen Lippen lachen, und lachte wohl auch selbst sein kaum hörbares Lachen. Gesang wärmte die Herzen und machte ihren Geist leicht, der alles umfasste mit seinem freundlich einwiegenden Gang. So lebte er hin und vergaß allmählich den Grund, warum er überhaupt da war. Ziellos, antriebslos und doch auch angekommen, und sei es am

Ende der westlichen Welt. Sich irgendeinem Ende nah zu wissen, bedeutete für ihn die unheimlichste Form von Freiheit. Trotzdem, in der Nacht schlief er friedlich, erfüllt von der nahen Weite des Meeres und erschöpft von der ungewohnt schweren Arbeit. Seine Träume weckten ihn nicht, sondern blieben bei ihm wie undeutliche Erinnerung an wirklich Erlebtes. So hielten sie das Andenken an sein früheres Leben wach, bewahrten seine Welt, mehr als er damals bemerkte.

Die Stunden und Tage nach dem Auftritt im Fog vergingen in fiebriger Erwartung. Nach rund einer Woche steigerte diese sich zu einer wütenden Ungeduld, die wir mit Gerede zu übertönen versuchten. Robby zum Beispiel war sich sicher, den Agenten an seinem Verhalten erkannt zu haben. Angeblich hatte er beim Zuhören meist die Augen geschlossen gehalten. Uneinig waren wir uns, ob das als gutes oder schlechtes Zeichen zu werten wäre. John wollte beobachtet haben, wie jemand sich fluchend abgewandt und auf der Flucht rücksichtlos eine Schneise durch das Publikum geschlagen hatte, bevor er in die Nacht hinaus verschwunden war.

„Das würde zu solchen Typen passen! Die sind ignorant, komplett impotent und darüber hinaus destruktiv. Nichts soll hochkommen, was nicht in ihr Schema passt."

Ray war der Einzige, der noch logisch zu analysieren versuchte, warum die Antwort eben Zeit brauchte. Ich selbst konnte mich an absolut nichts mehr erinnern. Meine Improvisationen waren wie von einem schwarzen Loch verschluckt. Immer wieder bat ich meine Freunde, den von mir gesungenen Text wenigstens in Umrissen zu schildern, aber sie brachten es nicht zuwege oder wollten sich gar nicht genauer erinnern.

Weitere zwei Wochen später, von denen wir hinterher nicht mehr wussten, wie wir sie überstehen hatten können, rief der Kerl endlich an und bestellte uns in eine Hotelbar im Zentrum von L.A. Dort bot er uns Champagner an – und einen Plattenvertrag. Im Namen von Electric Music. Exklusiv. Es war unfassbar. Überstieg unsere unverschämtesten Träume. In einen Strauß wilder Rosen verpackt, überbrachte er uns wie ein Götterbote die Nachricht, die auf einem Meer von kleingedruckten Fußnoten schwamm, über das wir mit der Verachtung von Laien hinwegsahen.

Nach einer ausgiebigen Party und überlaufend vor frisch aufgeschäumtem Selbstbewusstsein, bewaffnet bloß mit unseren Instrumenten, warfen wir uns in die Schlacht um jene Musik, die es bisher nur in unseren Köpfen gegeben hatte. Aus jedem von uns platzten die Ideen nur so heraus und schwirrten durch den Raum wie ein von frischem Grün angelockter Heuschreckenschwarm. Dass sich der Himmel über uns dabei verdunkelte, merkten wir zunächst nicht. Wie besessen spielten wir Tag und Nacht darauf los, überboten einander und schliefen höchstens ein paar Stunden auf dem Fußboden des Studios. Um Zeit zu sparen, ließen wir uns Pizzen bringen statt richtigem Essen, tranken Kaffee und Wasser statt Bier und waren trotzdem high wie nie zuvor. Manchmal improvisierten wir virtuos wie abgebrühte Jazzer oder rockten wild darauf los und krönten das alles mit kontrapunktischen Episoden, die die Virtuosität von Bach und Händel blass aussehen ließen. Wir fühlten uns allen Göttern gewachsen. Großzügig ließen wir den Beatles ihren Himmel und den Stones die Hölle. Uns, den Doors, gehörte das Reich des Psychedelischen.

Auf die Euphorie folgte bald ein strudelnder Gleitflug abwärts. Alles, was wir im Laufe der nächsten Wochen lieferten, schmiss der Kerl uns zurück. Von den Rosen blieben die Dornen. Er und seine Company begannen uns von oben herab zu treten. Oder sie wollten uns nach dem Zuckerbrot die Peitsche fühlen lassen und uns vor dem Aufstieg aus dem Nichts noch ausgiebig quälen, um zu zeigen, wer ab nun über uns im Olymp thronte. Richtig räudig wurde es allerdings erst, als wir selbst zu ahnen begannen, dass die da oben recht hatten. Verdammt recht sogar, wenn auch nicht in der Weise, wie sie es meinten. Im Grunde hatten wir immer mehr gewollt, als bloß Psychorock oder Ähnliches. Wir wollten die Menschen in die dunkelsten Verstecke ihres Unterbewussten führen, wo sie sich alleine niemals hingewagt hätten. Neue Lebensmöglichkeiten entdecken, das wollten wir. Jedoch wir kannten die Wege dorthin nicht aus eigener Erfahrung, sondern bloß vom Hörensagen. Wir kannten das Echo alter Mythen, hatten Träume geträumt, aber der Kern unserer Sehnsüchte war vage geblieben, wie im Nebel. Was wir nicht wollten, wussten wir, kannten wir. Was wir wollten, das Echte, fehlte. Und wir konnten es uns nicht vorstellen. Die Company wollte verkaufen, sonst nichts. Das war verständlich. Verkaufen lassen sich Sensationen, Schweinereien, Softpornos. Anstößig und zugleich für möglichst viele konsumierbar. Wir, die Doors, wir wollten aber die totale Intensität. Die absolute Expression. Nackte Poesie, die weh tat. Ja? Ja!

Da fiel mir der Satz ein, den ich damals dem stotternden Lehrer gegenüber im Fog so übermütig hinausposaunt hatte.

Um die Götter zu verstehen, muss ich selbst ein Gott werden!

Das war gut geprahlt, eines Dilettanten würdig. Als ob ein Kunsträuber sich selbst schon als Künstler fühlen dürfte! Fieberheiß stieg mir die Schamröte ins Gesicht, zum Glück waren die anderen so mit sich selbst beschäftig, dass sie nichts davon bemerkten. Ich flüchtete ins Freie, meinen voraushüpfenden Gedanken hinterher.

Das Leben hier draußen brauchte einen wilderen Geist, der die alten Götzen zertrümmerte. Einen Geist, geboren aus der Urkraft der Musik, wie es schon Nietzsche verkündet hatte. Die Quelle aller Poesie war die Musik. Die Quelle der Musik der Tanz. Der Ursprung allen Tanzes die Ekstase, der unerschöpfliche Orgasmus der Schöpfung. Diese Urkraft, die in jedem von uns schlummerte – und verkümmern würde, wenn sie nicht geweckt wurde. Wer sie verschlief, auf den wartete die Hölle der ewigen Langeweile. Wahre Kraft aber entstammte letztendlich einem Zauber, dem wahren Mittelpunkt von allem, was es überhaupt gab. Und diesen schöpferischen Mittelpunkt, das spürte ich von Tag zu Tag schmerzlicher, den besaß ich nicht. Noch nicht. Wir alle wussten nicht einmal, wo suchen!

Ich stand alleine auf einer Straße, in einer Gegend, in der ich noch niemals gewesen war, und ohne zu wissen, wie ich dort hingekommen war. Ich hatte mich verirrt, aber unsere Situation, die hatte ich endlich erkannt, und in grausamer Klarheit. Wir hatten im Grunde keinen blassen Dunst, wo diese Schöpferkraft zu finden wäre. Vergeblich bohrten wir nach unterirdischen Vulkanen, suchten nach der lebendigen Lava unseres Inneren, die man verwandeln hätte können in eine aufregende, bisher unerreichte Musik. Alles, was wir produzierten, war nichts, war die Fortsetzung der alten Leier. Ein paar Sekunden lang wäre ich am liebsten tot gewesen. Oder wenigstens in den Boden hier an Ort und Stelle versunken, um durch die Kanäle von Los Angelos bis ins Meer gespült zu werden.

Ein zufällig vorbeitrudelndes Taxi erlöste mich aus meiner starren Verzweiflung. Ich stieg ein, ließ mich zum Studio zurückfahren und lud meine Freunde in eine Bar ein. Dort legte ich ihnen das Fazit meiner Überlegungen vor.

Unsere Version von Rock 'n' Roll, aufgemischt mit diffusem, psychedelischem Sound und klassischen Zitaten, genügte nicht für den Durchbruch, den wir ersehnten. Wir stimmten also im Grunde dem Urteil der Company bei. Wenn auch aus völlig anderen Gründen, von denen die Geldsäcke dort keine Ahnung hatten.

Was tun?

Schweigen.

Trinken.

Das Publikum in seiner fernsehsüchtigen Zufriedenheit musste vergewaltigt werden, damit es überhaupt etwas empfand. Von uns sollten sie echtes Blut zu lecken bekommen statt Tomatensaft. Das Blut aus dem Inneren unserer Herzen. Die anderen, Jimmy Hendrix, The Who, auch Bob Dylan, egal wie sie alle hießen, sie hatten ihre eigenen Pfade in diese Richtung gefunden. Bloß wir, The Doors, traten auf der Stelle, bevor wir überhaupt noch ins Laufen gekommen waren. Höhnisch blieben die Tore verschlossen, von denen wir geträumt hatten. Die andere Seite blieb unerreichbar.

Noch eine Runde.

Erregt, aber unfähig fühlten wir uns wie in der Vorhölle unüberwindlicher Mittelmäßigkeit. Die schöpferische Erregung verpuffte im Zittern unserer Nerven, drohte abzuflauen, bevor sie zu tönen hätte beginnen können. Die Company mit der feinen Nase für Versager witterte genau diese unsere Angst und gab uns die Sporen. Wir sollten für sie die Hürden der Hitparaden überspringen und ins Verkaufsziel voranstürmen. Egal wie. Deshalb der Vertrag. Vielleicht war es ja längst schon zu spät. Und wir waren längst schon wieder abgeschrieben. Ray hatte in der Zwischenzeit die Fußnoten dieses Vertrags studiert. Demnach konnten sie uns jederzeit und ohne Weiteres vor die Tür setzen.

Resümee: Nachdem wir uns also nächtelang vergeblich im Studio abgequält hatten, ohne mehr als Lärm und Schrott zu produzieren, nachdem wir endlich wieder alles mögliche Zeug geschluckt hatten, um auf bessere Ideen zu kommen, mit dem einzigen Ergebnis, überhaupt keinen klaren Gedanken mehr fassen zu können, schienen wir alle zusammen am Ende.

Punkt und aus.

Mit der Zeit begann der Streikbrecher wider Willen sich an die schwere Arbeit am Hafen zu gewöhnen. Sein Körper, den er sonst wie einen lästigen Sack mit sich herumgetragen hatte, wuchs zu einer kräftigen Stütze heran, zu einem Kameraden, der es gut mit ihm zu meinen schien. Sein Körper war es dann auch, der ihn an jenes Heft erinnerte, das er einst, wann genau wusste er nicht mehr, an einem dunklen, mit lauten Menschen angefüllten Ort vergessen oder verloren hatte. Während des Feierabends war diese Erinnerung aufgetaucht, als seine Hände nutzlos vor ihm lagen und wie von selbst nach einem in der Nähe liegenden Stück Holz griffen. Es sah nach nichts Besonderem aus. Ohne Absicht begannen seine Finger damit zu spielen. Wie Kinder spielen, die in allem ein Etwas sehen können. Da fiel es ihm ein. Das mit dem verlorenen Heft. Das mit dem Schreiben. Früher hatte er oft geschrieben, wenn ihm etwas durch den Kopf ging und ihm wichtig erschien. Spielerisch und doch achtsam hatte er nach den richtigen Formulierungen gesucht, hatte verbessert, ausgestrichen. Sich verloren im Zauberreich der Worte. Worte, die wie von selbst lebten und zugleich etwas anderes bedeuteten. Aber wie konnte das sein? Dieser Frage war er oft nachgegangen. Jetzt hatte er sie vergessen gehabt. Er sah den spielenden Fingern zu und spürte, wie die Zeit verging. Wie seine Zukunft weniger wurde, sie schien zu diesem kleinen Stück Strand vor seinem Fenster zusammengeschrumpft zu sein. Mit Schwung warf er das kleine Stück Holz in die Tiefe.

Sein Körper war es auch, der ihn an regelmäßige Mahlzeiten gewöhnt hatte, wie er seit seiner Studienzeit keine mehr bekommen hatte. Essen war ein lästiges Bedürfnis gewesen, ohne tieferen Sinn. Nun wurde der Hunger zu einem Freund. Er begleitete ihn überall hin, und gerne gab er ihm nach, und folgte seinem Instinkt in eine der riesigen Ausspeisungshallen, wo es für wenig Geld gebratene Kartoffeln und gehacktes Fleisch gab, an langen Tischen und unter kalten Neonröhren. Meist saß er allein da mit seinem Hunger, der langsam verging, dann spürte er, dass auch für ihn wieder die Zeit kam, woandershin zu wandern.

Einmal saß ein Mann ihm gegenüber auf einer dieser Bänke aus rotem Plastik und starrte ihn an. Ein kräftiger Kerl, der sein Essen verschlang und Wasser dazu trank, das hier nichts kostete. Der so Angestarrte fragte sich, ob jener ihn etwa kannte. Schon wollte er sich einen geschützteren Platz suchen, um dem brennenden Blick auszuweichen, aber da war der andere plötzlich verschwunden. In diesen Fast Food Hallen gab es keine Musik. Riesige Propeller an der Decke verteilten träge die Gerüche von schlechtem Fett und Schweiß über die Menschen und summten leise dazu. Er brachte sein Geschirr zurück zu den metallenen Tresen, stellte es zwischen andere Teller, wie es die Ordnung verlangte. Sein Kopf war angenehm leer, nur das Summen von oben störte ihn. So war er froh, wieder draußen zu sein.

Zwischen den blinkenden Reklamen fuhren hupend ein paar Autos durch die Nacht, er aber wählte eine der stilleren Straßen, auch wenn das ein Umweg war. Die Stille dort empfing ihn wie eine lang entbehrte Freundin. Beide waren sie fremd in der lauten Welt der Riesenstädte und hatten einander nötig. Wenig später beschlich ihn das Gefühl, nicht mehr allein zu sein. Schwere Schritte folgten ihm, Schritte von mehreren Männern in derben Schuhen, die sich nicht unterhielten, die stumm wie Schatten an ihm klebten. Weil er keine Furcht zeigen wollte, weil er so arm war wie die meisten hier, blieb er stehen und wandte sich um. Auch die Männer hielten an, kurz bevor sie ihn über den Haufen hätten laufen müssen. Einen unter ihnen erkannte er. Es war der Kerl, der ihn während des Essens angestarrt hatte. Jetzt warf dieser dem Nichtsahnenden ein paar Ausdrücke entgegen, in einer Sprache, deren Wucht keinen Sinn brauchte, um zu wirken. Sie meinten ihn, den Fremden, daran war nicht zu zweifeln. Ihn, wie er dastand und beruhigend die Arme hob. Nur wenige Worte, anklagend herausgeschrien, glaubte er zu verstehen: Streik, Solidarität, Diebstahl von Arbeit, Ausbeutung, Klassenfeind. Da wollte er etwas erwidern, aber schon das erste

Wort

blieb ihm hinten am Gaumen kleben. Augenblicklich waren sie da, so nah vor ihm, dass er ihren schlechten Atem riechen konnte, und schlugen zu, einer nach dem anderen, dann alle zugleich. Harte Fäuste, die schwere Arbeit gewöhnt waren. Obwohl er seine Arme schützend vor den Kopf gehoben hatte, trafen sie ihn. Er ging zu Boden und fühlte Blut aus Nase und Mund auf den Asphalt rinnen. In dieser Lacke aus Blut blieb er dann liegen, als sie von ihm abließen, kehrtmachten und den

Weg, den sie gekommen waren, zurückgingen. An der Ecke, vor der Hauptstraße, reichten sie einander die Hände und gingen in verschiedene Richtungen auseinander. Schweigend, wie in Scham, oder einfach bloß wie nach einer getanen Pflicht.

In weniger aufgeregten Zeiten waren die Sonntage Inseln der Freiheit für mich gewesen, an denen niemand mich stören durfte. Manchmal versuchte ich bloß, einer Schönen, von der ich oft nicht mehr genau wusste, wie sie zu mir in mein Apartment gekommen war, einige meiner Gedichte vorzulesen, als wäre ich nichts als ein verträumter Student. Oder ich fantasierte mich in einen Gewaltrausch, während draußen die Kirchenglocken zum Gottesdienst einluden. Oder. Oder. Oder ich schrieb Texte, die ich geträumt hatte, oder tat so, als hätte ich sie geträumt. Aber an diesem besonderen Sonntagmorgen, nach bitteren Wochen voller Niederlagen und Zweifeln, lief alles anders. Missmutig und allein war ich erwacht, Verse die mich erfrischen hätten können, mieden mich – und die anregenden Träume auch. Stattdessen umkreisten mich Dämonen, die sich schadenfroh über mich amüsierten. Ray musste es gerochen haben – es war so schwer nicht zu erraten – jedenfalls stand er, wie vom Himmel gefallen, plötzlich bei mir im Zimmer. Er hatte ein paar jener Papiere dabei, die er damals diesem Typen, den wir alle für einen Lehrer hielten, samt seinem Heft abgenommen hatte. Gerne hätte ich dieses Erlebnis vergessen, wegen des beunruhigenden Gefühls, das mich damals im London Fog erfasst hatte und seither in immer kürzeren Abständen heimsuchte, ohne dass ich jemandem davon erzählen wollte. Im Grunde schämte ich mich meiner dummen Sprüche an jenem Abend und der ganzen Aufregung. Mit einem gut eingeübten Pokerface stand Ray da und streckte mir dieses Papierzeug entgegen, das weder ihm noch mir gehörte.

„Erinnerst du dich? Du hattest dem Kerl hinterher den Namen eines Dichters verpasst und behauptet, er erinnert dich an ihn. An wen eigentlich? Hast du ja nie erzählt."

Kaltes Feuer hinter den Augen. Wie er in der Ecke lehnte. Wie er den Kopf hob. Wie ein Engel, oder ein Gespenst. Wieviel Mühe ihn die Worte kosteten, ehe er sie halb und halb herausspuckte.

Ich erinnerte mich bröckchenweise. Unwillig gab ich nach. Der Typ war mir damals wie eine Ahnung von etwas begegnet, das mir fehlte. Wie etwas, das ich nötig haben könnte, ohne es zu kennen. Dass ich später noch von ihm geträumt hatte, hatte ich auch niemandem gegenüber mit einem Wort erwähnt. Seit ich ein fünfjähriges Kind gewesen war, hatte ich ein ungeklärtes Verhältnis zu Träumen. Das rührte daher, dass ich mit meinem Vater, ich weiß nicht mehr wohin, einmal nachts mit seinem Wagen unterwegs gewesen war. Vor uns war ein Unfall geschehen. Eine Schar Indianer umstand ein Autowrack, heulend und schreiend. Wenn Indianer heulten und schrien, konnte das einen furchtbaren Eindruck machen. Viel mehr noch auf ein Kind. Ich sah einen eingeklemmten Mann, alle schrien, er wäre tot. Kreischend war ich aus unserem Auto geklettert, wollte helfen. Der Mann blutete, und ich, ein kleines, fünfjähriges Wesen, zerrte an dem Gestorbenen, bis mein Vater mich brutal wegriss. Er konnte sehr streng sein, bugsierte mich in den Fond unseres Wagens zurück und befahl mir, sofort zu schlafen. Aus Furcht stellte ich mich dann schlafend, zu widersprechen war unmöglich. Vielleicht schlief ich dann wirklich noch einmal ein. Mein Vater hatte später stock und steif behauptet, dass ich alles, den Unfall und den Toten, bloß geträumt hätte, während in Wirklichkeit gar nichts passiert sei. Er verbat mir sogar, davon zu sprechen. Noch heute habe ich manchmal das deutliche Gefühl, dass damals die Seele des toten Indianers in mich hineingekrochen und ich auf diese Weise zum Schamanen geworden war. Für mich konnten Träume wirklicher sein als jede Wirklichkeit. Auch wach konnte ich minutenlang in sie versinken.

„Was ist denn los mit dir? Du sollst dir das da ansehen."

Ray hatte die Geduld verloren und wedelte wütend mit diesen Papieren vor meinen Augen. Widerwillig nahm ich sie entgegen. Entlang einiger Worte, die ich mühsam genug entzifferte, tastete ich mich nun den Weg vom Heute zum Damals zurück. Nachdem ich mehrere Zeilen so einigermaßen verstanden hatte, erwachte allmählich die Erinnerung zu neuem Leben. Mit seinen braunen Samtaugen, seinem weichen Mund, seiner Scheu, schien er wieder vor mir zu stehen. Ich vernahm seine Stimme, wie sie nicht vorankam, so sehr er sich auch abmühte. Wie sie springen wollte und stolperte. So ähnlich funktionierten auch die Sätze, die da vor mir lagen. Manche bestanden nur aus wenigen Worten. So wie sie dastanden, deuteten sie auf ein Geheimnis, das sie aber nicht preisgeben wollten. Zumindest nicht sofort. Seine Sprache schien es zu verbergen, um es vor dem vorschnellen Zugriff der Menschen zu beschützen. Mir schien, als würde ich erst jetzt, während des langsamen, wiederholenden Lesens, das, was ich damals mit ihm erlebt hatte, wirklich erfahren. Es ging um das Bewusstsein, das er mir abgesprochen hatte, um die Sprache der Götter, die Stille, um die Liebe, und vor allem: um einen neuen Anfang für uns alle. Wenn er es so gemeint hatte, hatte ich ihn nicht verstanden. Die aufsteigende Erinnerung und manche der Wörter auf den alten Papieren berührten mich an einer Stelle, die ich bisher für unberührbar gehalten hatte. Irgendwo tief in mir, wo ich mich nicht auskannte. Ohne mein Zutun antwortete etwas von dort diesen fremden Worten wie ein Echo. Eine Musik ohne Noten. Ein Sound ohne Instrumente. Ein Abheben vom Boden des Gewohnten, beinahe ein Glücksgefühl. Ohne zu verstehen, verstand ich allmählich, was er vielleicht sagen wollte und auch damals gemeint hatte. In seiner tastenden Sprache beschwor er die drohende Gefahr einer Welt ohne Menschen. Einer Welt, bevölkert von Automaten. Von einem Leben im Lärm, ohne Musik. Oder einem leeren Leben nach dem Verstummen der Musik. Diese leerlaufende Welt musste angehalten werden. Stillstand. Neuanfang. Das Schlimmste stand nicht bevor, es war schon geschehen, es war schon passiert, nur niemand hatte es bemerkt. Unsere Sinne waren zu stumpf für das, was rundum geschah. Wollte er sagen, dass wir endlich auf den Schrei des Schmetterlings neu, wie zum ersten Mal, hören mussten? Alles war wie eine Warnung vor dem großen Schlaf, vor dem Schweigen des endgültig Verschwundenen. Vor dem Verrecken in der Betriebsamkeit unserer Geschäfte. Immer wieder verlor ich den Faden, wenn ich seine Bilder in Sätze zu fassen versuchte, und begann von vorne. Keine Ahnung, wie lange mich diese Papiere gefangen hielten. Wie ein Puzzle setzte ich mir den Text zusammen. Immer wieder neu buchstabierte ich ihn leise vor mich hin, überließ ihm die Führung und verfiel nach einiger Zeit – ohne das zunächst selbst zu bemerken – auf eine unbekannte Melodie. Ray hatte sich auf den Boden gelümmelt, zündete einen Joint am letzten an und lauschte wie ein Junge, dem ein ungeheurer Coup gelungen war. Dann sprang er auf, wir fielen einander in die Arme und miteinander in wortlosen Jubel, der für Außenstehende wahrscheinlich wie ein besinnungsloses Schnaufen Betrunkener geklungen hätte. Ohne uns weiter zu besprechen, holten wir die anderen aus ihren Betten, stürmten ins Studio und machten uns an die Arbeit.

Ein Ausweg war in Sicht.

Ein Anfang war gemacht.

Wenige Autos kamen an der Stelle vorbei, wo der gewalttätige Überfall geschehen war. In ihrem Sog flatterten die Haare des Opfers auf, als wären sie das einzig Lebendige an ihm. Die Blutlache unter ihm, so groß wie ein Taschentuch, kühlte langsam aus. Später, irgendwann, aber nicht zu spät, verlangsamte eine dunkle Limousine ihr Tempo, hielt an. Schatten bewegten sich hinter getönten Scheiben, Worte wurden gewechselt. Der Chauffeur stieg aus, kam näher, beugte sich über den Liegenden, lauschte, ohne ihn zu berühren, und kehrte unschlüssig zu dem Wagen zurück. Die Scheibe der hinteren Türe war heruntergelassen worden, ein Kopf beugte sich vor, halb verschattet von einem breitkrempigen Damenhut, und lauschte der Meldung.

„Er lebt. Soll ich die Polizei verständigen?"

Unbeteiligt wartete der Chauffeur auf weitere Anweisungen. Die Frage blieb zunächst ohne Antwort. Die dunkle Gestalt auf dem Gehweg lag da wie eine weggeworfene Puppe, bis im Scheinwerferlicht eines entgegenkommenden Wagens für einen Moment ihr Gesicht aufblitzte.

„Nein. Ich möchte ihn mir aus der Nähe ansehen."

Wie ein Automat öffnete der Chauffeur die Wagentür, verneigte sich und wartete ab. Sie trug ein zu dem Hut passendes, bodenlanges Kleid und über den Schultern eine Stola aus hellem Pelz. Langsam, beinahe feierlich, mehr schwebend als schreitend, glitt sie zu dem Verletzten hin. Ihre hochhackigen Schuhe klopften einen feinen Rhythmus auf den Asphalt, zehn Schritte lang, dann war es wieder still. Sein Kopf lag abgewinkelt, die geschlossenen Augen schräg nach oben gerichtet. Sie raffte ihr Kleid und ließ sich neben ihn auf ihr Knie nieder.

„Können Sie mich hören?"

Das wiederholte sie mehrmals, immer ein wenig lauter, bis sich seine Augenlider zitternd zu bewegen schienen, dann schwieg sie, wartete ab.

Woher erreichte ihn diese Stimme? Wer war sie?

Die Wörter standen für sich. Nichts ergab ihm einen Sinn. Einzeln bildeten sie keine Sätze, bloß Laute wie nach Noten, allmählich erst vernahm er die Stimme, die sie formten. Sie rückte die Wörter näher zueinander. Das Erste, was er durch seine zitternden Wimpern hindurch wahrnahm, waren ihre Augen, die dunkle Iris, schwebend in einem kleinen, hellen Teich, über den ein leichter Wind hinging. Von dort her tönte die Stimme.

Sie bemühte sich, langsam und deutlich zu sprechen.

„Soll ich einen Arzt holen lassen?"

Für ihn dauerte es lange, bis die Teile zusammen endlich ein Ganzes ergaben. Ihr Bild. Aus diesem Bild heraus lächelte sie ihn an, weil sie seinen Blick spürte. Das Lächeln galt ihm, und schweigend wartete sie auf Antwort.

„Wer b- b- bist du?"

Seine Stimme war brüchiger als sonst und wäre auch für jemanden, der Deutsch verstand, nicht gleich zu verstehen gewesen. Halb bewusstlos war er in seine Muttersprache zurückgefallen. Erst als sie fragte, ob er auch ein wenig Englisch könne, erkannte er sie als eine Fremde. Zugleich erwachte eine Ahnung in ihm, wo er war und warum. Sie inzwischen, immer noch lächelnd, winkte dem Chauffeur, näher zu kommen, für seine noch undeutliche Wahrnehmung mochte das ausgesehen haben wie ein Flügelschlag.

„... ein Engel?"

Auf Englisch sagte sich so etwas leichter.

Sie fürchtete um seinen Zustand. Oder sollte es ein Scherz gewesen sein?

Zur Erklärung versuchte er selber zu lächeln, mit dem Ergebnis, dass zwischen seinen Lippen ein wenig frisches

Blut hervorkroch. Ohne seinen Widerwillen zu verbergen, näherte sich der Chauffeur und musterte den Verletzten mit skeptischen Blicken. Sie übersah das, aber ihre Stimme wurde eine Spur strenger.

„Wir könnten Sie nach Hause bringen, wenn Sie möchten. Wo wohnen Sie?"

Sich mit der Rechten stützend, versuchte er sich aufzurichten, dabei war es für ihn schon schwierig gewesen, den Kopf verneinend hin und her zu wenden. Beides gleichzeitig wollte nun gar nicht gelingen.

„Wie heißen Sie?"

Obwohl er fürchtete, dass sie die Geduld verlieren würde, sank er kraftlos wieder zurück.

„Das wollen Sie mir nicht sagen? Das macht aber nichts. Gar nichts! Geben Sie sich keine Mühe."

Um seine Hilflosigkeit zu überspielen, lachte sie ein helles, leicht gekünsteltes Lachen, das klang, als wäre sie gewöhnt zu lügen und nähme so manches nicht allzu schwer. Dieser Gedanke kroch nur so obenhin durch sein Bewusstsein, wie ein halbtoter Käfer. Gleich wird sie verschwunden sein, fürchtete er. Was, wenn es nur ein Traum war? Das war schon deutlicher gedacht. Noch deutlicher empfand er die Furcht, im nächsten Moment wieder alleine zu sein.

Sie aber bemerkte seinen über sie hin irrenden Blick, mit dem er sie festzuhalten versuchte, nicht mehr. Stattdessen hatte sie eine Entscheidung getroffen und war aufgestanden.

„Gut. Wir bringen ihn zum Mullholland Drive. Für ein paar Tage. Er muss nicht sagen, wer er ist, wenn er das nicht will. Später wird er es vielleicht doch noch erzählen ..."

Spontan wollte der Chauffeur Einwände vorbringen, aber da hatte sie den immer noch Benommenen bereits unter dem Arm gefasst und angehoben. Dabei blickte sie ungehalten zu ihrem Chauffeur hoch, und ihre Stimme bekam einen metallischen Ton.

„Na los, helfen Sie schon. Worauf warten Sie?"

Der Chauffeur verschluckte, was er sagen hatte wollen, und griff stattdessen grob nach dem anderen Arm des Verletzten. Laut stöhnte der auf. Als sie ihn endlich in den Wagen setzten, hatte er sein Bewusstsein wieder verloren.

Vor dem Apartmenthaus lockte sie mit ein paar Dollarnoten Helfer herbei, die den Kranken nach oben schafften, wo ihn eine luxuriös und unpersönlich eingerichtete Dreizimmerwohnung in der obersten Etage erwartete. Den Fahrer wurde ausgeschickt, um ärztliche Hilfe herbeizuschaffen. Die Untersuchung endete dann mit einem unter den gegebenen Umständen einigermaßen positiven Ergebnis. Nichts schien gebrochen, nichts nachhaltig verletzt. Die Schmerzen würden voraussichtlich in einigen Tagen vergehen, wenn er sich schonte. Der Arzt desinfizierte die Wunden, verschrieb ein Beruhigungsmittel und eine Wundsalbe. Die Concierge legte frische Wäsche zurecht. Der Chauffeur musste Getränke aus einem der nahen Supermärkte herbeiholen. Zuletzt stand er an der Tür und blickte herausfordernd auf seine Uhr, während die Dame vor dem Spiegel ihren Hut langsam und umständlich wieder aufsetzte. Man hätte meinen können, mit Absicht, um den Abschied noch ein wenig hinauszuzögern. Endlich trat sie neben das Bett und blickte auf den Geretteten hinab. Ungefragt und sichtlich unter Schmerzen, stammelte dieser seinen Namen, was erst nach einigen Versuchen verstanden wurde. Auch dass er ein Streikbrecher war und dadurch wahrscheinlich selbst die Ursache seines Missgeschicks, bekannte er ein. Auf Nachfrage nannte er auch den Namen der Reederei, für die er seit Wochen Säcke schleppte. Für Momente verloren daraufhin die Blicke seiner Retterin den Halt, rutschten unsicher im Raum hin und her. Das Gesicht des Chauffeurs blieb unbeweglich auf seiner Uhr haften. Offensichtlich war der Name bekannt. Eine bedrohliche Stille machte sich breit. Es dauerte, bis ihr Blick wieder zur Ruhe kam. Dann aber hatte sie es eilig. Kurzgefasst versprach sie, Formalitäten und Krankmeldung für ihn zu erledigen. An einem der nächsten Tage wollte sie wiederkommen, um nach ihm zu sehen. Die Concierge würde sich in der Zwischenzeit um ihn kümmern. Der Chauffeur hielt die Tür auf, sie verschwand dahinter, ohne einen Blick zurück. Im Abgehen zischte der Chauffeur noch etwas über seine Schulter, es klang wie

„Benehmen Sie sich!“

Vielleicht aber auch wie:

„Viel zu viel Mühe für einen wie dich!“

Die Eigentümlichkeiten dieser Sprache mit ihren unerwarteten Wendungen trugen uns über alle Fragen der Komposition hinweg, bevor sie jemand gestellt hätte. Worte sammelten sich zu Versen, Verse zu Strophen, Strophen zu einem Song. Alles wurde, wie es sein musste. Unsere Sehnsucht hatte ihr Ziel erreicht, wir waren in unseren Träumen angekommen. Mit jedem Tag wandelte sich meine Stimme, wurde reifer, gewann Ausdrucksmöglichkeiten, von denen ich keine Ahnung gehabt hatte. Der Stimme folgte die Melodie, wie die Wolken dem Wind folgten. Befreit spielte die Band wie nie zuvor.

Zum ersten Mal fühlte ich, was Singen sein konnte. Die ganze Welt mit ihrem Schmerz und ihrem Reichtum, mit Bäumen, Städten und Landschaften, mit ihren Straßen und Häuserzeilen, mit Tieren und Menschen, schwebte von meinem Atem getragen heran. Ein Leben erschien, in dem alles mit allem zusammenhing, weil es nichts Einzelnes mehr gab. Wir fühlten uns von einer Begeisterung getragen, die viel stärker war als die verkrampfte Suche in den Wochen zuvor. Endlich waren wir sicher, dass dies der rechte Weg war. Dieser Song über die Kraft der Musik und die Öde einer Welt ohne Musik wuchs zur längsten Nummer der Popgeschichte heran. Unerhörte zwanzig Minuten lang. Ihre rockenden Rhythmen, ihre Pausen und das Wunder meiner Stimme sprengten, ohne dass wir es gleich bemerkten, alle diese Tore auf, die uns bisher den Weg versperrt hatten. Was dahinter lag, war mit Worten nicht zu beschreiben. Wir wussten bloß, dass es das Reich unserer kühnsten Träume war, wirklicher als alles bisher.

„Überwirklich."

Solche und ähnliche Worte stotterte der Agent, als er zum ersten Mal zuhören durfte. Und noch begeisterter überschlugen sich die wichtigsten Zeitungen des Landes wenige Wochen nach Erscheinen der Single, die wir noch vor unserer Langspielplatte herausgebracht hatten. Die Nummer wurde unser größter Hit. Selbstverständlich erschien der Song unter dem Namen der Doors, aber alle hielten mich für den Dichter. Vom Aufenthaltsort des Lehrers hatten wir keine Ahnung, so wenig wie von seiner Identität. Vielleicht war er gar nicht mehr am Leben. Einer wie er verging in diesem Land wie ein Hauch und ohne jede Spur.

Zudem beschleunigten sich die Ereignisse dieser Epoche damals von Tag zu Tag, wurden zu einer alles mitreißenden Zeit, der nichts widerstand. Sie wirbelte durcheinander, was bislang für unveränderlich gegolten hatte. Selbst wir, die das alles nicht nur erlebten, sondern im Zentrum der Bewegung den Sturm mit anfachten, konnten das Ausmaß des Wandels noch nicht erkennen, weil wir unsere Nasen an der Gegenwart plattdrücken mussten. Erst spätere Zeiten würden vielleicht beurteilen können, ob das, was wir damals erlebten, ein Anfang war, ein Zwischenspiel – oder schon wieder das Ende. Für uns, die wirklich dabei waren, waren diese Monate zuerst eine persönliche Neugeburt, ein Anfang.

Für viele wie uns waren sie voller Hoffnung, für andere eine Drohung.

Begonnen hatte es mit dem einfachen Gedanken, dass alles hier, dieses unser Leben, die beschissene, verratene Welt der Erwachsenen, samt den dazugehörigen, blutigen Kriegen ringsum, alles und jedes, auch anders hätte sein können. Die Welt, die Liebe, die Erziehung, das Leben, der Sex, alles das war doch nicht in Stein gemeißelt. Warum war es nicht großartiger, freier, lockerer? Mit einem Wort: Schöner? Oder auch *menschlicher*. Anfangs waren es bloß Ausdrücke dieser Art, die wie Blumen weitergereicht wurden. Einer oder eine sagte, sang oder schrie sie dem anderen, der anderen zu, bis alle zusammen sie sagten oder sangen oder riefen. Nach den Worten flogen bald auch Steine. Denn wir spürten den Widerstand jener, die alles so behalten wollten, wie es war, weil es ihnen nützte. Nach den Steinen flogen selbstgebaute Bomben. Besonders ernst waren sie gar nicht gemeint. Bloß lauter sollten sie sein, und mehr Aufmerksamkeit erregen und Angst machen. Es kam auch vor, dass die Bomben aus Schokoladepudding bestanden, der auf Politiker geworfen wurde. Der Unterschied zwischen Komik und Katastrophe bildete in diesen Tagen keine feste Grenze. Überall wurde geredet und getanzt und geliebt. Und den Herrschenden der Kampf angesagt. Freundlich, liebevoll und gewaltbereit in einem. Wir gegen alle. Wir fühlten uns, als hätte irgendwer in einem dumpfen Raum Türen und Fenster geöffnet. Bald wurde die frische Luft Botin eines Sturms, der zur gleichen Zeit durch viele Länder unseres Erdballs fegte. Als stünden die Luken zur anderen Seite des Kosmos hin einen Spaltbreit offen.

Niemand für sich alleine wäre auf solche Ideen gekommen, wäre stark genug gewesen, diesen Sturm zu entfachen. Kein Einzelner. Die Ahnung, die das alles trug, gärte gleichzeitig in vielen Köpfen. Wenn viele das Gleiche ahnen, entsteht eine Energie, die schwer aufzuhalten ist. Dann können Ideen für unüberwindlich gehaltene Bollwerke wegblasen. So musste man sich im königlichen Frankreich gefühlt haben, als vor der großen Revolution die Throne wankten, und dann nicht nur die

Kronen von den Köpfen der Majestäten fielen, sondern auch die Köpfe selbst.

Seit ich dieses Gedicht sang, oder vielleicht schon früher, nach der ersten Begegnung mit dem Lehrer oder Landstreicher damals im London Fog, trug diese Ahnung, diese ganze Bewegung überall auf der Welt, für mich den Ausdruck seines Gesichts. Er schien so entschlossen wie ungeschickt, so unbestimmbar wie unwiderstehlich. Wir, die Doors, gaben ihm die Stimme, meine Stimme, und je öfter ich an seiner Stelle sang, desto verwandter fühlte ich mich ihm. In seinem Namen wollten wir Reiter in einem Sturm sein, der das Morsche und Abgelebte vertreiben sollte, hier und woanders. Unsere Erde selbst, von Geschäften ausgesaugt und vergewaltigt, drohte unfruchtbar zu werden. Wir wollten sie retten, um ihr Neues zu bieten, auch wenn noch niemand wusste, wie das Neue aussehen sollte. Wir bereiteten den Raum vor, in den es hineinwachsen konnte. Noch brauchten wir nur da zu sein und zu singen. Bereit, durch jedes Feuer zu gehen. Brennend weiterzusingen. Im Bombenhagel zu singen. Zu ertrinken und zu singen. Unterzugehen und trotzdem zu singen. Unser Leben lebte von dieser Bereitschaft, das musste vorerst genügen. Wir und er waren ab nun eins. Wir, die Stimmen, und er, der Geist. Für die Band war das einfach ein mitreißender Gedanke, der immer weitere Perspektiven öffnete. Für mich war es ungleich mehr. Es war mein Schamanengedanke: Die Einheit von allem mit allem. Wenn ich sang, war der andere in mir. Wie seit dem Autounfall der tote Indianer in mir war, so nun auch der Lehrer, der verschwunden und zugleich da war. In mir. Er und ich. Ich und der Andere. Irgendwo dort draußen wartete er auf mich, genauso wie ich auf ihn wartete.

Der Körper rebellierte und verlangte Gerechtigkeit für seine Ansprüche. Was er auszubaden hatte, war die Konsequenz falscher Entscheidungen gewesen, die nicht die seinen gewesen waren. Die Prügel aber hatte er bekommen. Während der Geist nach Schlaf lechzte, ließ ihn der rebellische Körper nicht zur Ruhe kommen. Mühelos holte er ihn bei jeder kleinen Bewegung in die Wirklichkeit zurück, wo er sich seiner Verantwortung stellen sollte. Statt zu schlafen, sah er die Bilder seiner Retterin im Hirn kreisen, und fand erst recht keinen Schlaf. Schön erschien sie in seinen Augen, unnahbar, vergleichbar vielleicht den Göttinnen der Leinwand, wie er sie, selten genug, im Kino gesehen hatte. Verführerisch lächelte sie zu ihm herunter, und die bläulichen Schatten, die er an ihrem Hals entlang tanzen gesehen hatte, wenn sie sprach, trieben ihn in bisher kaum bekannte Wirbel des Verlangens – und das in seinem erbärmlichen Zustand. Alles an ihr war aufregend, zog ihn an, zog ihn ins Herrschaftsgebiet seiner Sinne. Während der Körper derart das Zepter schwenkte, blieb sein Denken hilflos. Der sinnlichen Gewissheit ihrer Gegenwart hatte sein Wille nichts entgegenzusetzen. Mehr und mehr fühlte er sich wie ein Kind, das nicht wusste, wo und wie mit dem Denken anfangen. Zögerlich krochen die Stunden der Dämmerung dahin.

„Was bin ich wirklich?", hörte er sich immer wieder fragen.

„Töricht und ungeschickt bist du. Und das nicht wegen der paar blauen Flecken, die ich an mir herumtrage, und nicht wegen der Schmerzen, die ich fühle", gab er sich selbst zur Antwort.

ICH
das sind drei Buchstaben
Im Englischen sogar nur ein einziger
I
Was ist es sonst noch
Wie schreibt man
ICH
richtig
meinen die Buchstaben alle das Gleiche wie ich
meinen sie dieses
ICH
das
ich
denke
?

Seine Gedanken handelten von Dingen, die es vielleicht gar nicht gab. Buchstaben spielten *Bäumchen, Bäumchen wechsle dich* mit ihm. Und immer kam er zu spät.

„Was sind das für Geschichten, die ich mir erzähle? Immer öfter verlaufe ich mich in ihnen. Niemand kann das Dasein, alle seine wechselnden Stimmungen, in dieses immer gleiche Wörtchen *Ich* zwängen! Warum wechselt das Leben seine Kulissen und Kostüme in diesem rasenden Tempo, und warum bin ich doch immer ich? Da kommt das flinkste Auge nicht mit. In Erinnerung bleibt nur das Langsame. Der langsam atmende Baum, der so langsam wächst, Hand in Hand mit der Zeit. Sie, die Zeit, ist es, die Ring um Ring durch sein Holz zieht. Oben bildet sich Blatt um Blatt. Unzählbar viele und doch jedes anders."

So wollte er sein, langsam für etwas wachsen. Auf etwas zu wachsen. Zuletzt waren sie dann deutlich zu sehen, die Blätter, wie sie einzeln zur Welt kamen, um gemeinsam zu sterben. Als Einzelne schaukeln sie im Herbst wieder zur Erde zurück, rotbraun.

Da war er endlich doch eingeschlafen.

„Hey Jim! Was ist los mit dir? Wir warten auf deine Antwort!"

Es war Ray, der mich ungeduldig aus meinen Gedanken riss. Die anderen starrten bloß erwartungsvoll zu mir. Robby hatte eine Idee für einen neuen Song vorgespielt, und die anderen meinten, dass er die Idee von mir geklaut hätte. Die Idee klang mir fremd, aber vielversprechend, so viel wusste ich noch, und passte ziemlich gut zu dem Groove, auf dem wir grade wandelten. An Einzelheiten konnte ich mich zunächst nicht erinnern. Mit einer etwas allgemeineren Bemerkung versuchte ich Zeit zu gewinnen, bis mir etwas oder jemand auf die Sprünge half.

„Aber so sollte unsere Arbeit doch laufen. Alle für einen. Einer für alle. Wir befruchten uns gegenseitig. Wir sind etwas Gemeinsames, keine Einzelnen. Gemeinsam schaffen wir alles."

„Das klingt wie ein Bekenntnis bei den Anonymen Alkoholikern!"

„Du kennst dich ja gut aus …"

Ray hatte keine Lust auf solche Spielchen. Ihm hatte Robbies Nummer nicht gefallen, vielleicht war er auch ein wenig neidisch.

„Ich finde, es klingt wie stinknormaler Folkrock."

Er murrte noch anderes unzufrieden vor sich hin. Wollte sich nicht geschlagen geben. Nicht von Robby. Die beiden ritterten oft miteinander um die besten Einfälle.

„Klar, ist ja auch noch nicht fertig!"

Robby wollte seinen Vorschlag verteidigen, ich nützte die Gelegenheit und sprang ihm bei.

„Mir kommt vor, Robbies Song handelt von den Schwierigkeiten des Anfangens in der Liebe. Wie sich aus einem Funken ein riesiges Feuer entwickelt. Der Song ist noch nicht rund, aber den Anfang finde ich schon ziemlich cool. Mir sagt mein Gefühl, das wird der Song des großen Sommers, zu dem die Satyrn tanzen."

Robbie nahm meinen Beistand dankbar an und wiederholte seinen Vorschlag mit erneutem Schwung auf der Gitarre, mit einigen ironischen Variationen. Weil er mich dabei erwartungsvoll ansah, improvisierte ich spontan eine zweite Strophe. Sie handelte davon, was mit der Liebe passiert, wenn die Zeit des Zögerns einmal vorbei ist. Wenn man nichts mehr zu verlieren hat als sein Leben. Dann erst ist jede Liebe wirklich etwas wert.

„Das Schlimmste, was uns geschehen kann, ist der Tod. Und der kommt in jedem Fall, auch wenn du aufgibst und kneifst."

Begeistert sprang Robby auf den endlich anfahrenden Zug auf.

„Genau! Der Song bringt Worte eines Mannes, der vor Liebe brennt – und nicht weiterweiß. Um das geht's dir doch Jim, und um sonst nichts, oder?"

Die anderen blickten mich an, als hinge jetzt alles nur noch von mir ab. Aus Verlegenheit begann ich zu lachen, weil ich nicht verraten wollte, wie stolz mich ihre Bewunderung machte. Um ihrer würdig zu werden, erfand ich noch eine dritte Strophe, und die blies alle Einwände endgültig in den Kamin.

„Jetzt ist es aber total dein Song geworden", grummelte Robby, halb zögernd, halb anerkennend.

„Aber du hast das Ei gelegt, ich hab's bloß ausgebrütet!"

Ray war noch nicht ganz zufrieden, oder wollte es nicht eingestehen. Also markierte er den Denker und entzündete einen Joint. John, der wie immer mit den Händen dachte, in denen er die Schlägel hielt, schlug vor, harten Rockbeat mit südamerikanischen Elementen zu brechen. Sogleich führte er vor, wie er sich das vorstellte. Aber Ray unterbrach ihn heftig. Er hatte eine Idee und war in Fahrt gekommen.

„Der Einstieg! Wir brauchen eine Einleitung für diese Musik. Man serviert ein außergewöhnliches Essen nicht ohne Vorspeise!"

„Wir fangen einfach an!", rief John dazwischen und legte los, intensiver, wilder als zuvor. Fast brutal fuhr Ray jetzt dazwischen und nahm ihm die Drumsticks weg. Sein Zorn war echt. Sekundenlang drohte sich ein Missklang in die Harmonie zwischen uns vieren zu mischen.

„Aber das eine schließt doch das andere nicht aus!", versuchte ich zu vermitteln, und Ray küsste übergangslos

Johns Hände, als hätte er nie anderes vorgehabt. Dann aber schien er einen seiner berüchtigten Vorträge über Kompositionslehre beginnen zu wollen.

„Ich nehme den Quintenzirkel, einen einfachen Kreis aus Fünferschritten. Bei G fangen wir an, und bei jedem Schritt lege ich ein paar Bachfiguren in die linke Hand …"

Aber statt weiter zu dozieren, setzte er sich an seine Orgel und spielte, während er uns die Kompositionsidee erklärte. Zunächst klang das alles wie ineinander verschlungene Spaghetti. Aber bald kam Sinn in den Song.

„… diese Bachfiguren können sich wie Fibonacci-Spiralen in beide Richtungen drehen. So etwa! Versteht ihr jetzt? Wie die Schlange, die sich in den Schwanz beißt, von der Jim einmal gesprochen hat. So geht es doch in der Liebe zu! Und? Hört ihr, wie sie sich windet? Und hört doch nimmer auf! Heureka!"

Seine Begeisterung trug uns weiter. Wenig später verdrängte dieser neue Song unter dem Titel *Light My Fire!* die Beatles von der Spitze der US-Charts!

In der darauffolgenden Woche bekam der Genesende täglich ein- oder sogar zweimal Besuch von der Frau, die ihn schon durch ihre Abwesenheit so sehr verwirrt hatte. Noch sprachen sie nicht allzu viel miteinander, höchstens „Wie gehts?" oder „Danke", „Schönes Wetter heute", „Schmeckt das Essen?", aber bald sagten sie nicht mehr „Sie", sondern „Du" zueinander, ohne das eigens verabredet zu haben. Was im Deutschen ein Sprung ist, wirkt im Englischen wie ein unmerkbarer Übergang oder einfach wie ein Anwachsen der Vertraulichkeit.

Zuvor hatte sie ihn gefragt, welchen Namen er ihr geben wollte. Es wäre nämlich besser, wenn er nicht wüsste, wie sie in Wirklichkeit hieße. Da taufte er sie auf den Namen *Eugenia*. Er hatte diesen Namen englisch ausgesprochen, weil sie ja auch Englisch miteinander sprachen. Wenn er nicht allzu erregt war, klang sein Englisch beinahe perfekt, nur der Akzent verriet den Ausländer.

„Eu-gea-nie …", wiederholte sie und zog die Vokale lang. Dann ließ sie das „Eu" weg und lachte.

„Jeannie!"

Das gefiel ihr viel besser.

Als Kind, noch bevor er zur Schule musste, hatte er eine Freundin gehabt, die Eugenia hieß, deutsch ausgesprochen. Eine kleine, schwarze Puppe, mit der er alles bereden konnte. Wenn ihn zum Beispiel die Angst plagte, nach dem Einschlafen nie mehr aufzuwachen. Oder wenn im Dunklen der Dielenboden unverständliche Laute von sich gab. Solche Dinge hatte der Junge mit seiner Freundin Eugenia besprochen. Er war sicher gewesen, dass sie für solche Fragen Verständnis hatte, auch wenn sie nichts dazu sagte.

Ihre Haare waren kraus und so schwarz wie ihr Körper, um die Hüfte trug sie einen aufgemalten Rock aus bunten Fransen, sonst war sie nackt und aus hartem Bakelit. Die Freundschaft mit Eugenia machte manches wieder gut, und er hatte ihr Treue für immer versprochen. Doch ihr Zusammensein währte nicht so lange, dass er die Probe hätte bestehen können. Es fand ein trauriges Ende, lange bevor die Ewigkeit in Sicht gekommen war, und er selbst trug die Schuld. Mit seinem Fuß hatte er Eugenia unabsichtlich zwischen zwei Gitterstäben hindurch geschubst, vom Fensterbrett, auf dem er mit ihr gesessen war, in die Tiefe. Das Letzte, was er von ihr hörte, war das Zersplittern des Materials, aus dem sie geformt gewesen war. Die Reste ihrer Existenz waren lange dort unten liegen geblieben. Viel länger noch plagten ihn die Schuldgefühle und er mied das Fenster seither, auf dessen Brett er so gern gesessen war. Stattdessen begann er, wenn er allein war, Bücher aus dem Schrank seines Vaters zu lesen.

„Hast du noch Familie …?“, fragte Jeannie, und er zögerte mit der Antwort. Sie ließ nicht locker.

„Doch … ja … Meine Mutter lebt noch. Sie hat den Kontakt zu mir abgebrochen, als sie erfuhr, dass ich auswandern wollte …“

„Und Freunde …“

„Doch, ja … Nicht so viele. Jeden Tag nehme ich mir vor, ihnen zu schreiben. Einige warten auf mich, vielleicht. Gemeinsam wollten wir … jedenfalls hatten wir einiges vor.“

Abwartend blieb sie still, aber er wollte nicht weitererzählten.

Rasch machte seine Genesung Fortschritte. Er fühlte sich wohl wie schon lange nicht mehr. Aber wenn er länger als verabredet auf Jeannie warten musste, wuchs seine Unruhe, und auch sein Körper meldete sich mit seinen erst halb verheilten Verletzungen zurück. Die Concierge war eine misstrauische Person, die ihm dreimal pro Tag Essen und zu trinken brachte, dabei kein überflüssiges Wort zu ihm sprach. Als wäre er ein Gefangener, mit dem es verboten war zu sprechen. Vor den Fenstern wuchsen Hochhäuser in den Himmel und störten seine schweifenden Blicke. Trotzdem stand er oft dort, seit er wieder aufstehen konnte, und blickte in die Ferne. Zwischen den Wohnblöcken lag die von den Häusern in schmale Scheibchen geschnittene Landschaft, nachts übersät von unzähligen Lichtern. Wellenförmig senkte sie sich immer tiefer und letztlich dem Meer entgegen, das man selbst nicht mehr sah, aber in der Leere dahinter erahnen konnte.

Einmal kam Jeannie überhaupt erst gegen Abend. Der Himmel wollte gerade dunkel hinter den Lichtern der Stadt verschwinden. Vor ihm lagen ein paar Papiere auf dem Tisch, die er bei ihrem Eintritt eilig, dennoch zu spät, verschwinden lassen wollte. Sie setzte sich ihm gegenüber und lächelte.

„Du bist also ein Dichter. Brauchst dich doch dafür nicht zu schämen. Ich werde dich ab jetzt mein verrücktes, deutsches Genie nennen. Du mein Genie, ich deine Jeannie!"

Auf Englisch klang das witzig. Da lachte auch er, zog die Zettel wieder aus ihrem Versteck hervor und legte sie offen vor ihre Augen.

„Ich schreibe nur, wenn ich nicht weiß, was ich sagen soll oder wie ich es am besten sagen kann. Außerdem stottert man schreibend nicht. Schon als Kind habe ich das so gemacht. Es ist eine Art Übung der Geläufigkeit. Für später …"

„Was bedeutet ‚später' für dich?"

Da wussten sie beide nicht, wie zu antworten wäre.

So streifte sie die Papiere mit einem flüchtigen Blick, kurz nur, vielleicht aus Rücksicht auf seine Verlegenheit, und öffnete mit geübten Fingern eine Flasche Wein, die sie mitgebracht hatte. Nebenher erzählte sie, dass die Männer, die ihn brutal zusammengeschlagen hatten, ausgeforscht worden waren. Man hatte sie hinter Gitter gebracht.

„Wozu soll das gut sein?!"

Seine Frage klang wie ein Aufschrei. Innerlich war er noch viel mehr erschrocken, als er nach außen zeigte. Zwischen den mittlerweile hellgrünen Blutergüssen wurde sein Gesicht blass. Nach Worten suchend, verirrte er sich in seinen Sätzen und geriet ins Stottern, während er mit ihr meist beinahe fließend sprach.

„... doch nicht meinetwegen. Sie können nichts dafür. Mir gegenüber waren sie sogar im Recht. Wenn man es genau bedenkt."

Da wurde ihr Ton von einem Augenblick zum nächsten streng und ein wenig wie von oben herab. Wie wenn ein Erwachsener einem Kind die Welt erklärt.

„Das hat mit dir persönlich auch nichts zu tun. Solche Terroristen bilden eine gut organisierte Gruppe. Das sind Kommunisten. Man muss sie einsperren, damit sie nicht noch mehr Schaden anrichten. Sie sind eine Gefahr für die Gemeinschaft."

„Für die Gemeinschaft der Reichen?"

Seinen unbedachten Einwurf überging sie mit Schweigen.

Wer war sie, die auf diese Art zu ihm sprach? Woher wusste sie mehr als er? Was hatte sie erlebt, das ihr ein solches Vorrecht geben konnte?

Immer noch ein wenig herablassend, tröstete sie ihn nach einer kleinen Weile über seine Verlegenheit hinweg, als hätte sie ihren Grund erraten.

„Du brauchst dich nicht zu wundern, es ist nicht schwierig für mich, dies oder das herauszufinden. Ich kenne viele Menschen. Sogar mehr, als ich möchte."

Dass er Lehrer hätte werden sollen, wusste sie ebenfalls bereits. Es half ihr, das Thema zu wechseln.

„Lehrer! Und du hast ihnen schon am ersten Tag den Job wieder hingeworfen? Das gefällt mir."

„G- g- ga- ganz so w- wa- war d- da- das ni- cht, aber –"

Er schwieg. Nicht nur des Stotterns wegen. Er fühlte sich ungerecht behandelt. Sie wusste schon so viel von ihm, und er hatte nicht die blasseste Ahnung davon, was sie tagsüber, was sie während der Nacht erlebte. Wie konnte er sie fragen? Er traute sich nicht, und ungefragt verlor sie kein Wort darüber. Stattdessen suchte sie woanders einen neuen Anfang.

„Sag mir ein paar Sätze über dich! Oder wenigstens einen einzigen. Auch wenn es ganz nebensächlich ist. Sag mir einfach, wie du bist. Oder wenigstens, wie du dich fühlst …"

Draußen toste der Verkehr, andauernd heulten irgendwelche Sirenen.

Warum war er hierhergekommen? Um Zeit zu gewinnen? Um stark zu werden für die Aufgaben, die zu Hause auf ihn warteten? Oder um wegzulaufen?

Laut aber sagte er, dass es die Musik gewesen sei. Die Musik des neuen Amerika.

„Diese Musik, die es nur bei euch gibt, die hier den Ton angibt, immer nur aus Lautsprechern zu hören, reichte mir nicht. Ich wollte dabei sein, wie diese Musik hier lebt, wo sie geboren wurde. Wollte wissen, wer diese Menschen sind, die sie machen, und hören, da wollte ich dabei sein. Die USA sind für mich das Land der rockenden Träumer."

Sie lachte, als wäre das alles für sie nicht wirklich ernst zu nehmen.

„Doch!", beharrte er. „Doch. Worte allein sind schwerer zu verstehen. Wenn sie gesungen werden, leben sie. Man spürt leichter, wie sie gemeint sind. Am liebsten wäre ich Sänger geworden. Wer singt, stottert nicht."

Jetzt musste sie wirklich lachen, laut und herzlich, und hielt sich doch zugleich den Mund zu, um ihn nicht zu verletzen.

„Deshalb bist du da? Rockstar willst du werden! Das passt doch gar nicht zu dir. Kannst du überhaupt singen?"

Heftig schüttelte er zu allen Fragen seinen Kopf. Das wusste er doch alles selbst. Aber zur Erklärung hätte er nur banale Dinge zu sagen gewusst. Schülerträume. Studentenübermut. Tollereien. Laut sagte er: „Im alten Europa regnet es Asche aus dem Himmel. Und auf den Ansichten der Menschen liegt der Staub."

„Erzähle mir von Europa! Erzähle mir von deinen Wünschen. Vielleicht kann ich dir sogar helfen."

Er trank von dem Wein. Der half ihm, die Zunge zu lösen. Sprach dies und das, balancierte zwischen Ernst und Scherz. Wie oft, wenn er unsicher war.

„Nebenbei arbeite ich an einer Liste“, sagte er dann, „… sie besteht nur aus zwei Spalten. In der einen stehen alle Gründe, sich umzubringen. Und in der anderen jene weiterzuleben. Diese Frage muss streng wissenschaftlich behandelt werden …“

Es passte überhaupt nicht hierher, aber er schien das nicht zu bemerken. War es nur ein Scherz oder Wichtigtuerei? Vor Unwillen schüttelte sie den Kopf. In solchen Dingen verstand sie keinen Spaß.

„So spricht bloß jemand, der noch nichts Wirkliches erlebt hat.“

Sofort war er wieder da, dieser marmorkühle Ton von oben herab.

Eine Weile saßen sie schweigend, lauschten dem ununterbrochenen Treiben der Stadt vor den Fenstern. Plötzlich fiel ihr Blick auf die Uhr, und sie erhob sich hastig. Während sie den Mantel anzog, sprach sie in ungewohntem Tempo, wie um die langen Pausen von zuvor auszugleichen.

„Das Leben, das man so lebt, das ist etwas, bei dem man gewinnen kann wie in jedem Spiel, oder verlieren. Verstehst du? Wenn man verloren hat, kann man hinterher zwar weiterleben, aber eben als Verlierer. Ich will nicht die Verliererin sein!“

Nun war sie es gewesen, die so leichtfertig gesprochen hatte; oder wie ein Kind, das sich nicht ganz sicher war bei dem, was es da so sagte. Und mit einem Mal kam er sich als der Erwachsenere vor. Oder war ihre hastige Rede eine Antwort auf seinen Scherz gewesen, und daher selbst ein Scherz? Bevor er seinen

Gedanken beenden konnte, stand sie schon in der Tür. Ein Abschiedslächeln.

„Bisher war mir das alles eigentlich ziemlich egal … Jetzt aber … Für dich möchte ich gern gewinnen. Du bist ein guter Grund für mich. Einer, der mir bisher gefehlt hatte. Aber das ist derselbe Grund, aus dem ich jetzt gehen muss. Vertrau mir. Bitte."

Von der Tür aus schickte sie ihm noch ein auf ihre Hand hingehauchtes Küsschen. Es passte nicht zu ihren sonstigen Gesten. Auch deshalb drehte sie sich schnell ab. Wollte nicht mehr sehen, ob er erschrocken war. Ein wenig zu laut fiel hinter ihr die Tür ins Schloss.

Nein! Kein Spiel. Das Leben ist kein Spiel. Es lässt sich dabei nichts verlieren, nichts gewinnen. Man lebt das Leben, oder geht an ihm vorbei. Fliegt daran vorbei, ins Leere. Ins Nichts. Es ein Spiel zu nennen, bedeutet schon eine Antwort. Sogar eine endgültige, nämlich, dass es im Leben um nichts geht.

Er spürte Angst in sich aufsteigen, wie damals, als er dem Gott der Hostien zu misstrauen begonnen und diese dann wütend aus dem Fenster geworfen hatte.

Pam – das war die Blasse mit der Sommersprossenwiese aus dem Fog – fühlte sich wie in einem Film, in dem sie die Hauptrolle spielte. Meine Überraschung war gelungen. Und es war höchste Zeit. Seit unsere Platten die Hitparaden hochkletterten und die Auftritte der Doors nicht mehr im Fog, sondern auf richtigen Bühnen stattfanden, seit Geld in verrückter Menge auf mein Konto trudelte, zogen gleichzeitig immer mehr dunkle Wolken über unseren privaten Glückshimmel. Dass ich nicht wie ein Bürohengst nach getaner Arbeit neben ihr vor dem Fernseher saß, war kein Thema. Dass ich oft tagelang wegblieb, nahm sie auch hin, höchstens dass sie dann ein paar Stunden schlechte Laune hatte. Hin und wieder verschwand sie auch selbst, aber ich brauchte nur an sie zu denken, dann war sie wieder da. Dass mein Leben immer mehr Fahrt aufnahm, mich in Höhen und Tiefen katapultierte, an denen sie keinen Anteil hatte, trieb ihr manchmal Tränen in die Augen. Tränen, die mich wütend machten. Was in mir lichterloh brannte, blieb unerreichbar für sie. Manchmal wünschte ich mir, ein Komet zu sein, durch fremde Räume zu rasen, langsam zu verbrennen, dabei aber weithin sichtbar. Es war eine Sehnsucht, die Pam sich nicht vorstellen konnte. Da kam mir die Idee, etwas Eigenes für sie zu suchen. Ein Zufall sprang mir bei. Ganz in der Nähe des Fog, wo wir uns kennengelernt hatten, lag eine der trendigsten Hippie-Boutiquen von L.A. Die Besitzerin war unlängst bei einem Verkehrsunfall ums Leben gekommen. Kurz entschlossen kaufte ich den Laden und führte die nichtsahnende Pam mit verbundenen Augen in ihr neues Reich. Dass ihr Herz an ausgeflippter Mode hing, wusste ich. Als Schülerin hatte sie ihre Kleidung sogar selbst entworfen und genäht. Jetzt konnte sie aus diesem privaten Faible im größeren Maßstab ihr Ding machen. Aus meiner Überraschung zauberten wir ein verrücktes Fest. Bald standen wir beide abwechselnd vor dem Spiegel und probierten die verrücktesten Klamotten an. Nebenbei versorgten wir uns aus der kleinen Reiseapotheke, die Pam immer bei sich hatte. Sie stand auf exotische Drogen, während mir Alkohol am liebsten war. Der beflügelte das Bewusstsein, lockerte es auf und ließ mich dabei ich selbst sein, bis ich müde wurde und wegkippte. Drogen, die dich verwandeln, bis du nicht mehr weißt, wer du eigentlich bist, misstraute ich zumeist. Am Höhepunkt jenes Abends trug ich einen Pelzmantel, für den irgendein bäriges Urtier sein Fell hatte opfern müssen. Es war langhaarig, schwarz und schimmerte violett, wenn das Licht von der Seite kam. Darunter war ich nackt und meine eigene Mähne krönte das Kostüm, das mich in einen Schamanen der Urzeit verwandelte. Pam hatte sich in einen mit Blumen bestickten Kimono gewickelt und selbstgemachten Fantasieschmuck umgehängt. Ihr Körper wurde zu einer tanzenden Schlange, und bald sah sie aus wie Lakshmi, die weibliche Seite Vishnus. Als Paar bewegten wir uns wie ein einziges Wesen, zwei Seiten des Menschen, der allein und für sich immer nur ein halber ist. Jetzt aber waren wir zwei und doch wieder eins, der vollkommene Ausdruck des Göttlichen. So fühlte sich Glück an. In unserem Tanz vereinigten sich die Gegensätze der Welt, verschmolzen Lust und Schmerz zu einem unauflöslichen Wirbel. Wir feierten Stunden, Tage, eine Ewigkeit lang, vertanzten unser ganzes Leben, und wenn es danach zu Ende gewesen wäre, hätte uns nichts mehr gefehlt. Aber es gab kein *Danach*, weil es für uns gar keine Zeit mehr gab.

Pam war eingeschlafen, ich aber wollte den neuen Tag draußen begrüßen, war immer noch in Hochstimmung und wusste nicht, wohin mit mir. Zum Glück begegnete mir ein Satyr. Es war ein kleiner Satyr, aber er hatte zwei Hörner und kleine, spitze Ohren auf einem menschlichen Kopf. Er sah aus wie der Faun in Debussys „Nachmittag eines Fauns". Ein Ballett, das ich vor Wochen gesehen hatte, in dem Nijinsky überirdisch getanzt und alle verzaubert hatte. Jetzt war er da, hier in L.A., wenn auch viel kleiner, und winkte mir. Die anderen Menschen, die geschäftig auf dem Weg zur Arbeit waren, sahen ihn nicht. Oder taten so, als wäre er gar nicht da. Mir aber schnitt er Grimassen, die mich aufforderten, ihm zu folgen. Dann wieder versteckte er sich hinter parkenden Autos, und ich musste ihn suchen. Er lief den Beach Drive entlang, und da erkannte ich, dass er mich nach Venice führte. Dort schien er endlich völlig in seinem Element. Zwischen den Palmen vollführte er seine Bocksprünge, immer weiter, immer höher, und machte mir Lust, es ihm nachzutun. Ich wollte ihn fangen und lief hinterher. Da machte er einen Riesensatz, sprang hoch in die Luft und landete im Wasser. Die nächste Welle nahm ihn mit sich, und wenig später war er weit draußen und entschwand. Ob Satyrn schwimmen konnten, wusste ich nicht, nahm mir aber vor, in einem mythologischen Lexikon nachzusehen. Nach und nach wurde ich wieder nüchtern. Aber mein Wohlgefühl blieb, erfüllte meinen ganzen Körper und machte ihn schwer. Dort, wo die Brandung nicht mehr hinreichte, ließ ich mich nieder und wartete.

Jeannie hatte darauf bestanden, dass er ihr, sobald seine Gesundheit es erlaubte, zeigen würde, wo er wohnte. Er hatte ihr viel von der kleinen Heimat erzählt, die er in Venice unverhofft gefunden hatte. Jetzt wollte sie den Blick auf die Palmen und das Meer mit ihm zusammen erleben. So spazierten sie gemeinsam zwischen verfallenen Hütten auf die Brandung zu, der er sich allein nie genähert hatte. Bekiffte Penner warfen erstaunte Blicke auf die junge Frau, die wie eine Erscheinung daherkam. In ihrer unauffälligen und gerade deshalb auffallenden Eleganz passte sie in keiner Weise hierher, aber auch er nicht, trotz seiner abgetretenen Stiefel, der Lederjacke und den nun schon schulterlangen Haaren, die im salzigen Wind unruhig flatterten. Es war seine Offenheit, sein Zutrauen zu den Dingen, die ihn von den anderen hier deutlich unterschieden. Zu vielem hier, besonders zu dem grenzenlosen Horizont oder zu den vielen Unterschieden zwischen Westen und Osten fielen ihm Geschichten ein. Jeannies Anwesenheit lockte hervor, was in ihm schlummerte. Er belebte es mit seinem Leben, als könnte er auf diese Weise sich selbst vor ihr ausbreiten.

„Kein Ding ist von sich aus schon es selbst. Alle müssen sie erst von uns erfahren sein, damit sie es werden. Die Dinge *sind*, ja, aber *wie* sie sind, hängt von uns ab. Davon, wie wir sie erleben. Und ob überhaupt …“

„Du meinst, die Welt hängt davon ab, was dir zu ihr einfällt …?“

Sie hatte ihn unterbrochen, für ihn klang es, als würde sie ihn wieder einmal nicht ganz ernst nehmen.

„Aber ja doch!“, rief er heftig und bemerkte zu spät, wie erstaunt und wie nachdenklich sie geworden war.

Er fürchtete, die Chance zu versäumen, ihr von seinen Gedanken zu sprechen, und redete darauf los.

„Genauso ist es aber. Wobei es natürlich nicht auf mich ankommt. Sondern auf jeden. Die Dinge empfinden nichts von allein. Aus diesem Grund gibt es uns doch. Damit wir die Dinge erleben und von ihnen sprechen. Sonst wäre alles umsonst. Und das größte Ding, das Ding aller Dinge, ist die Welt als Ganzes, nenn es Natur oder Kosmos oder sonst wie. Egal."

„Ich nehme die Dinge, wie sie sind. Zu den meisten fällt mir nichts ein. Oder doch … jetzt zum Beispiel ist mir etwas eingefallen."

Sie blieb stehen und küsste ihn auf den Mund. Hinterher sah sie ihm fragend in die Augen, während um die ihren ein Lächeln spielte.

„Und was bedeutet das jetzt? Kannst du es mir erklären?"

In ihren Worten war das Lächeln auch zu hören, er aber verstand ihren Scherz nicht und wusste keine Antwort. In seiner Kehle stauten sich Worte, die er nicht auszusprechen wagte. Aufmunternd hakte sie sich bei ihm unter. Wie zwei Kameraden schlenderten sie daraufhin den Strand entlang.

„Und? Du bist doch ein Dichter."

„Wozu Dichter? Niemand braucht sie. Außerdem müssten sie anders dichten als vor zweihundert Jahren. Oder schweigen und handeln. Oder singen. Wie die Rockstars!"

„Jetzt ist es heraus! Du willst doch Karriere machen …"

„Nein. Ja. Sicher ist, ich muss so vieles noch lernen …"

„Wie alt bist du?"

„Dreißig vorbei …"

„Zum Lernen ist da noch ein wenig Zeit übrig … oder?"

Sie zog ihn weiter, dorthin, wo das Meer mit kleinen Wellen immer wieder versuchte, Land zu gewinnen. Dass sie gerne das Thema gewechselt hätte, merkte er nicht.

„Wir tragen vieles in uns herum, was wir nicht aussprechen können. Trotzdem ist es da. In uns. Ich frage mich oft: Wie ist es da? Vielleicht wie jene Melodie, in deren Takt unsere Nerven arbeiten, ohne dass wir es merken. Die Gehirnforscher haben herausgefunden, dass es so etwas gibt …"

Mit halbem Ohr hatte sie zugehört und währenddessen ihre Schuhe abgestreift. Nun hüpfte sie mit nackten Füßen ins Wasser hinein, sah zu, wie die Wellen wilde Kreise formten. Dann spritzte sie ihn übermütig an.

„Ich kann nicht schwimmen!"

„Das kannst du auch noch lernen!"

In sicherem Abstand ließ er sich auf den Sand nieder und versuchte, seinen Gedanken zu Ende zu bringen.

„Die für uns unfassbaren Dinge bilden vielleicht die Melodie, in der sich die Götter verständigen und nach deren Takt das ganze Weltall schwingt."

Gut aufgelegt machte sie sich über seinen unerbittlichen Ernst lustig.

„*Swingt* heißt das! Bei dir klingt alles viel zu kompliziert …"

Lachend setzte sie sich neben ihn und streckte ihre Füße in die untergehende Sonne. Es begann kühler zu werden.

Eine Weile lauschten sie dem Wind. Es war der gleiche Wind, der schon die Irrfahrten des Odysseus begleitet hatte. Er fragte, ob sie von den Abenteuern des Griechen gehört hatte, von seiner zehnjährigen Suche nach der Heimat.

„In der Schule, glaube ich. Ist das der mit dem einen Auge mitten auf der Stirn? Wahrscheinlich habe ich da etwas falsch verstanden …"

„Die Odyssee wurde ja nicht erzählt, sondern gesungen, und deshalb verstehen wir sie heute nur noch so halb und halb, weil wir bloß die Worte kennen. Ohne Melodie."

Als ich, immer noch in meinen Pelzmantel gewickelt, erwachte, berührte draußen über dem Meer die Sonne den Horizont. Seine von ihrer Tageshitze aufgeregten Dunstschleier hoben sich ihr entgegen, dämpften ihr Licht und ließen sie langsam erröten. Langsam verschwand die Grenze zwischen Sonne und Wasser. Es war wie ein Kuss, den die Elemente einander abends schenken. Dieser Moment der innigsten Vereinigung faszinierte mich immer, besonders hier in Venice, am Ende der Welt. Bevor es dunkel wurde, erhob ich mich und machte mich auf den Heimweg, um nach Pam zu sehen. Vielleicht war sie ja schon wieder bei sich und sie selbst, dann würde sie sich sorgen. Ich wollte nicht, dass unser wiedergewonnenes Glück so schnell wieder Kratzer bekam.

Es waren nicht viele Menschen hier unterwegs, und die meisten waren entweder mit sich selbst oder mit dem

Anblick des Meeres beschäftigt. Ein einzelnes Paar, das ungewöhnlich genug aussah, zog meine Aufmerksamkeit auf sich. Nach ein paar Schritten meinte ich, die Frau zu erkennen. Bald war ich mir sicher.

Sie hieß Suzie.

Suzie war die Gattin eines jener zwielichtigen Bosse von L.A., die beinahe allmächtig waren, weil sie ihre Hände in so vielen Geschäften hatten, dass keiner ihnen schaden konnte, ohne selbst Schaden zu nehmen. Wir hatten uns in dieser Zeit einige Male getroffen und waren uns nähergekommen. Sie war ein Stern auf vielen Partys, tauchte auf wie eine Erscheinung und verschwand genauso schnell wieder. Dann war sie auf einmal ganz weggeblieben. Weil ihr Mann von alledem nicht wissen durfte, vermutete ich damals. Der junge Kerl neben ihr redete auf sie ein. Er war auf andere Weise auffallend, das erkannte ich, obwohl er mir halb den Rücken zugewandt hatte. Gerne hätte ich ihn von vorne gesehen. War es ihr Neuer? Irgendwas vibrierte zwischen ihnen, das meinen Neid erweckte. War es tatsächlich Eifersucht? Während ich noch im Zwiespalt der Gefühle zögerte, musste sie mich ihrerseits erkannt haben. Wie ertappt drehte sie sich weg, sagte rasch etwas zu ihrem Begleiter und zog ihn mit sich fort in eine andere Richtung. Am liebsten wäre ich ihnen nachgelaufen, um die Sache zu klären. Dann aber siegte der Widerwille, die Rolle des abgelegten Liebhabers zu spielen. Wenn sie noch etwas von mir wollte, würde sie zu mir kommen. Und wenn nicht, dann eben nicht. Ich fragte mich, ob sie ein paar der zahlreichen Kritiken über mich und die Doors in den Zeitungen gelesen hatte. Der Gedanke, dass sie dabei reumütig an unsere gemeinsamen Stunden zurückdenken würde, tröstete mich. Ich zog den Pelzmantel fester um mich und schlug einen weiten Bogen um das entschwindende Paar. Dabei entdeckte ich zwei andere Gestalten, die Suzie und ihrem Begleiter zu folgen schienen. Auch die beiden fielen in dieser Umgebung deutlich aus dem Rahmen. Sie waren nicht zum Vergnügen da, das war leicht zu erkennen. Keinen Blick verschwendeten sie an die vielfältigen Schönheiten des Ortes. Böse Inkarnationen des weißen, krawattentragenden Oberschichtamerikanertums waren sie und bewegten sich zielgerichtet wie Roboter. Elegant und brutal. Militär oder Mafia. Einer hielt eine Kamera wie ein Maschinengewehr und drückte andauernd ab. Es waren Suzie und ihr Begleiter, auf die sie es abgesehen hatten. Ich war erleichtert, dass sie an mir kein Interesse zeigten.

Als Jeannie vorhin abrupt die Richtung gewechselt hatte, war ihm das gar nicht aufgefallen. Um die rasch einfallende, kühle Luft abzuwehren, hatte er seinen Arm um sie gelegt und spürte die Unruhe ihres Körpers. Es machte ihn verlegen, und überdies fühlte er sich irgendwie schuldig. Möglichst unauffällig zog er seinen Arm zurück. Als Jeannie dann ruhiger geworden war und sich nicht mehr andauernd umblicken musste, weil Jim ihnen nicht mehr folgte, blieb sie stehen. Damit er ihrem fragenden Blick nicht ausweichen konnte, hielt sie seinen Kopf mit beiden Händen fest.

„Wenn alles von uns abhängt. Wovon hängen wir ab?"

„Ich weiß es nicht."

„Schicksal? Ist alles bloß Schicksal? Blinder Zufall, der uns hin und her wirft?"

„Nein! Das nicht. Das kann ich nicht glauben."

Sie schwieg und schien auf etwas zu warten. Eine Erklärung vielleicht?

Dann aber hatte er eine viel bessere Idee.

„Mach die Augen zu. Bitte! Und nicht schwindeln! Erst wenn ich es erlaube, darfst du sie wieder öffnen."

Er überzeugte sich, dass sie seiner Bitte folgte, und ergriff ihre Hand, um sie auf sein Dach zu führen. In sein kleines Reich, sechs Stockwerke über der Welt. Während die beiden nun so innig miteinander beschäftigt waren, ließen die zwei Männer mit dem Fotoapparat sie nicht aus den Augen. Böse klickte der Auslöser. Noch die unauffälligste Geste wurde von dem Objektiv verschluckt und bewahrt, bis die Mauern seines Hauses sie endlich vor ihnen verbargen.

Treppe um Treppe geleitete er sie nach oben, nichts bekam sie von den schmutzigen Lampen zu sehen, nichts vom Unrat vor den Türen, selbst den unflätigen Lärm dahinter übertönte er mit nebensächlichen Worten. Behutsam half er ihr über alle Hindernisse hinweg. Und sie fühlte seine Hand auf ihren Augen, und zwischen seinen Fingern glommen rosige Streifen Licht. Am Nachmittag war er das erste Mal seit dem Überfall kurz hier gewesen, um manches für den Besuch vorzubereiten. Jetzt erhellte der mehr als halb gerundete Mond den winzigen Raum, es war ein wenig wärmer als draußen, obwohl das Fenster offenstand. Sie waren angekommen auf dem luftigen Dach seiner Welt. Er hob sie durch das Fenster hinaus auf den flachen Vorbau, dort erst durfte sie die Augen wieder öffnen. Als der Entdecker dieses winzigen Paradieses zeigte er stolz auf diese und jene Besonderheiten, die ihm bereits ans Herz gewachsen waren. Das war sein Amerika, das er lange vergeblich gesucht hatte. Jetzt fühlte er keine Angst mehr vor der Zukunft. War zufrieden, keine Pläne nötig zu haben.

„Ich … “,

sagte er, und sie fragte,

„Und was?“,

und

„Nichts …“,

antwortete er und verbesserte sich sofort,

„Doch! Ich und das Wichtigste: Du. Du und ich.“

Und hob die Schultern, ließ sie wieder fallen, als gäbe es wirklich nichts mehr, was ihm noch fehlen könnte.

Einer der früheren Bewohner hatte einen kleinen Grillofen zurückgelassen. Vor Wochen schon hatte er diesen unter einer Plane gefunden und gereinigt, jetzt wurde er das erste Mal auch benutzt. Bald zogen würzige Wolken in den Himmel. Scharf stieg ihnen der Geruch heißen Olivenöls in die Nasen. Sie und er saßen auf Gerumpel, aus dem er Sitzgelegenheiten gebaut hatte, aßen und waren wie trunken voneinander.

Je tiefer die Finsternis herabsank, desto weniger Worte wurden gewechselt. Bloß zarte Berührungen tauschten sie, manchmal lagen sie Wange an Wange, er spürte ihren Körper wie ein Versprechen. Still hatte er sich versprochen, nicht mehr zu erwarten, als sie ihm gab. Trotzdem fühlte er, wie die Erregung seinen Körper ergriff, und von Moment zu Moment anwuchs. Er fühlte das stärkere Klopfen ihres Herzens an seinem und rührte sich nicht. Nahm es hin wie ein Geschenk, das man nicht auspackt. Wortlos schienen sie sich einig, dass ihr Warten das Vollkommenste war, das sie einander in dieser Gegenwart zu schenken hatten, ohne etwas zu stehlen, das ihnen noch nicht selbst gehörte. Ohne Falsch wollten sie sich der Zukunft stellen. Er schlief dann neben ihrem Bett ein, halb unter dem Tisch, weil seine Kammer so eng war.

Als er am nächsten Morgen erwachte, war das Bett neben ihm leer. Leer bis auf einen Zettel mit einem Morgengruß und der Bitte, der Dichter möge sich noch einige Tage in dem Apartment versorgen und pflegen lassen. Die Bequemlichkeiten dort würden ihm guttun. Am wichtigsten aber war, dass Jeannie ihn dort am einfachsten besuchen konnte. Danach würde man weitersehen.

Weitersehen, weiterleben.

Da war es wieder, dieses Wort, aus dem die Idee mit der Liste gekrochen war. Ein Spaß vielleicht, damals, als sie vor ihm saß und über ihn lachte. Lachte und versprach, sie wollte ihm schon helfen, Gründe zum Weiterleben zu finden. Für ihn aber galt seit jener gemeinsamen Nacht etwas Neues. Unter den Gründen weiterzuleben stand seither ein Name, Jeannie. Und auf Seiten der Gründe, es zu lassen, auch einer: Jeannie.

Eins zu eins. Unentschieden. Immerhin.

Seine Gedanken umkreisten Jeannie, ihr Wesen, ihr Dasein. Seine Verwirrung, deren Ursache sie war. Immer drängender wurden die Fragen, was sie trieb, wenn sie nicht bei ihm war, wen sie traf außer ihm, mit wem sie sprach. Er spürte, dass sie in einer Welt lebte, die feste Dinge enthielt, die aneinanderstießen, abwehrten, feste Barrieren bildeten, während in seiner Welt Gedanken und Ideen ineinander übergingen wie Wolken. Welche von beiden war die echte, die wahre Welt? Diese Fragen legten sich um seine Brust wie eine Zwinge, die enger und enger wurde.

Als sie dann den ersten und den zweiten Tag ausblieb, wurde seine Unruhe von Stunde zu Stunde unerträglicher. Am dritten Tag vermochte er keine zusammenhängenden Gedanken mehr zu fassen, am vierten loderten viele kleine Flammen in seinem Kopf. Trotzdem wagte er es nicht, das Apartment zu verlassen, aus Angst, sie zu versäumen. Von der Concierge war nichts zu erfahren, sie wusste nichts oder stellte sich dumpfer noch, als sie war. Was hätte er so jemanden fragen können? Seine Existenz erschien ihm plötzlich in einem erbarmungslos klaren Licht wie nie zuvor. Sein früheres Leben hatte er verlassen, weil er sich ihm nicht gewachsen gefühlt hatte, und war in ein anderes geraten, dass er noch viel weniger verstand.

Lieber Freund, Du wirst nicht glauben, wo ich bin. Ich sitze und schreibe in einem mondän modernen Apartment in L.A. mit einer Aussicht über Hollywood wie in einem Kinofilm – und denke über meine Zukunft nach, aber ganz anders als noch vor wenigen Wochen. Die Sache mit dem Goethe-Institut ist zerplatzt wie eine Seifenblase. Und so etwas hat mir früher Angst gemacht und mich in Aufregung versetzt! Was für ein Narr ich war. Das Apartment, in dem ich sitze, hat mir ein seltsames Schicksal in den Weg gelegt – nein, kein Schicksal, ein Wunder. Das Schicksal wählt blind, Wunder wählen aus. Keine Ahnung, wie viel Zeit ich noch habe. Wie sehnsüchtig ich noch vor Kurzem auf eine Antwort von Dir gewartet habe. Aber die Ungeduld macht uns abhängig vom Zufall. Man muss sie abschütteln. Die wichtigen Dinge brauchen Zeit. Wenn es so weit ist, werde ich Dir meine neue Adresse schicken. Vielleicht – egal. Im Übrigen sind fast alle belanglosen Reimereien meiner Jugend verloren gegangen. Die meisten von ihnen kennst Du ja. Ich suche nicht mehr nach ihnen. Viel habe ich erlebt, mehr noch, als ich jetzt erzählen könnte –

Liebste Mutter, Du hast Dir hoffentlich nicht zu große Sorgen um Deinen missratenen Sohn gemacht, und bist nicht böse, dass ich so lange nicht geschrieben habe. So schlimm wie Du vielleicht denkst, bin ich gar nicht. Du wolltest mich nur zu früh dem lieben Gott in die Hände legen. Man hat mir hier eine große Zukunft als Lehrer in Aussicht gestellt, aber mir wäre es wohler, wenn ich in Deiner Nähe leben und arbeiten könnte. Im Moment fehlen mir allerdings die Mittel, sodass … dürfte ich bitten – nein, ich bitte Dich nicht. Ich bin ja so glücklich

Hallo Andreas! Was wir damals in Berlin nächtelang durchpalavert haben, kommt in verwandelten Brocken immer wieder in mir hoch. Das ist nicht immer angenehm. Du willst eben immer mit Deinem Kopf voller Sprüche durch eine Wand aus Beton. Und doch. Die Wand, die uns alle am

Leben hindert, gibt es wirklich. Da hast Du recht. Wir haben viel gestritten, Du und ich, aber manchmal denke ich, wenn ich mir so die leeren, vielbeschäftigten Gesichter der Passanten hier anschaue, wie sie durch die Straßen rennen, wie die gar nicht wissen, wie abscheulich sie aussehen, wie erbärmlich sie leben, da denke ich immer, vielleicht hat Andreas recht mit seiner Wut, vielleicht muss man alles, die Straßen, die Geschäfte, die Banken, kaputt schlagen mit einem riesigen Hammer. Du brauchst also nicht zu glauben, dass ich damals in dieser Angelegenheit schon das letzte Wort gesprochen habe. Besonders in der Frage, ob eine radikale Umkehr aller Lebensbedingungen nötig ist, waren und sind wir uns ganz einig. Man muss etwas tun, nicht bloß träumen.

Es kann sein, dass ich nichts mehr schreiben werde, um stattdessen an Deiner Seite – oder Du kommst und teilst mein Glück. Das war ein Scherz, ich weiß es wohl, aber er brennt und schmerzt und lässt mich kaum – weiß ich nicht, wie lange ich hier noch eine feste Adresse – Postlagernd vielleicht –

Anderswo in den unergründlichen Weiten der Megametropole Los Angelos erhielt Jim Morrison in diesen Tagen einen sehr überraschenden Besuch seiner verflossenen „guten Bekannten".

Suzie:

„Letzte Woche … am Strand von Venice …"

Jim:

„Ich habe dich sofort erkannt, wie anders? Aber du warst ja leider nicht allein, wärst du allein gewesen, ich hätte nicht gezögert –"

Suzie:

„Wo hattest du denn den unmöglichen Pelzmantel her?“

Jim:

„Ich finde ihn sehr hip …“

Suzie:

„Ich bin nicht gekommen, um mit dir über Mode zu diskutieren.“

Jim:

„Du hast mit dem Mantel angefangen.“

Suzie:

„Entschuldige!“

Jim:

„Okay. Um was geht es …“

Suzie:

„Du hast ja richtig Karriere gemacht …“

Jim:

„Ach so …?“

Es war offensichtlich, dass Suzie, die sich anderswo Jeannie nannte, um die Sache, die sie hergetrieben hatte, herumredete. Ich genoss ihre Verlegenheit. So hatte ich sie früher nie erlebt. Immer überlegen, immer souverän und im Grunde unnahbar. Damals hatte sie mich zappeln lassen. Ich fühlte, dass ich mich jetzt revanchieren könnte.

„Also, ich hatte eine Idee … ich meine, du könntest mir einen Gefallen tun …“

„Aus alter Freundschaft …?“

„Wenn du es so nennen willst, gern.“

Es war der Tag vor dem Konzert, als sie ohne Anmeldung in meinem Apartment aufgetaucht war. Ich tat so, als wäre zwischen ihr und mir alles in Butter, nur dass ich im Moment ein wenig unter Druck war, störte die Harmonie. Trotzdem wartete ich großzügig ab, bis sich ihre Aufregung legte. Sie fing sich schnell und dann war ich der, der aus dem Staunen nicht mehr herauskam.

Jetzt, auf dem ersten Gipfel meiner Karriere, könnte ich vielleicht etwas für einen Bekannten von ihr tun.

„Ist er dein Liebhaber?"

Leider kam das etwas gereizter heraus, als ich beabsichtig hatte. Sie quittierte dies mit einem Lächeln und gewann beinahe ihre alte Überlegenheit zurück.

„Er ist ein Genie. Und er hat keine Ahnung davon. Ich liebe ihn. Das weiß er übrigens auch nicht. Ich hab es ihm nicht gesagt, und er ist nicht der Mann, so etwas zu erraten."

Nun war ich tatsächlich entwaffnet. Sogar meine Eifersucht war wie weggeblasen. Wenn Suzie mir gegenüber offen ohne Rücksicht davon sprach, dass sie jemanden liebte, musste etwas Umwälzendes geschehen sein. Da wollte ich keinesfalls kleinlich erscheinen und nahm mir vor, ihr zu helfen, was immer es sein sollte. Und es war erstaunlich genug.

Er hätte Suzie gegenüber seinen heimlichen Traum verraten, einmal in die Welt des Rock 'n' Roll einzutreten und vielleicht sogar selbst einmal auf der Bühne zu stehen. Ob ich also nicht … und so fort und so weiter. Jede andere hätte ich ausgelacht oder rausgeschmissen, sie aber verfügte, wenn sie wollte, über ein unwiderstehliches Lächeln. Nur hätte es dessen gar nicht bedurft. Denn als ich ein paar Einzelheiten über diesen geheimnisvollen Fremden erfahren hatte und als dann das Stichwort *Lehrer* gefallen war, fielen mir sämtliche Schuppen von den Augen. Jetzt wurde mir auch klar, warum mir jene Gestalt am Strand, die ich nur von hinten zu sehen bekommen hatte, so auffällig vorgekommen war. Der stotternde Landstreicher aus dem Fog. Niemand anderer. Hölderlin hatte ich ihn genannt.

Am fünften Tag, endlich, erschien Jeannie wieder bei ihm. Früh am Morgen. Am Fuße der Hochhäuser lag noch die Nacht, aber der Liebende hatte ohnehin nicht geschlafen. Er lehnte hinter der Tür und lauschte hinaus, wie er das zuletzt immer öfter getan hatte. So fiel er ihr, als sie plötzlich öffnete, beinahe ungebremst in die Arme, wollte sich entschuldigen, redete verwirrtes Zeug, von dem sie nichts verstand. Sie war sehr in Eile. War kaum gekommen und wollte gleich wieder weg. Zwar bemühte sie sich um zärtlichere Töne, fragte eilig nach seinem Befinden, er dazwischen nach dem ihren. Es war nicht die Zeit für ein Gespräch. Er solle sich gedulden. Es gebe eine Überraschung für ihn. Das allein war deutlich genug ausgesprochen. Eine ziemlich große Überraschung sogar. Ein wichtiges Ereignis, das sein Leben verändern solle, nein, schon verändert habe, nur ohne, dass er bisher irgendetwas davon bemerkt hätte. Sie selbst hätte erst vor Kurzem davon erfahren.

„Ich habe das Schicksal in die Hand genommen. Du hast recht. Nur so ist Freiheit zu gewinnen, wenn wir sie packen. Davonlaufen gilt nicht!"

Dieses Rätsel, und wie sie alles fast atemlos hervorsprudelte, regte ihn noch mehr auf. Dringend bat er um Nachsicht.

„Nein. Morgen!"

Morgen erst sollte er alles erfahren. Seine Bitten blieben ohne Wirkung. Zeit und Ort, wo er sie erwarten sollte, hatte sie für ihn auf einen Zettel notiert. Den hielt er dann in der Hand, als Beweis, dass nicht alles ein Traum gewesen war.

Morgen!

Wortlos wickelte er seine wenigen Sachen in die schwarze Jacke, die viel zu warm war für diesen Tag, und verließ das Apartment. Aus den nach Osten weisenden Straßen strömte ihm das gleißende Licht der aufsteigenden Sonne entgegen. Schritt für Schritt kämpfte er dagegen an, wie ein Wanderer gegen einen Sturm, bis seine Augen vor Feuer brannten. Aber der Kampf stärkte seinen Mut. Das Brennen in den Augen vermehrte seine Zuversicht. Alle Hindernisse, welche es auch sein würden, ließen sich überwinden, wenn man sich dem Kampf stellte. Jeannie war so, er musste so erst werden. Fast eine Stunde später bemerkte er, dass er in die falsche Richtung gelaufen war. Seine Behausung lag im Westen, dort, wo das Meer den Rand der westlichen Welt markierte. Aber der Anmarsch gegen den Lichtstrom hatte ihn gestärkt. Endlich, so dachte er. Der Schrecken, der ihn seit Tagen quälte, war verschwunden.

Oben auf seinem Dach angelangt, erinnerte er sich nicht mehr, weshalb er tagelang so verwirrt gewesen war. Hier lagen alle Dinge noch so, wie Jeannie sie vor einer knappen Woche hingelegt hatte. War sie nicht eben erst fortgegangen? Das gewesene Glück kam wieder zurück. Jetzt, in der Wiederholung, wurde es für ihn erst ganz wirklich. Wurde, so schien ihm, zu einer unverlierbaren Erfahrung. Benommen legte er sich auf das Bett, und ihm war, als müsste ihre Wärme hier noch zu fühlen sein und der Geruch ihres Körpers.

Für jede Band war das *Great Western Forum* in L.A. eine der steilsten und dabei gefährlichsten Stufen auf der Treppe nach ganz oben. Gewissermaßen der *Circus Maximus* für die Gladiatoren des Rock 'n' Roll. Siegen oder Untergehen hieß die Devise. Daumen rauf oder runter. Jetzt waren wir an der Reihe, Todesmut zu zeigen.

Das Great Western lag am Ende des Manchester Boulevards, einer jener bunt glitzernden Tentakel, mit denen L.A. weit und gierig in das Umland hinausgriff. Konzerte, die dort stattfanden, erwarben schon durch die bloße Ankündigung den Ruf des Spektakulären. Hinterher wurden manche von ihnen zur Legende. Jimmy Hendrix hatte dort seine Gitarren zertrümmert. Bei dem ersten Auftritt der Rolling Stones hatte es eine Schlacht mit Toten gegeben, und die Kings waren ausgepfiffen worden und beendeten am nächsten Tag ihre Karriere im kollektiven Selbstmord. Die Latte zum ganz großen Durchbruch lag also in Griffweite und schien gleichzeitig unübersteigbar.

Schon Tage vor unserem Auftritt knisterte in manchen Teilen der Stadt eine auch für Unbeteiligte spürbare Spannung. Wir surften auf den Wellen hochgespannter Gefühle, spürten in der Magengrube die Ahnung von etwas Unheimlichem, das uns erwartete. In den Wochen davor hatten manche Radio- und

TV-Sender Schmutzschlachten gegen uns veranstaltet. Wir, die Doors, galten längst als die Speerspitze einer anarchistischen Revolte. Für die Rasenmäher gepflegter Vorgärten verkörperten wir die Rückkehr einer wuchernden Wildnis. So sehr wir diese Rolle liebten, so wenig unterschätzten wir die Macht derer, die sich angegriffen fühlten. Die herrschende Klasse samt ihren gut bezahlten Schergen wetzten die Messer. Sie witterten eine Chance, uns die zum Sprung angesetzten Beine wegzuschlagen. Für sie ging es um mehr als ein Rockkonzert, das sie im Grunde wenig interessierte. Mit ihren geschärften Ohren hörten sie das Knirschen und Ächzen in den Fundamenten von Staat und Ordnung, noch bevor es wirklich so weit war. Zur Sicherung ihrer wie für die Ewigkeit gebauten Macht wollte das Regime seine Zähne zeigen, und viele unter ihnen verspürten wachsende Lust, endlich wieder kraftvoll zuzubeißen. Mich als Frontmann und Aushängeschild der Band hatten sie dabei speziell im Fadenkreuz. Mein Leben war ihnen Traum und Albtraum zu gleichen Teilen. In vielen Schlafzimmern schwebte mein Bild wie ein Phantom über den einander überdrüssigen Ehepaaren, wenn sie einander die Rücken zuwandten, um ungestört in ihren Fantasien zu schwelgen. Ihr Wunsch nach Ausschweifungen und die Furcht davor waren ihre Motive. Natürlich gab das keiner zu. Stattdessen predigten sie vom guten alten Patriotismus. Von den gemeinsamen Werten der Vereinigten Staaten von Amerika, mit denen sich jede Gemeinheit rechtfertigen ließ. Unsere Musik, mehr noch unsere Texte und die

Strahlkraft unseres Selbst verkörperten für das Regime ein zweites Pearl Harbour: Den Überfall barbarischer Eindringlinge auf die anständige Mittelklasse der USA. Mit dem Ziel, alle braven Bürger mitsamt ihrem geregelten Leben, ihren Gewohnheiten und Sitten, nach denen sie sich beim Ficken, Geldverdienen und beim Gottesdienst richteten, erbarmungslos zu vernichten. Damit hatten sie nicht ganz Unrecht, vielleicht mehr als sie ahnten. Die Gewalt aber, von der viele lüstern träumten, die Knüppel, die sie noch in ihren Säcken versteckten, bargen zugleich ein Risiko für sie. Eine Macht, die bereit war, sich brutal zur Schau zu stellen, würde damit auch erkennbarer werden. Ihr wahres Gesicht machte sie angreifbar. Auf diese Chance bauten wir.

Dass für dieses Konzert im Geheimen ein Sondereinsatz der Bullen vorbereitet wurde, ahnten wir. Auch bei der Polizei hatten wir Fans, die uns in dieser Hinsicht einige Tipps gaben. Genaueres wusste allerdings niemand. Alles wurde hinter verschlossenen Türen und top-secret geplant. Treuherzig wurde auf das Vorbild der tapferen GIs hingewiesen, die im asiatischen Urwald für die Werte der USA ihr junges Leben lassen mussten, während solche wie wir das Hinterland mit Drogen und Unzucht überzogen.

In diese Situation war nun Suzie mit ihrer überraschenden Bitte um Hilfe geplatzt. Damit hatte die Angelegenheit eine Wendung genommen, so verrückt und großartig wie niemand sie mit Absicht hätte planen können. Die Band wurde eingeweiht und war von meinem Vorhaben begeistert. Mir persönlich war durch die Nachricht schnell klar geworden, wie sehr ich mich im Tiefsten meines Herzens danach gesehnt hatte, den Fremden wiederzusehen. Schon die ganze Zeit über, seit der ersten Bekanntschaft mit ihm damals im London Fog, hatte sich hinter der spontanen Aggression eine ebenso spontane Attraktion verborgen. Was für ein nüchternes Auge wie ein romanhafter Zufall aussehen mochte – erst diese Begegnung im Fog, der halbe Streit, und dann seine Leidenschaft für Jeannie, die in Wahrheit Suzie hieß – alles war mir ein Zeichen! Ein Zeichen für die Mitwirkung des alten Sängergottes Dionysos auf unserer Seite. Aus Asien war er herübergekommen, hatte den halben Erdball und ein paar Jahrtausende durchquert, um mir in diesem kritischen Moment beizustehen. Durch uns sollte der Lehrer zum Propheten einer Jugend werden, die mehr verlangte als nur Karriere und Geld. Jetzt erkannte ich Dionysos auch als den Regisseur meiner Träume und Visionen am Strand von Venice. Nicht umsonst hatten sich die Alten ihn als Gott des Rausches vorgestellt, der die Menschheit aus der Wüste ihrer mechanischen Vernunft erretten konnte.

Für Suzie war am wichtigsten gewesen, dass niemand entdecken durfte, dass sie hinter meinem Vorhaben steckte. Dafür hatte sie mehr als nur gute Gründe; ansonsten bekam ich freie Hand. Wer hätte dieses Zusammentreffen auch besser in Szene zu setzen vermocht als ich? Allmählich fügten sich meine Ideen zu einem konkreten Plan zusammen, der an allen Fronten Aussicht auf Erfolg hatte. Bei Suzie würde ich mich als großzügiger Wohltäter erweisen, der ihr nichts nachtrug. Die Band konnte ihr psychedelisches Image um mehrere Facetten bereichern. Die Zeitungen bekamen ein neues Thema, und mein Lehrer, *Hölderlin*, würde erkennen, dass ich kein trunksüchtiger Rockstar war, sondern der Apostel seiner frohen Botschaft. Später hat man dann erfahren, dass die Strategen des Gegenangriffs ihre Pläne hinter dem Namen *Bacchusfest* versteckten. Eine geniale Pointe im Verwirrspiel des unberechenbaren Gottes.

Einigermaßen gefasst und sogar ein wenig beruhigt sahen wir nun dem Ereignis entgegen. Jeder Angriff der Obrigkeiten auf uns musste zu einem Angriff auf alle werden, die mehr sein wollten als bewusstlose Konsumidioten oder Soldaten ungerechter Kriege. Die Geschichte der Menschheit würde sich nicht aufhalten lassen, und schon gar nicht von jenen Zombies, die am liebsten jedem frei atmenden Wesen die Luft abgesperrt hätten.

Lange vor der vereinbarten Zeit war der aufgeregte Dichter am Treffpunkt eingetroffen. Bangen Glückes voll und ohne jede Ahnung des Bevorstehenden. Ein wenig lächerlich wirkte er, wie er öfter beidbeinig in die Höhe hüpfte, um über den vorbeiströmenden Verkehr hinweg Ausschau nach Jeannie zu halten, und gar nicht bemerkte, wie ihn andere dabei beobachteten. Als sie endlich da war, und er zu ihr in die bordeauxfarbene Limousine stieg, verriet sie nur in kleinen Häppchen ein wenig über das Ziel ihres Ausflugs. Schelmisch lächelnd, von der eigenen Überraschung angesteckt wie ein Kind zu Weihnachten, bewahrte sie ihr Geheimnis, von dem sie selbst nicht alles wusste. Bloß dass ein Konzert stattfinden würde, welches ihn ein wenig, oder auch mehr als nur ein wenig interessieren könnte.

Woher sie das wissen wolle?

So etwas spüre sie.

Weshalb sie beide die kostbare Zeit nicht allein, nur sie zwei am Strand von Venice, verbringen könnten?

Weil sie das später nachholen würden, wenn er es wolle, heute habe sie Zeit, noch Stunden, heute dränge sie niemand. Heute sei es allein ihr Tag, ihrer und seiner. Ihre und seine Nacht.

Als sie sich über den schier endlosen Manchester Boulevard dem Great Western Forum näherten, einem von Hunderten Säulen getragenen, kreisrunden Monument US-amerikanischen Selbstbewusstseins, war unser Event drinnen schon im Gange. Alles folgte einem wohl vorbereiteten Plan. Der Chauffeur lenkte den Wagen an den großen Parkplätzen vorbei hin zu einem Seitentrakt, der als Empfangsraum für die Künstler und ausgewählte Ehrengäste diente. Dort erwartete man sie bereits. Die Sicherheitsschranken hoben sich bei ihrem Auftauchen, freundlich winkte man sie weiter, ohne dass sie anhalten mussten. Während der Chauffeur beim Wagen zurückblieb, wurde das Paar durch eine mit blauem Samt ausgeschlagene Halle geführt, in der die Musik sich bereits durch gedämpfte Beats erahnen ließ. Mit welchem rücksichtsvollen Respekt Jeannie hier behandelt wurde, schien dem Verliebten nicht weiter aufzufallen. Er schwebte an ihrer Seite wie in einer gläsernen Gondel, roch ihren Duft, spürte ihre pulsierende Wärme, berührungslos, in seinem Inneren. Nichts erreichte ihn, was nicht von ihr kam. In einer Art Schallschleuse mussten sie ein paar Minuten warten, die Spannung stieg, sie vermieden es, einander anzusehen. Plötzlich glitten schwere Tore unhörbar zur Seite, Helfer schoben das Paar hindurch, und sogleich packte sie der Sound elektrisch verstärkter Gitarren, das Brausen einer wild improvisierenden Orgel und das dumpfe Wirbeln der Drums. Töne direkt aus den Tiefen der Unterwelt verdrängten die Fragen des Tages. Und über allem schwebte die Stimme Jim Morrisons, meine Stimme, meine neugeborene, erwachsen gewordene Stimme, die das ganze Schauspiel und alle Anwesenden beherrschte. Er und Jeannie waren in meinen Machtbereich getreten und würden ihm nicht mehr entkommen. So dachte ich. Endlich würde ich ihm beweisen können, dass ich seine Botschaft verstanden hatte. Und dass ich der Einzige war, der sie den Menschenmassen übermitteln konnte. Während sie zu ihren Sitzen in der ersten Reihe geleitet wurden und Ray eines seiner Soli spielte, konnte ich das Paar genauer betrachten. Die niedergekämpfte Eifersucht wollte sich wieder regen. Es war nicht zu verkennen, dass sie ein wundersames, außergewöhnliches Paar waren. Meine augenblickliche Stimmung erlaubte mir, das zuzugeben. Dennoch wandte ich meinen Blick von ihnen ab. Sie sollten nicht bemerken, wie genau ich alles überblickte – und dass sie bereits Bestandteil meiner Show waren. Sie würden es früh genug erfahren.

Vor ihnen lag nun diese riesige Bühne, groß genug, tief genug, dunkel genug, um alle Dramen der Welt auf ihr stattfinden und wieder verschwinden zu lassen. Hinter ihnen, in tiefem Dunkel, bildfüllend, das Publikum, der Leviathan. Eine Gestalt aus mehr als zwanzigtausend Körpern, wie aus einem Meer geboren, und im selben Moment auch nichts anderes als dieses Meer: Eine von einem einzigen, von meinem Willen bewegte Masse. Deutlich fühlten der junge Mann und die Frau neben ihm die Gegenwart dieses unheimlichen Wesens hinter sich, von dem sie auch ein Teil werden sollten, und wagten es doch nicht, sich umzudrehen. Vergaßen es wieder, denn vor ihren Augen lief die Show ab, von der sie beide nichts versäumen wollten. Ob der Lehrer mich wiedererkannte, nach der langen Zeit, war für mich nicht zu erkennen. Außer mir waren nur die drei anderen Bandmitglieder auf dieser von wandernden Lichtkegeln zerteilten Fläche. Alles wie damals im Fog, bloß ins Gigantische vergrößert. Meine Freunde schienen mit ihren Instrumenten verwachsen zu sein. Nicht Robby spielte die Gitarre, die Gitarre spielte ihn. Sie bediente sich seiner, um wirklich zu werden. An Schlagzeug und Keyboard hingen menschliche Körper, die nur aus Rhythmus und Melodie bestanden. Ich aber war weit vor ihnen, hatte kein Instrument, brauchte keines. War selbst der Tanz, war Stimme, war alles. Für die Köpfe unter mir zählte nur ich. Wie ein Dämon war ich an allen Orten. Zugleich fühlte ich mich selbst von vielen kleinen Dämonen bewohnt, die keiner sah, die bloß ich spürte. Sie belebten meinen Körper. Meine Arme, meine Beine und mein Schwanz sprachen ihre eigene, vorlaute Sprache, ich brauchte dem dämonischen Chor nur zu vertrauen. Das Mikrofon in meinen Händen verwandelte sich in eine Blume, in die hinein ich meine Geheimnisse hauchte. So zurückhaltend zart ich mich gab, so gewaltig tönte mein Atem tausendfach verstärkt von allen Seiten aus der Finsternis der Halle zurück. Als mein schweifender Blick wie zufällig auf den Dichter traf, kam mir vor, als zuckte Abscheu um seinen Mund, und ich hoffte sehr, ich hatte mich getäuscht. Endlich war dieses eine Lied, das ihn und mich nichts anging, zu Ende, und die Masse sprang hoch wie ein einziges Wesen, das aus einer Trance erwacht war. Jubelte, klatschte mit hocherhobenen Händen. Gleißendes Scheinwerferlicht ergoss sich über sie alle, in den zuckenden Lichtkreisen zerfielen sie in das, was sie sonst noch waren, ohne unsere Musik. Als solche schrien sie, johlten und feierten sich selbst, ihre Welt und ihr Dasein in ihr. Dazu ließ ich ihnen ausreichend Zeit, wiegte sie in dem Gefühl, dass es mir auf sie ankäme. In einem Moment träumerischer Selbstvergessenheit warf ich ihnen sogar einige Kusshände zu. Sie gerieten außer sich, aber mich überkam eine peinliche Scham. Deshalb winkte ich ab, trat ganz nach vor, bis an den Rand der Bühnenrampe, und gab mit hoch ausgestreckter Hand ein vereinbartes Zeichen. In der Halle wurde es wieder dunkel. Die plötzliche Finsternis ließ die Masse verstummen.

Mein Dichter sollte nun das Gefühl haben, dass ich ihn allein ins Auge gefasst hatte. Alle Scheinwerfer trafen auf mir zusammen. So geblendet, war ich natürlich so gut wie blind, aber ich glaubte mir vorstellen zu können, mit welchem Ausdruck in den Augen er aus seinem Dunkel zu mir hochschaute. Ich war mir fast sicher, dass er sogar seine Begleiterin zumindest ein paar Sekunden lang vergessen würde. Ich ließ meine Augen nicht von der schwarzen Stelle, wo ich ihn sitzen wusste, nahm das Mikrofon zärtlich zwischen meine Lippen, als könnte ich damit schon ihn selbst erreichen. So sehr brannte ich darauf, ihn nah bei mir zu haben, zwang mich aber zur Ruhe. Sehr langsam und mit wohlgesetzten Pausen reihte ich die Worte aneinander.

„Wir haben auf unserer jüngsten LP einen sehr ungewöhnlichen, neuen Song aufgenommen … wahrscheinlich habt ihr ihn schon gehört … obwohl er ziemlich lang ist …“

Das Publikum in jäh erwachter Erwartung begann, wie aus einer Kehle zu jubeln. Mit einer gebieterischen Geste brachte ich sie zum Schweigen. Stille herrschte.

„Einen Moment noch! Heute, an diesem sehr besonderen Abend, möchte ich etwas verkünden, was bis zu diesem Moment niemand wusste. Gar niemand wissen konnte. Auf dem Cover unserer Platte steht, dass dieser Song von mir ist. Das stimmt nicht. Nicht ganz. Zwar stammt, was ihr hören werdet, von mir, ist ein Stück meines Lebens, mein Geschöpf – und doch …“

Um ihnen Raum für ihren Jubel zu geben, ließ ich den Satz in der Luft hängen.

Komplizenhaft lächelte ich ihnen zu. Der ekstatische Beifall steigerte sich weiter. Ich winkte ab. Gehorsam folgten sie. Vom Jubel blieb ein dunkles Rauschen, in das hinein ich den unterbrochenen Satz nun fortsetzte.

„… und doch. Die Worte, die ich jetzt singen werde … diese Worte, einfache und zugleich allmächtige Worte … sie selbst … sind in diesem Falle … zumindest zum Teil von jemand anderem. Von mir ist das Übrige, die Seele dieses Songs aber … seine Sprache, sie stammt von einem Dichter, den niemand kennt. Den bis zu diesem Augenblick niemand kannte."

Eine gewisse, hörbare Verblüffung breitete sich aus, ein wenig klang sie sogar nach Enttäuschung. Aber ich blieb mir meiner Sache sicher. Das war der Moment, in dem ich mich wegdrehte und dem Publikum den Rücken zeigte – und meinen Musikern den Wink gab, jenen Wink, auf den sie alle gewartet hatten. Zuerst noch leise und wie von weit her tönte das ekstatische Vorspiel, das Ray aus der elektrischen Orgel hervorzauberte, und zugleich trafen einander zwei Scheinwerfer auf dem Gesicht des Mannes neben Suzie. Dieser lauschte mit seinem ganzen Wesen, schien sich aber über nichts zu wundern. Verstand er nicht, was er zu hören bekam? Das auf ihm versammelte Licht schien er nicht wahrzunehmen oder für bloßen Zufall zu halten. Aber nachdem ich die ersten Sätze des Textes mehr gesprochen als gesungen hatte, bewegten sich seine Lippen wie von allein mit den meinen. Unhörbar, als flüstere er mir den Text vor. Langsam trat ich vor bis zum Bühnenrand und beugte mich weit vor zu ihm, wie um besser zu hören. Wartete auf seine Einflüsterungen, während die Band ganze Takte wiederholte und ich tat, als ob ich ihm die Verse nachsänge. Es ging um die Musik. Die einzige Freundin. Ich ließ ihn die Worte wiederholen. Ich gab dem Lied die Zeit, die es brauchte, diesmal dauerte es länger als zwanzig Minuten. Für einen Popsong eine Ewigkeit, in der die Zeit für zwanzigtausend gebannt lauschende Menschen aufhörte. Von dieser zeitlosen Ewigkeit erzählte das Gedicht, von unserer verlorenen Welt, und wie sie einmal vielleicht wiederzugewinnen wäre. Aber nur, wenn alle sich zusammentaten. Des gemeinsamen Geistes Gedanken waren nötig, um die Welt für uns zurückzugewinnen. Vielleicht. Dann hielten alle den Atem an. Was sollte noch kommen. Was?

Stille, leichte Schläge mit Johns Drumsticks auf den Rand der Trommel.

„Wir wollen die Welt!", rief ich plötzlich. Dann eine lange Pause, in der niemand wusste, was ich damit wollte. Alle hielten den Atem an. Dann, lauter noch:

„Wann?"

Noch verstanden sie nicht, was ich wollte, schwiegen gebannt.

Und noch einmal rief ich, mit aller Kraft:

„Wann?"

Trotz der Spannung, die von Sekunde zu Sekunde anstieg, blieb es still wie im Kino, wenn es zum letzten tödlichen Duell kommt zwischen dem Mörder und seinem Opfer. Einen Atemzug lang wartete ich noch ab, bis es für die wartenden Menschen kaum noch zu ertragen war. Dann stellte ich die Frage ein letztes Mal.

„Wir wollen die Welt! – Wann?"

Dann antwortete ich mir selbst auf meine Frage, antwortete mit einem langgezogenen Schrei.

„JETZT!"

Momente später war mein Schrei untergegangen im Jubel aus zwanzigtausend Kehlen. Danach bog der Song in sein Finale ein, das zuletzt mit dem Orkan zustimmender Begeisterung zusammentraf. Auch der Autor selbst jubelte mit den anderen und klatschte und weinte, auch das sah sie, Suzie, neben ihm sitzend, mit an. Sie konnte den Blick nicht von ihm wenden. Nach Minuten hob ich noch einmal beide Hände, bis der Jubel widerwillig endete.

Auf ein neues Zeichen von mir tasteten Suchscheinwerfer abermals durch die Reihen. Angespannte Stille breitete sich aus, Menschen erhoben sich, um besser zu sehen. Einzelne, spitze Schreie punktierten die Stille der prickelnden Unsicherheit.

„Der Schöpfer der Worte, er ist hier leibhaftig unter uns, der heimlichste und unheimlichste Dichter unserer Zeit sitzt hier unter uns."

Erst jetzt begriffen sie, dass es mir ernst gewesen war mit meiner Ankündigung.

„Wollt ihr ihn sehen? Wirklich?"

Immer noch zog ich diesen Moment in die Länge, obwohl mich mittlerweile meine eigene Aufregung zu überwältigen drohte.

„Wollt ihr ihn sehen? Wollt ihr wissen, wer es ist? Wollt ihr, jetzt?"

„Jaaa!"

Von Mal zu Mal fordernder, gewaltiger. Zuletzt kam die Stimme wie aus einem einzigen Mund. Ohne Ansatz sprang ich nun von der über zwei Meter hohen Bühne herab direkt vor den ehemaligen Lehrer hin, ergriff seine Hände, zog ihn zu mir, entschuldigte mich höflich bei der wie versteinert sitzenden Suzie und schleppte ihn wie meine Beute hinter mir her zum Seitenaufgang. Die

Treppe war inzwischen heruntergelassen worden, und auf ihr stürmten wir beide nach oben. Auf der Bühne schob ich den willenlos Folgenden vor mir her in die Mitte. Zuerst hob ich seine Hand hoch, wie bei einem Boxer, der einen Zehnrundenkampf gewonnen hatte. Dann nahm ich seinen Kopf in die Hände, sah ihn lange an und drückte meinen sanften, weichen Mund auf den ebenso weichen und sanften des Dichters. So blieben wir. Viele Augenblicke vor den tobenden Menschen, ohne uns zu rühren. Vor meinen geschlossenen Augen glitzerten Millionen kreisender Sterne. Endlich riss ich mich aus meiner Ekstase los, wich zurück. Dann tat ich etwas, das mir – warum und wie, weiß ich nicht – erst in diesem Moment spontan eingefallen war: Mit theatralisch ausgebreiteten Armen fiel ich auf die Knie nieder und huldigte ihm. Nach einer Schrecksekunde wollte er mich aufheben, aber da umschlang ich ihn nur noch fester. Umschlang seinen Leib und drückte mein Gesicht gegen seine Hose. Eine bizarre Geste, das gebe ich zu. Blitzlichter hielten den Augenblick fest. Und dieses Foto ging in den nächsten Tagen um die Welt. Es hat mir viel Ärger eingebracht, so harmlos es im Grunde war. Es war wirklich nur ein Symbol. Aber man glaubte nun Beweise genug zu haben für meinen Hang zu öffentlicher Unzucht, oder zumindest, dass ich versucht hätte, andere dazu anzustiften. Hinterher hat man mir öffentlich Vergehen nachgesagt, auf die ich selbst nicht einmal im Traum gekommen wäre. Wenige Tage später wäre mir allerdings tatsächlich lieber gewesen, ich hätte das alles nur geträumt gehabt. Damals aber, im Western Forum, folgte, auf ganz andere Weise überwältigend, das grausame Ende. Der Überfall. Der Auftritt der Macht. Das eigentliche Bacchusfest. Obwohl diffus erwartet, überraschte es uns und riss alle, Beteiligte und Zuschauer, brutal aus der euphorischen Stimmung gemeinsamen Glücks.

Im Saal flammte Licht auf, acht Tore auf jeder Seite wurden zeitgleich aufgerissen und eine halbe Hundertschaft uniformierter Bullen stürmte die Bühne. Der mit den meisten Sternen auf seinen breiten Schultern schwenkte einen Haftbefehl, bemächtigte sich eines Mikrofons, forderte alle zur Ruhe auf. Die Band versuchte weiterzuspielen, aber man hatte ihnen bereits die Energiezufuhr gekappt. Sechs von den Schergen stürzten sich auf mich, während der Chef der Bande mir den gerichtlichen Haftbefehl verlas und mich heuchlerisch meiner bürgerlichen Rechte versicherte. Im Publikum begann ein Pfeifkonzert. Aber da hatte ich längst die Übersicht verloren, schlug nur noch wahllos um mich, wehrte mich nach Kräften, aber die Übermacht war zu groß. Zuletzt warf ich mich zu Boden. Die Szene lief in den Wochenschauen aller Welt. Ich selbst habe sie später oft angesehen, konnte mich aber nicht mehr genau erinnern, wie alles wirklich abgelaufen war. Zuletzt trugen mich sechs Uniformen hinaus. Durch sein Megafon forderte der Polizeisprecher die Masse auf, friedlich auseinanderzugehen, alles sei rechtens und den Gesetzen des Staates gemäß. Der aus allen Himmeln gefallene Dichter aber war nach einigen Sekunden der Lähmung aufgesprungen und dem ganzen Tumult entflohen! Auch das war in den Bildberichten deutlich zu sehen. Wie von Sinnen war er davongelaufen. Suzie hatte sich vorzudrängen versucht, um ihm etwas zuzurufen, sah aber nur noch, wie er hinten von der Bühne sprang. In der allgemeinen Verwirrung erkannte ihn dann keiner mehr, niemand hielt ihn auf. Suzie glaubte sogar, seine rufende Stimme noch einmal undeutlich über das Gewirr hinweg gehört zu haben. Was genau er gerufen hatte, konnte sie nicht sagen, aber es klang wie: *Nein, ich bin das nicht! Nichts habe ich angestellt, und ich bin auch nicht verrückt!* So zumindest schien es ihr. Manche behaupteten später, anderes gehört zu haben: *Nieder mit den Bütteln! Freiheit für die Musik!* Die Wahrheit ließ sich im Nachhinein nie mehr feststellen. Alle Kameras und alle Mikrofone waren nur noch auf mich, den gefesselten Sänger, gerichtet gewesen, den unbekannten Dichter hatte niemand mehr beachtet.

Später hatte ich genügend Zeit, über all das nachzudenken. Zwei bis drei Tage sollte es dauern, bis es meinen Anwälten gelang, mich wieder herauszuholen. Zumindest gab es im Polizeiknast keine Drogen und kein Bier. Das war zwar unangenehm, aber andererseits auch einmal eine Abwechslung.

Sexuelle Aktionen auf offener Bühne, mit einem Mann! Öffentliche Unzucht! Manche Zeitungen fielen tatsächlich auf alle diese Unterstellungen hinein, die sie selbst erfunden hatten. Unbarmherzig stürzten sie sich auf die Beute. Für so blöd hatte ich sie gar nicht gehalten. Aber der Jagdinstinkt der Reporter machte sie blind für alles andere. Der absurdesten Erfindung winkte der höchste Lohn. Was wirklich stattgefunden hatte, interessierte niemanden. Also existierte es nicht. Von Dichtung und Aufruf, von Freiheit und Glück war keine Rede. Sie wollten an mir ihr Exempel statuieren, kostete es, was es wolle, den Preis dafür sollte ich bezahlen. Aug um Aug. Aber es waren die Bullen und die Gerichte, die sich später dann mit Bravour lächerlich machten. Auf diese Weise zeigte sich zuletzt doch noch, was sie im Grunde waren: blindwütig, machtgeil und bei aller Berechnung dumm bis zum äußersten, sie alle. Hinter mir waren sie her, eigentlich konnte ich das sogar ganz gut verstehen. Immer noch verkörperte ich die Gefahr, die sie am meisten fürchteten. Mir ging es um Revolte, Unordnung und Chaos. Hinter mir wartete die Nacht auf meinen Ruf, meine Nacht, in der alles möglich sein würde. Ein neuer *Wilder Westen*, wilder und grausamer als der gemütliche alte. Eine böse, aber zugleich sehr sinnliche Welt. Die Welt des Dionysos. Echt und intensiv. Ohne Moral, ohne Regeln. Und ohne Autoritäten. Wer Autoritäten anerkannte, würde irgendwann selbst eine werden wollen. Also weg damit. Autorität war wie ein Thron, den man erklettern konnte. Es ging aber darum, keine Throne mehr nötig zu haben, weil man selbst alles war. Jeder war alles zugleich.

Wo ein Wunder hätte entstehen sollen, war ihm ein hässliches Loch in der Zeit und im Raum geblieben. Jeannie, die Einzige, die er hätte fragen wollen, war nicht da. War in einen Wirbel aus Gesichtern und Gebrüll verschwunden. Er hatte nach ihr gerufen, und sie hatte ihn nicht verstanden. Nicht gehört. Warum hatte er sie nicht gerettet? Mit sich genommen. Niemand konnte ihm erzählen, wie es dazu kommen konnte. Niemand wusste, was die Menschen alle von ihm wollten. Sein Gedicht, das er vor so vielen Menschen gehört hatte, als ein Ganzes, als Gesang, es war so kräftig gewesen und dann wieder in einzelne Buchstaben zerfallen. Zersplittert wie eine von hoch oben abgestürzte Glasskulptur waren ihm die Scherben um die Ohren geflogen. Erst war die Zeit gerast. Jetzt stand sie still.

Seit Stunden lag er auf seinem Bett und suchte in den Blitzen eines über dem Meer aufziehenden Gewitters nach Antworten auf seine vielen Fragen. Durch das kleine Fenster seines Zimmers sah er sie Fangen spielen, zackige Haken schlagend zwischen den schwarzen Wolkentürmen, weit draußen über dem Meer sah er sie auftauchen und wieder verschwinden. Kein Laut kam von ihnen zu ihm her. Vielleicht deuteten sie ihm damit an, dass es gar nichts zu verstehen gab. Er brauchte bloß auf alle Erklärungen zu verzichten, und alles wäre mit einem Male wieder gut.

Als es später an der Tür klopfte, hörte er nichts davon. Oder er hörte es und fasste den Gedanken nicht, dass jemand zu ihm hätte kommen wollen. Wer auch? Aber die Tür hing so locker in ihrem Rahmen, es war ein Leichtes, sie mit der zartesten Hand aufzudrücken. Als Jeannie ihm dann ihre Hand auf die Stirn legte, erschrak er nicht. Sie hatte sich neben ihn gekniet und küsste ihn auf den Mund.

„Liebster, ich bin so froh, dass du da bist. Dass es dir gutgeht. Es geht dir doch gut …? Ich wünsche mir so sehr, dass es dir gutgeht!“

So Auge in Auge und Mund an Mund verharrten sie, ohne auf die Zeit zu achten.

„Alles war so schön! Es war das, was viele von uns denken und nicht sagen können. Du hast es uns gesagt, mit so einfachen Worten. Ich bin so stolz auf dich, ich habe es immer gewusst, auch wenn du verrückt bist, weil du nichts machst aus dem, was du kannst. Jim weiß es jetzt auch, er wird dir helfen. Er hat es mir versprochen. Ich glaube, er liebt dich, wegen deiner Gedanken und weil man dich ganz einfach lieben muss."

Sie umarmte ihn mit großer Leidenschaft, als müsste ihre Liebe jetzt erst beginnen. Endlich und für immer.

Aber dann rückte sie ein kleines Stückchen von ihm ab und sah ihn an. Sie zwang sich weiterzusprechen und hätte doch lieber Mund an Mund mit ihm geschwiegen.

„Geh mit Jim, geht zusammen, ihr zwei! Ihr braucht einander, ihr habt euch nötig! Miteinander könnt ihr es allen zeigen. Er und du. Wer, wenn nicht du? Wer, wenn nicht ihr? Euer Werk wird es wert sein. Arbeitet. Kämpft! Hab keine Angst."

So durcheinander stammelte sie weiter, weil sie es eilig hatte, und er wusste nicht weshalb. Das Gewitter kam näher. Ein erster Donner schreckte sie auf. Es blieb nicht bei diesem ersten. Als wären die Blitze endgültig erwachsen geworden und zogen nun in den Kampf. Jeannie musste lauter reden, fast schrie sie schon gegen die brüllenden Wolken an.

„Ich kann nicht lange bleiben. Mein Mann weiß von dir. Er hat uns schon länger beobachten lassen, und er wird nichts von allem zwischen uns verstehen, oder eben alles verstehen, aber alles nur auf seine Weise. Normalerweise kümmert er sich nicht darum, wie ich meine Tage verbringe und mit wem. Aber er wird es nicht ertragen, wenn du ihm etwas wegnimmst. Er weiß längst, dass er mich verloren hat. Wegnehmen aber geht nicht. Nicht bei ihm. Mir wird er nichts tun, aber um dich habe ich Angst. Wir dürfen einander nicht mehr treffen. Für länger nicht. Vielleicht für immer."

Obwohl sie wusste, dass es unmöglich war, fragte sie ihn, ob er ihr schreiben wolle, man könne eine Adresse vereinbaren, eine Freundin vielleicht –

In ihm steckte noch die fraglose Freude fest, dass sie da war. Sie füllte ihn ganz aus. Ließ keinen anderen Gedanken zu. Beschützte ihn ein paar Sekunden lang vor den Worten, die sie gesprochen hatte. Machte ihn stärker, als er war. Dann aber bestürmte er sie, fragte, ob sie mit ihm weggehen wolle. Irgendwo auf dieser Welt würde es einen Platz für sie beide geben. Weit weg. Weit genug von allem. Dorthin wolle er mit ihr. So brach es aus ihm heraus, aber seine Stimme folgte ihm nicht. Die Donnerschläge brüllten. Nur halb hatte sie ihn verstanden.

„Sag nichts. Du brauchst gar nichts sagen!"

Um ihn zu beruhigen, verschloss sie seinen Mund mit ihren Küssen.

„Ich liebe dich", flüsterte sie dann, um gleich danach aufzuspringen und hinauszulaufen, ohne einen Blick zurück.

Minuten später hockte er zitternd am Rand des Dachs, ohne zu wissen, wie er dorthin gekommen war, und weshalb. Er blickte in die Tiefe unter sich. Wo jene, welche sonst dort ihre Tage versoffen, verkifften oder verschliefen, sich längst in ihren Schlupflöchern verkrochen hatten. Vier fremde Männer standen dort unten, Kerle, die nicht auf das Gewitter achteten. Männer, die Anzüge trugen und Hüte auf den Köpfen hatten und die Hände in den Hosentaschen vergruben. Sie gehörten nicht hierher. Einer von ihnen rauchte, und ein anderer hielt einen Schirm über ihn. Das war der Boss, der Raucher, ihm folgten sie, und schwiegen, wenn er etwas sagte. Dann auf einmal, aus der Dunkelheit, trat Jeannie zu ihnen, trat ein in das Geschehen, wie man in ein Bild eintritt. Langsam ging sie auf den Mann mit der Zigarette zu. Blieb eine halbe Armlänge entfernt vor ihm stehen. Jetzt schien das Bild vollendet. Aber sein Sinn fehlte noch. Dann sagte der Boss etwas zu ihr. Sie schüttelte heftig den Kopf. Unmittelbar darauf schlug er Jeannie mit voller Kraft ins Gesicht. Der Mann oben auf seinem Dach schrie laut auf. Er schrie, so laut er konnte, aber der Sturm blies ihm die Stimme davon, über die Dächer von Venice. Jeannie war zu Boden gestürzt. Sie rappelte sich hoch, kam auf alle viere, stand wieder da. Nochmals fragte sie der Mann. Wieder schüttelte sie den Kopf. Die anderen Männer hatten einstweilen einen Halbkreis um das Paar gebildet. Als der Mann wieder zuschlug, brutaler noch als das erste Mal, rannte der auf dem Dach los. Wäre am liebsten in die in die Tiefe gesprungen. Statt sich totzustürzen, flog er die Treppen hinab, unter den schwarz gefleckten Glühbirnen durch, die im Sturm schwankten, die Insekten hatten sich verzogen, so erreichte er den Boden, stürzte ins Freie, es regnete noch nicht, aber der Sturm trieb Wasserfahnen aus dem aufgewühlten Meer übers Land. Noch im Lauf stieß er die Männer zur Seite und schlug dem Mann mit seiner Faust ins Gesicht, dass er kurz taumelte und Blut aus seiner Nase trat. Jeannie aber hatte sich im letzten Moment mit aller Kraft an ihren Geliebten geklammert, im Versuch, ihn zurückzuhalten. Dann ging alles sehr schnell. Zwei der anderen Männer rissen den Angreifer zurück. Der mit der Zigarette wischte sich mit einem feinen weißen Taschentuch das Blut aus dem Gesicht. Jeannie regte sich nicht mehr, sie starrte ihren Mann an, wie dieser eine Pistole aus der Rocktasche holte. Schon lächelte er wieder – und zufrieden, denn Jeannies Eingreifen hatte die Wucht des Anschlages auf ihn geschwächt.

„Schau ihn dir genau an!"

Ruhig und mit Genuss sprach der Mann und deutete mit seiner Waffe auf den Wehrlosen.

„Präge dir sein hübsches Gesicht ein. Vielleicht möchtest du ihm auch noch *good bye* zurufen oder ihm ein Küsschen geben. Zum Abschied. Willst du nicht mehr? Traust du dich nicht? Dabei ist er doch schon so gut wie tot! Möchtest du es nicht tun? Ich erlaube es dir sogar."

Mit diesen Worten richtete er die Waffe auf sein Opfer. In dem Moment, als sich sein Finger krümmte, sprang Jeannie los und warf sich in den Schuss. Es riss sie nach hinten, direkt vor die Füße ihres den Tod erwartenden Geliebten. Dieser stand starr, die Männer griffen nach Jeannie, die auf dem Rücken lag, und drehten sie um. Ihr starrer Blick kam aus offenen Augen.

Sie war tot. Kein Zweifel. Jetzt stand die Zeit still, für immer still. Der, den Jim Morrison Hölderlin nannte, stand genauso still, wartete auf den Tod, aber der kam nicht. Da drehte er sich um, entschlossen, und rannte los. Nicht wie auf einer Flucht, nicht panisch vor dem, was hinter ihm lag, sondern wie einer, der ein Ziel hatte. Wie einer, der wusste, was nun zu tun war und wohin er jetzt musste. Das Gewitter schlug sich auf seine Seite und verschluckte ihn wenige Augenblicke später hinter Strömen von Regen.

2

Die nächsten Monate fühlte ich mich in einer Rakete sitzen, die mit unbekanntem Ziel ins All hinausgeschossen wurde. Du spürst nur die Gewalt der Beschleunigung an deinem Körper zerren. Dein Gesicht spannt entlang der Schädelknochen wie eine Gummimaske, die von hinten abgezogen wird. Kein klarer Gedanke ist zu fassen. Jede Vorstellung von einem Ziel – oder überhaupt: irgendwo anzukommen – fehlt. Nichts von dem, was geschehen ist und weiter geschieht, schafft es bis in dein Bewusstsein. Kurze Linderung verschafft bloß das Zeug, das du dir einverleibst: LSD, Meskalin, Psilocybin, und wie das alles heißt. Du brauchst immer mehr davon. Zuletzt entkommst du der Anziehungskraft aller Dinge, und das Leben der Zurückbleibenden entschwindet in der Ferne wie ein Gerücht, dessen Sinn du nicht mehr verstehst.

Der Markt hat die Menschen zur Meute und die Musik zur Ware gemacht. Die Bosse versprechen dir das Blaue vom Himmel. Jetzt oder nie. Alles oder nichts. Sie würden auch dein nacktes Fleisch verkaufen, wenn es genug davon gäbe.

Der Aufstieg der Doors war ein Höhenflug, wie ihn selbst die Popwelt jener verrückten Jahre selten gesehen hatte. Trotz Beatles und Rolling Stones, trotz Jimmy Hendrix und Janis Joplin. Für ein paar Monate waren wir einfach die Größten. Auf der ganzen Welt fieberten ausverkaufte Arenen unseren Auftritten entgegen. Alles sollte noch intensiver, noch verrückter, noch gigantischer werden. Der Prozess gegen mich – wegen öffentlicher Unzucht – hatte die ganze Sache noch angeheizt. Vorbestraft und gebrandmarkt zu sein, beamte mich in eine höhere Sphäre. Machte mich zum Priester der Liebe. Zum Märtyrer des Sex. Zum Unberührbaren einer Gesellschaft, in der sich alle nach meinen Berührungen sehnten. Die Gerichte waren zuletzt froh, die Sache irgendwie abschließen zu können. Ihr Ansehen hatte im gleichen Tempo Schaden genommen, wie mein Ruf ins Kultische gestiegen war.

In solcher Stimmung rackerten wir im Studio. Wir machten Musik, ohne einander in die Augen zu schauen. Blind improvisierten wir Songs, die die Hits von Morgen werden mussten. Was weniger war, zählte nicht. Was uns fehlte, war bloß ein zwingender Einfall. Oder der Schatten einer Idee. Irgendetwas, das nicht nach Wiederholung schmeckte. Trotzdem schrie ich mich heiser, die anderen schlugen sich die Finger wund. Heraus kam nicht mehr als ein monotones Beben wie unter den Stiefeln im Gleichschritt marschierender Soldaten. Unsere Augen waren dabei starr nach innen gerichtet wie die von Toten, und wie für jene gab es auch für uns nichts Neues mehr zu entdecken. Das Mikrofon in meinen Händen war der Nabel der Welt, und war doch nichts als ein von einem metallenen Sieb umhülltes Stück Technik, wie es auch die Piloten meines Vaters benutzten, um nach ihren Einsätzen den Erfolg an die Basis durchzugeben. Nach Einverständnis suchend, blickte ich sie alle der Reihe nach an.

Ray, den Schwärmerischen an den Keyboards, John an den Drums, der wie immer versuchte, alle vor sich her zu treiben, Robby, den genialen Gitarristen – und plötzlich schämte ich mich für sie. Schämte mich für uns vier. Wir machten keine Musik, wir schauspielerten Menschen, die Musik machten. Alles nur Show, für die keiner zu sterben bereit gewesen wäre. War ich der Einzige, der sich in diesem Studio wie ein Galeerensklave fühlte? Das Mikrofon brannte in meinen Händen, wurde immer heißer, glühte, bis ich es nicht mehr aushalten konnte. Mit aller Kraft warf ich es gegen die Trennscheibe zum Regieraum, die im nächsten Moment von einem Spinnennetz feinster Sprünge überzogen war und gleich darauf zerfiel. Wie in Zeitlupe lösten sich kleine Splitter aus dem Rahmen und fielen klirrend zu Boden. Alle machten weiter, als wäre nichts geschehen. Offenbar hatte niemand außer dem aufgeschreckten Tonmeister etwas von meiner Attacke wahrgenommen. Mit ihren Kopfhörern auf den Ohren und betrunken vom eigenen Sound, konnten sie nichts mehr erreichen. Erst als ich wütend alle Stecker in Reichweite abgezogen hatte, kamen sie, einer nach dem anderen, zu sich. Ray, der sein Solo zelebrierte, als Letzter. Dann war es still im Studio. Nur die Ventilatoren der Klimaanlage brummten ungerührt weiter. Wie auf einen unbekannten Planeten gefallen, standen sie alle da. Langsam nur tropfte Leben zurück in ihre Gesichter.

Alle Blicke trafen sich auf mir.

„Was ist los?"

„Spinnst du?"

„Fuck you!"

Dann: Fassungsloses Schweigen.

Noch wusste ich selbst keine Antwort auf ihre Fragen. Keine, die ich hätte aussprechen können. Mein Körper aber wusste Bescheid und handelte an meiner Stelle. Er war es, der die Entscheidungen fällte. Bis ich das bemerkte, war ich schon aus dem Studio gestürmt und über die Treppe hinunter auf die Straße. Die kalifornische Sonne stach mit hundert Messern vom Himmel, die Schatten lagen kurz und tot vor den Häusern. Gegenüber gab es eine Bar, in der ein versteckter Tisch ständig für uns reserviert war. So brauchten sie nicht lange nach mir zu suchen. Bald saßen sie alle auf den gewohnten Plätzen und starrten mich abwartend an. Erst nach einem weiteren Bier war ich in der Lage, ein Statement abzugeben.

„Ich höre auf. Es reicht. Aus. Schluss."

Natürlich glaubten sie zuerst, es wäre bloß einer meiner Scherze. Einer von denen, die absurd genug waren, nicht gleich verstanden zu werden. Irgendwo fehlte da eine Pointe. Ray versuchte es trotzdem mit einem schwachen Lachen.

„Du spinnst. Das ist nichts Neues bei dir. Bestell dir noch ein Bier, komm zu dir, und wir machen weiter … und reden nicht mehr darüber."

Es blieb beim Versuch. Mit meinem leeren Glas prostete ich ihnen zu, stellte es wieder ab und erhob mich. Irgendetwas sollte ich noch sagen, einen kleinen Trost vielleicht, wenn es schon keine Erklärung gab.

„Wir haben oft vom Ende gesungen. Jetzt ist es da. Das Ende der Doors. Und ihr versucht einfach, cool zu bleiben. Okay?"

Danach zuckte ich hilflos mit den Schultern. Und Abgang. Hinaus in den kochenden Mittag von L.A.

Flucht in den eigenen Bau. Erleichtert, und zugleich wie aus dem Leben gefallen.

Hierher verkroch ich mich, wenn mir keine Ideen mehr einfielen oder zu viele auf einmal. Oder einfach auf der Suche nach Ruhe. Manchmal durfte Pam mich hier besuchen. Oder auch andere Mädchen. Seltener.

Pam, das ist die Blasse mit der Sommersprossenwiese aus dem Fog.

Das sagte ich mir immer vor, wenn ich einen Grund spürte, mich bei ihr zu entschuldigen. Dass sie mich nach nichts fragte, liebte ich am meisten an ihr. Wie eine Pflanze wuchs sie mir entgegen. Trotzdem trafen wir uns manchmal wochenlang nicht, als wäre auch zwischen uns alles längst vorbei.

Unsere Liebe war ein Scheiterhaufen, auf dem wir vielleicht einmal gemeinsam verbrennen würden. Ihr gefiel diese Vorstellung, seit ich sie das erste Mal ausgesprochen hatte. Mich langweilte der Einfall bald wieder.

Diesmal wollte ich allein sein. Ich dachte: Für immer.

Lange stand ich mit dem Rücken an die Wand gelehnt und wartete, ob mein Entschluss mich einholen würde. Ob Reue erwachte. In der Leere meines Kopfes lösten sich alle Empfindungen auf, ohne eine Spur zu hinterlassen. Eine wohlige Ermattung trat an ihre Stelle, in der ich mich die Wand entlang langsam zu Boden gleiten ließ. Am liebsten wäre ich immer weiter gesunken, aber auf dem Parkett war halt. Dort saß ich dann wie ein Bettler auf der Straße und hörte, wie in den Apartments ober und unter mir das Leben tobte. Niemand kannte mich in dem gesichtslosen Haus, an dem eine gesichtslose Straße vorbeiführte. Auf dem Namensschild neben dem Eingangstor stand bloß „Top 77". So leer ich mir in diesem Moment selbst vorkam, so nutzlos vollgeräumt erschienen mir die weiten Räume, in denen ich wohnte. An den Wänden hingen Ausschnitte aus Zeitungen und bunten Journalen. Seiten aus Büchern, die ich nicht vergessen wollte. Fotos. Bruchstücke aus unfertigen Briefen oder Songs. Entwürfe für die Cover unserer Platten. Farbige Abdrücke weiblicher Körperteile in unmöglichen Stellungen. Jagdtrophäen. Erlebnisse, einmal grell aufgeblitzt und rasch wieder bedeutungslos geworden. Raumverdränger. Zeitschlucker. Lebensvernichtung. So in etwa würde ein Jim-Morrison-Museum nach meinem Tod aussehen, eingerichtet von einem, der mein Leben nur von außen gekannt hatte. Wie ich selbst. Ich war sechsundzwanzig. Kein Platz mehr für Neues? Wütend riss ich einige dieser sinnlosen Ausstellungsstücke von den Wänden. Da waren es dann die Lücken selbst, die mich höhnisch anglotzten.

Draußen war es schon dunkel geworden. Ich flüchtete auf die Straße und wäre beinahe gegen eines der wenigen Autos gelaufen, die dort vorbeikamen. Der Idiot am Steuer hätte mich gerne verprügelt. Auf der Flucht vor ihm fand ich eine Kneipe, in der ich noch nie gewesen war und in der ich mich betrank, bis ich kaum mehr stehen konnte.

Als ich wieder zu mir kam, hatte ich das dumpfe Gefühl, alles nur geträumt zu haben. Alles. Den kometenhaften Aufstieg der Doors und das von mir provozierte

Ende. Die tobenden Fans im Great Western Forum. Die brüllenden Bullen. Die Begegnung mit dem Lehrer, der mein geheimer Textdichter geworden war, seine überstürzte Flucht. Die kurze Haft. Die erkennungsdienstlichen Verbrecherfotos, die dort von mir gemacht wurden. Zeigten sie mein eigentliches, mein echtes Gesicht? Neben den Aufnahmen meiner Bühnenauftritte schien es fast so. Langsam wanderte ich an dieser Galerie meines Lebens vorbei, und immer öfter fegte ich Blätter von der Wand, weil sie unmöglich wirklich sein konnten. Das war nicht ich!

Wenn das Telefon klingelte, hob ich nicht ab.

Dann stand plötzlich Pam vor mir. In einem Anfall von Zutraulichkeit hatte ich ihr vor Wochen meinen Schlüssel überreicht. Unter der Bedingung, ihn niemals zu verwenden. Ihre Hände zitterten, und ihr Gesicht war noch blasser als sonst. Weinend hielt sie sich an mir fest, ihre Tränen drangen durch das T-Shirt. Sorge hatte sie hergetrieben. Das Ende der Doors stand in den Schlagzeilen. Je weniger die Journalisten wussten, desto wilder ließen sie die Sensationen wuchern. Ich wäre gestorben, schwer krank oder eingesperrt. Ich nahm ihr den Schlüssel ab und bat sie, mich eine Zeit lang in Ruhe zu lassen. Ihren großen, blassen Augen sahen mich mitleidig und hilflos an, sie stellte aber keine neuen Fragen. Als sie dann ging, hätte ich sie gerne zurückgehalten. Stattdessen versprach ich ihr, mich zu melden. Bald.

Zuerst musste ich irgendwie Ordnung schaffen. Musste aus diesen konfusen Bruchstücken, die ich aus Gewohnheit für mein Leben hielt, etwas Zusammenhängendes machen. Das meiste bedeutete mir nichts mehr, und war doch das, was übrig war, was mich ausgemacht hatte bisher. Nein. Noch etwas gab es: die Musik. Die war wirklich, auch wenn sie manchmal bloß laut gewesen war. Etwas von meinem wirklichen Ich lebte in ihr. Mir fielen die Augen des Lehrers ein, wie er mich angesehen hatte. Zuerst im Fog, dann in diesen wenigen Sekunden auf der Bühne, als er mir so nah gewesen war, während die Menge johlte ohne zu verstehen. Viel hätte ich für ein Foto seines Blickes auf mich gegeben. Es hätte die Lücken an meinen Wänden auffüllen können. Da fiel mir endlich das von Ray geklaute Heft wieder ein. Mit diesem Heft und den Zetteln, die es enthielt, hätte ich weiterarbeiten müssen. Stattdessen hatte ein großer Rausch alles weggeblasen, was noch daraus werden hätte können. Zu dieser falschen Abzweigung in meinem Leben musste ich zurück. Der Gedanke weckte mich auf.

Wo waren diese Texte hingekommen? Sie waren irgendwo liegen geblieben, unter unwichtigem, belanglosem Schrott. Zwar war ich mir sicher, die Papiere mit anderem Umzugsgut hierher gebracht zu haben. Aber wo waren sie jetzt? Ich empfand ihren Verlust wie eine Wunde, die sich nicht von selbst schließen würde.

Die Wunde heilt der Speer nur, der sie schlug.

Dieser Satz aus einem alten Märchen tauchte aus einem dunklen Winkel meiner Erinnerungen auf. Das war es. Ich musste die Papiere finden! Stundenlang durchwühlte ich alle Schränke, kehrte das Unterste zu oberst, kippte Koffer um, wühlte in Stapeln von Papier. Immer wieder von vorne. Alles vergebens. Als letzter Ausweg fiel mein

Blick auf die stets griffbereite Hausapotheke. Und in dem Augenblick, als ich dieser Versuchung widerstand, erblickte ich das alte Heft direkt vor mir. Unübersehbar lag es auf einem Lesepult mitten im Raum. Ich selbst hatte es irgendwann wie als Mahnmal dort hingelegt. Und vergessen! Hunderte Male musste ich vorbeigerannt sein, offenen Auges mit Blindheit geschlagen.

Gierig blätterte ich durch die Seiten. An vielen Stellen war die Schrift des Dichters ein undurchdringliches Gestrüpp von Zeichen. Ich fragte mich, wie ich vor einigen Monaten fast mühelos in die Wildnis dieses Sprachgestrüpps eindringen hatte können, um die Verse unseres Songs daraus zu formen. Ein mittlerweile verlorener Instinkt musste mich geleitet haben. Diesmal dauerte es Stunden, bis ich begriff, dass dort keine gewöhnlichen Aussagen zu lesen waren. Was man üblicherweise Logik oder Grammatik nannte, interessierte diesen Dichter nicht. Für ihn mussten alle Empfindungen und Vermögen des Menschen zusammenwirken, damit etwas gesagt werden konnte. Logik genügte nicht. Weil ich damals noch ein suchender Musiker gewesen war, keine Klang- und Singmaschine, waren mir aus den Einzelteilen Bilder entstanden. Damals war ich offen gewesen für unscheinbare Winke, die mir weiterhalfen. Eine Offenheit, die ich im Rausch der Ereignisse verloren hatte. Um sie wiederzugewinnen, musste ich ein paar Schritte zurückmachen.

Aufdringlich läuteten alle Glocken der Friedhofskapelle, bis der Sarg mit Suzies Leichnam in der Familiengruft verschwunden war. Zuvor war der langsame Satz aus Schuberts C-Dur Quintett gespielt worden. Nach Angabe des trauernden Gatten war dies Suzies Lieblingsmusik gewesen. Allerdings diesmal nicht von fünf Musikern gespielt, sondern von einem ganzen Orchester, das eigens zu diesem Zweck aufmarschiert war. Der Witwer selbst hatte eine Rede gehalten und unter anderem gefordert, man möge das tragische, für ihn persönlich so tief schmerzliche Ereignis zum Anlass nehmen, den Strand von Venice endlich von dem Gesindel zu säubern, das sich dort ohne jedes Recht wie zu Hause fühlte. Er selbst wollte eine Stiftung finanzieren, um dieses Ziel zu befördern. Trotz intensiver Suche hatte man noch keine Spur des oder der Schuldigen gefunden. Einzelne Zeugen wollten Suzie an jenem schlimmen Tag in Begleitung eines jungen Mannes mit auffallend langen Haaren gesehen haben. Tatsächlich hatte es in der Nacht nach der Tat in einem der unter dem Dach gelegenen Kleinwohnungen ein Feuer gegeben, nachdem Unbekannte dort alles durchsucht und verwüstet hatten. Hinweise deuteten darauf hin, dass dies der Unterschlupf des Verdächtigen gewesen war. Dieser selbst war aber seither verschwunden geblieben. Der Witwer setzte eine Belohnung aus.

Nach und nach verlief sich das zahlreiche Publikum, unter dem die Reporter viele Vertreter aus Kultur, Politik und Wirtschaft ausfindig gemacht hatten. Allesamt Freunde des Witwers, und sichtlich bemüht, ihm ihr persönliches Beileid zuzusprechen. Nun wurden Kameras und Mikrofone wieder eingepackt. Zurück blieb ein Meer von Blumen, die Friedhofsangestellte später auf dem wieder eingesetzten Deckel der Gruft auftürmten.

Abseits, aber keineswegs versteckt, hatte auch er, der mit den langen Haaren, der die ermordete Suzie immer nur Jeannie hatte nennen dürfen, an der Zeremonie teilgenommen. Bewegungslos hatte er zugesehen, keine Miene verzogen, keine Träne mehr geweint. In der Dämmerung und aus halber Ferne hätte man ihn für eine Statue halten können. Erst als die Totengräber ihre Arbeit vollendet hatten, als der Friedhof vollends verlassen lag, schritt er langsam auf die Grabstätte zu. Dort stand er dann lange, seine Lippen bewegten sich. Ein später Besucher hätte meinen können, er betete. Aber das war es nicht. Es war ein stummes Zwiegespräch, das lange dauerte und mit einem Lächeln endete und mit einem Nicken. Dann blickte er sich um, als hätte er vergessen, wo er da war, nickte noch einmal, drehte sich weg, kam noch einmal zurück, um eine Handvoll Erde über die vielen Blumen zu streuen. Dann machte er sich entschlossen, aber ohne zu eilen, auf den Weg.

Verbissen hatte ich die Arbeit des Schriftentzifferers bis tief in die Nacht fortgesetzt. Als ich anschließend in die dämmrige Zone zwischen Wachsein und beginnenden Träumen eintauchte, wuchs in mir die deutliche Empfindung, dass diese Texte für mich allein geschrieben waren. Nur aus diesem Grund war er überhaupt ins Fog gekommen. Und nur deshalb hatte er sein Heft dort liegengelassen, wo Ray es finden musste. Als Botschaft! Was noch fehlte, war bloß die Widmung *Für Jim Morrison*. Nach dem Erwachen war ich mir immer noch sicher, diese irgendwo entdecken zu können. Erst nach einigen Tassen Kaffee gab ich die Suche auf. Stattdessen begann ich nun, manche Seiten des Heftes, das während meiner Suche in seine Bestandteile zerfallen war, in die Lücken auf den Wänden einzusetzen.

Freigelassen der Nachtgeist

In selbstbewusster, geschwungener Schrift, quer über ein ganzes, sonst leeres Blatt. Die wenigen Wörter, die nun an der Wand zwischen zwei Jugendfotos von mir hingen, erinnerten mich unvermittelt an jenen Tag, an dem ich das Haus meiner Eltern verlassen hatte, mit dem Vorsatz, nie wiederzukehren. Als Heimatloser hatte ich das feindliche Brausen der Straßen gehört, durch die ich ziellos geirrt war, und das zusammenhanglose Gerede der Nachtschwärmer vernommen, die alle zu mir sprachen und mich doch nicht meinten. Es war meine erste Begegnung mit der Einsamkeit. Diese für mich so entscheidende Nacht hatte ich komplett vergessen, bis zu diesem Augenblick.

Oder:

bald aber wird wie ein Hund umgehen meine Stimme.

Lange starrte ich diesen rätselhaften Satz an, bis mir aus seinem Dunkel jene Situation auftauchte, als ich das erste Mal einen Song, von mir gesungen, aus einem fremden Fenster heraustönen hörte. Meine Stimme als Bestandteil eines anderen Lebens! Damals war ich wie versteinert stehengeblieben. Hinter den Vorhängen tanzten Schatten, die sich küssten und nach Ende des Songs verschwanden. Ich vor dem Fenster gehörte nicht mehr dazu. Aber es war mein Lied, das da spielte, während zwei Fremde sich liebten. Mein Gesang begleitete sie. Damals war ich von diesem Ereignis wie gelähmt gewesen, um Sekunden später die Flucht zu ergreifen. Wie ein Hund, dem man Steine hinterherwirft.

Ich hängte diesen Satz neben einen Zeitungsausschnitt, der von einem Mord berichtete, der sich ganz in der Nähe meines Erlebnisses ereignet hatte. Mörder hatten mich immer interessiert, mehr als ihre Opfer. Aber nur, wenn sie ohne Zweck gehandelt hatten. Der sinnlose Mord, das war für mich damals die Kehrseite eines sinnlosen Lebens.

Auf manchen der Zettel stand ein einziges unterstrichenes Wort:

Abgrund.

Oder:

Ärgernis.

Oder ein halber Satz ohne Anfang und Ende:

den Schutt gewälzt bis diese Stunde, doch kommt das, was ich will

So vieles war in den letzten Monaten auf mich zugekommen, was ich immer gewollt hatte. Von dem alten Schutt aber hatte es mich nicht befreit.

In anderen Sätzen war ein übertriebenes Selbstbewusstsein zu erkennen, als wollte er mir einen Spiegel vorhalten.

Allda bin ich alles zusammen

Woher wusste dieser Mensch von diesen Augenblicken puren Übermutes, wo ich mir unbesiegbar großartig vorgekommen war? Wo meine Launen mit der ganzen Welt spielten. Zu solchem Größenwahn neigte ich, ohne ihn bisher als solchen zu erkennen. Hatte ich mich nicht sogar selbst den *König der Eidechsen* genannt?

Ich klebte den Satz mitten auf ein Foto einer meiner Bühnenshows.

Während ich viele solcher oder ähnlicher Sprachstücke an die leeren Stellen der Wände hängte, ging mir noch ein anderes Licht auf. Was ich da zu lesen bekam, waren keine Songs. Das waren auch keine Gedanken, die man zu etwas zusammenfügen konnte, um die Welt oder das Leben oder irgendetwas besser zu verstehen. Sie waren, was sie waren. Zufrieden mit der neuen Sehweise betrachtete ich die von mir nun selbst arrangierten Wände meines Jim-Morrison-Museums. So fremd mir manches zuerst vorgekommen war, so gut passte es nun. Einigermaßen zufrieden wandelte ich durch die Räume meiner Wohnung wie durch die Szenen eines Films, der anfing, mir mein eigenes Leben zu erzählen.

Meine ganze Jugend lang wäre ich niemals auf den Gedanken gekommen, Rockstar zu werden. Höchstens nebenher, als Hobby, ja vielleicht, aber nicht als Beruf. Star wollte ich werden, aber kein Rockstar. Nach der Schule hatte ich mich auf der Filmabteilung der University of California eingeschrieben. Zum Schauspieler hatte ich mich zu fett gefühlt, meine Stimme war zu klein, also lieber gleich Regisseur und Autor dazu. Schöpfer einer überwirklichen Welt, wie jene Großen, die mich damals begeisterten: Godard, Bergmann, Antonioni. So mussten Filme sein, die es wert sind, dass wir ihretwillen ins Kino gehen. Alles andere war bestenfalls Fernsehen oder Lebensersatz für frustrierte Hausfrauen. Jetzt wusste ich wieder, was mich als Student so erregt hatte. Damals hatten sie mich nicht ernst genommen und später von der Filmschule geschmissen, nachdem sie meine ersten selbstgedrehten Filmchen zu sehen bekommen hatten. Selbst Ray hatte sie damals belächelt, wenn auch wohlwollend. Aber heute war ich ein Star, heute würde mich niemand von der Tür wegweisen. Heute würde ich meinen Film drehen, und niemand mich auslachen. Endlich begann ich zu ahnen, was ich damals noch nicht geahnt hatte. Alle glaubten, der Film stamme vom Theater ab, bestehe aus abfotografierten Künstlichkeiten. Oder war bloß bewegliche Malerei. Kopie einer Kopie. Alles Irrtum. Bullshit. Die Urahnin des Films war – die Hexerei. Die Magie! Deshalb hatte mein Museum eine magische Kraft für mich bekommen. Magie geht vom versteckten Zusammenhang aller Dinge aus, lebender und toter. Nur musste sich die Magie früher des Aberglaubens bedienen, weshalb ihr das Wissen verschlossen blieb. Heute kann die Magie des Films aus unserem Wissen herauswachsen, um es zu übersteigen. Deshalb, weil Film mehr ist als unser Leben, lieben die meisten Menschen ihn. Weil er ein Leben zeigt, das nicht wirklich ist, sondern überwirklich.

Greater than life.

Der Film muss die Hacke sein, die das eingefrorene Ich aufhackt. Das ist sein eigentliches Geheimnis. Deshalb sagt er nicht: So seid ihr; sondern: So könntet ihr sein, wenn ihr euch traut.

Im Kühlschrank entdeckte ich eine letzte Bierdose. Meine Hand war schon um sie geschlossen. Einem plötzlichen Entschluss folgend, stellte ich sie zurück. Bis zur

Vollendung der Arbeit wollte ich nüchtern bleiben und klar wie ein Fluss an seiner Quelle.

In den nächsten Tagen jedoch verschattete eine neue Sorge meinen Eifer. Sie galt dem richtigen Titel für meinen Film. Im Schatten dieser Sorge wollte er nicht weiterwachsen. Ich konnte an nichts anderes mehr denken. Um mich abzulenken, schaltete ich den Fernseher ein und zappte durch den Müll der Programme, bis ich bei einem Bericht über ein Begräbnis hängen blieb. Die Musik von Schubert hielt mich fest, auch wenn sie zum Orchesterformat aufgeblasen war. Dann fiel der Name Suzies. Nichts hatte ich gewusst von all dem, was ich nun zu hören bekam, keine Ahnung hatte mich gewarnt. Kurz vor meiner Verhaftung auf offener Bühne hatte ich sie das letzte Mal gesehen, als sie fassungslos die Flucht ihres Geliebten ansehen musste. Sie war noch keine dreißig gewesen und lag nun dort in dieser protzigen Gruft ihres Mannes. Als die Kamera noch einmal über den Friedhof und die imposante Menschenmenge mit den vielen prominenten Trauergästen schwenkte, sah ich einige Augenblicke lang im Hintergrund einen unbeweglichen Schatten stehen. Ich war sofort sicher, mich nicht zu irren. Ich wusste, wer da stand. Niemand anderer als er, der Dichter. Mein Retter. Benommen schaltete ich den Fernseher aus, holte wie ferngesteuert das Bier aus dem Kühlschrank und trank die Dose in wenigen Schlucken leer. Später, bevor ich mich schlafen legte, wusste ich plötzlich, wie der Film meines Lebens heißen sollte.

Der Schatten Hölderlins.

Der Highway hatte das Land in ungleiche Teile zerschnitten. Rechts lag das zurückbleibende Meer, gesäumt von den Lichtern der Reichen, wo hinter den Wolken orangerot der Tag verblasste. Links, landeinwärts, tief unter den Hügeln, wo schwarz die ausgehöhlten Fabriken lagen, hatte man Ölfelder entdeckt und an mehreren Stellen angebohrt. Dort stand der Horizont in Flammen. Durch Gesteinsschichten aufsteigend, drängte das Öl durch enge Rohre nach oben. Der Überfluss verbrannte und stieg schließlich als schwarzer Rauch gegen den Himmel. Aus den Wolken fielen rußige Tropfen. Der Wanderer, wie stets auf der Suche nach lesbaren Zeichen, hielt ihnen eine offene Hand entgegen. Die Botschaft auf der Handinnenfläche war ein Fleck, eine Landkarte aus fettig glänzendem Schmutz. Kohlestaub. Millionen Jahre alt. Die Wolken über ihm rissen auseinander und das volle Mondlicht schreckte ihn auf. Die Wolken tanzten und schnitten ihm immer neue Gesichter. Lachten, foppten oder drohten. Zogen weiter. Er folgte ihnen und wischte den Ölfleck in die Hose.

Auf den Wiesen des Abhanges zwischen der Straße und den Wolken ästen Rehe. Von seinem Weg aus konnte er erkennen, wie sie ihre Mahlzeit unterbrachen. Während die Kiefer noch kauten, hoben sich ihre Köpfe. Wie ferngesteuerte Antennen drehten sich ihre Ohren hin und zurück. Aus dem Wald hinter ihnen schob sich eine weiße, lautlose Nebelbank auf sie zu. Dann fielen knapp hintereinander mehrere Schüsse. Die kleine Schar stand wie erstarrt, einen Augenblick später zerfiel sie in hilflose Teile. Haken schlagend verschwanden die schnellsten von ihnen zwischen den Büschen. Drei der Rehe blieben auf der Wiese zurück. Bei einem zuckten noch die zarten Beine, die beiden anderen lagen schon still mit verdrehten Köpfen. Oben auf dem Hochstand, versteckt zwischen den Bäumen, gratulierten zwei Männer einander, bevor sie mit den Gewehren in den Händen vorsichtig hinabstiegen. Der eine wies mit der ausgestreckten Hand auf die flammenspuckenden Rohre hinter sich und sagte etwas, was seinen Partner zum Lachen brachte.

Liebste Mutter

Es ist anders gekommen, als ich dachte. Man braucht mich hier nicht. Aber hat man mich zu Hause gebraucht? Arbeiten muss ich, deshalb bin ich aufgebrochen. Und deshalb möchte ich jetzt wieder zurückkommen, mich in der Heimat nützlich machen. Aber was wäre nützlich in diesen Tagen, wo die alte Welt zerfällt und eine neue Gestalt sucht? Ihr möchte ich folgen, von ihr lernen. Ihr muss ich treu sein. Du hast geschrieben, die Erbschaft meines Vaters wäre für mich bereit, wenn ich wüsste, wo mein Platz sei. Ich glaube, ich habe meinen Platz gefunden. Ich will nicht einfordern, was mir nicht zusteht, aber – Kannst Du mich nicht verstehen, liebe Mutter? Noch habe ich die rechten Worte nicht gefunden, aber ich glaube, die Musik hat zu mir gefunden. Leider, leider bin ich im Moment in einer unglücklicheren Lage. Der Weg nach Hause ist weit und voller Gefahren. Gerne möchte ich Dich bitten –

Nur weg von dort, wo alles nach Gewalt und Unrecht schmeckte. Unterschlupf, um seine Briefe zu schreiben, fand er manchmal in den Garagen halbleerer Motels, deren Küchen im Glücksfall auch Essbares zu bieten hatten, ohne dass dafür bezahlt werden musste. Geschickt wusste er sich zu helfen, wo andre aufgaben. Einmal stieg er durch ein defektes Fenster in ein Bauernhaus ein, in dem er dann ein paar Tage blieb. Da saß er oft still und lauschte den Geschichten der Möbel. Als wollten sie ihm vom Schicksal der Menschen erzählen. Vor allem von denen, die gestorben waren. Auf den Kommoden standen Fotografien in hölzernen Rahmen wie Grabsteine fremd nebeneinander. Alle blickten sie zu ihm, als hätten sie auf ihn gewartet, um endlich zu bekennen, was sie versäumt hatten. Damit er ihnen Gerechtigkeit widerfahren ließe. Im Nebenzimmer tickte eine Uhr, alle fünfzehn Minuten schnarrte ihre Mechanik, um einen Gongschlag ertönen zu lassen. Wenn die Zeit lang wurde, konnte er dieses Schnarren kaum mehr erwarten. Er sehnte es herbei. Es war die Stimme der Toten, und seine Aufgabe wäre, ihre Sprache zu erlernen. Als er anfing, die ersten Worte zu verstehen, ergriff er die Flucht.

Lieber Freund,

ich habe Dir lange nicht geschrieben, habe nach Arbeit auf einem Schiff gesucht, um den Ozean zu überqueren. Bin durch Wüsten gewandert. Habe die traurige, einsame Erde dort gesehen. Vieles, was einst Hoffnung war, wurde vom Wandel der Zeiten wieder zerstört. Einzelne Schönheiten sind übrig. – Das gewaltige Element, das Feuer des Himmels, und die Stille der Menschen, ihr Leben in der südlicheren Natur, und ihre Eingeschränktheit und

Zufriedenheit haben mich beständig ergriffen. Aber es gibt auch das Wilde, Kriegerische, gerade dort. – Und überall gibt es den neuen Durst, alles zu wissen.

Große Dinge sind mir widerfahren, aber unglückliche auch. Besonders diese müssen mir weiterhelfen in dem, was ich eigentlich will. Ich muss wach bleiben, auch wenn mich die Müdigkeit manchmal niederdrückt. Die Beweglichkeit des Fühlens fehlt uns allen noch. Weißt Du – nur wer offen ist für das Fremde, kann seinem Eigenen aufhelfen. Das gilt auch für die Musik: Sie ist die gemeinsame Bewegung aller Gedanken –

Die Briefe, die er beinahe täglich schrieb, trug er bei sich. Wo hätte er sie auch einwerfen können? Die Städte mied er, aus Angst, man könnte nach ihm suchen.

Andreas, Du!

Alles drängt mich weiter. Wo bist Du? Ich habe nur Deine alte Adresse in Berlin. Dorthin bin ich jetzt unterwegs. Tust Du schon, was wir anderen nur träumen? Neuerdings kam mir der Gedanke, dass ich in den meisten Dingen noch radikaler ansetzen würde als Du. Aber kommt, wie der Blitz aus den Wolken kommt, aus Gedanken vielleicht, geistig und reif, die Tat? Nur gehen meine Gedanken anders, vielleicht langsamer, vielleicht stockender, vielleicht auf mehr Umwegen, als die Deinen. Dass in den USA alles schon weiter und schneller ist, habe ich erlebt. Grausamer auch. Sie sind längst woanders. Viele Fragen haben sie ohne Antwort einfach übersprungen. So kommen sie schneller voran. Die USA sind die Arena, wo alles Zukünftige sich versammelt und die Probe macht. Vielleicht wird es eine fürchterliche Probe, ein falscher Weg. Dorthin will ich nicht folgen. Ich glaube nicht an ihre Richtung. Ich habe hier Dinge erlebt, die uns die Haare zu Berge stehen lassen. Wir müssen miteinander reden. Zu Dir hin bin ich unterwegs. Es geht ums Ganze, das weiß ich jetzt schon. Es wird uns nicht von allein in den Schoß fallen. Wenn es sein muss, werde ich meinen Mann stellen, wie Du. Du brauchst nicht glauben, ich wäre ängstlich. Alles bloß Private ist übrigens nur müder Flug. Eitles Gerede über Erlebnisse, die kein Wort wert sind. Der Krieg, die Revolution, auch Gott muss allen gemeinsam sein. Oder er wird gar nicht sein. Auch er ist selbst kein einzelnes Ich für sich. Er ist überhaupt kein Ich. Wir haben viel zu bereden. Fliegen will ich zu Dir. Leider ist das Geld knapp. Auch lauern überall Gefahren. Wir sind ja die Feinde der bequemen und

Auch den Brief an Andreas behielt er bei sich. Aber er hütete ihn wie ein Feuer, dessen Kraft er sich bewahren wollte. Manchmal schämte er sich, dass er nicht lichterloh brannte wie Andreas, ohne Rücksicht auf sich und andere.

Die Landschaft am Rand seines Weges war an vielen Stellen wie von einem Krieg zerstört, der nicht offen geführt worden war.

Er hatte die alten Industrien vernichtet und den Menschen die Arbeit genommen. Es war ihnen keine andere Hoffnung geblieben, als die, Geschäfte zu machen mit der Zukunft. Auf diese Zukunft hatten sie gehofft wie auf einen Erlöser. Aber genauso wie dieser ließ sich jene zu viel Zeit mit ihrer Ankunft. Schwarz zeugten die stillgelegten Fabriken von ihrem Schicksal. In den leeren Fenstern hauste die Finsternis der tiefen Hallen. Die Schornsteine ausgeglühter Öfen ragten in den Himmel, wie Arme, wenn Menschen sich auf Gnade und Ungnade ergeben. Verzweigte Schienenstränge führten einige hundert Meter weiter ins Leere. Zwischen den Schwellen lagen Teile zerstörter Maschinen. Brücken waren verfallen, der Boden aufgerissen. Das Herz der Erde lag offen.

Eine in Marmor gehauene Lüge markierte die Stelle, wo Jeannie ermordet worden war. Für immer musste ihr im klassischen Stil modellierter Kopf von nun an hinaus in das graue Meer schauen. Darunter stand in messinggoldenen Lettern „Suzie“ sowie die Daten ihrer Geburt und ihres Todes. Sie bezeichneten eine kurze Spanne Lebens. Das zynische Denkmal musste in der letzten Nacht errichtet worden sein. Ich hatte es noch nie gesehen und lief nun doch seit Wochen täglich zehn Meilen den Strand entlang und an dieser Stelle vorbei. Clean wie ein Baby und entschlossen wie ein Soldat. Der Anblick dieser Heuchelei hatte mich jäh gestoppt. Sie war nicht zu fassen, aber sie zeigte deutlich, wie sicher sich jede Gemeinheit heute und in diesem Lande fühlen durfte. Vor etwa einem Monat hatte der Mord noch einmal für Schlagzeilen gesorgt. Die Zeitungen berichteten davon, dass der Täter gefasst worden war und gestanden hatte. Ein Junkie vom Strand sollte es angeblich gewesen sein, in der Hoffnung auf ein paar Dollar Beute. Man hatte den kaum seiner selbst mächtigen Typen sogar im

Fernsehen gezeigt, wie er seine schwarze Faust in die Kamera hielt und wüste Flüche ausspuckte.

Nachdem ich mich von ihr verabschiedet hatte, lief ich weiter, nicht ohne mir vorzunehmen, in Zukunft einen großen Bogen um diese Stelle zu machen. Von meinem Dichter hatte ich nichts mehr gehört, doch in diesem Moment tröstete es mich, dass ihm wenigstens der Anblick dieses Hohns hier erspart bleiben würde. Jeder einigermaßen intelligente Mensch, der unsere Welt ohne ein gewisses Maß an Betäubungsmitteln zu ertragen versuchte, musste wohl früher oder später selbst verrückt werden. Immer wieder versuchte ich mir vorzustellen, was er damals getan haben könnte. Nach dem Spektakel auf der Bühne, nach seinem Triumph und dem unmittelbar darauffolgenden Einbruch der Gewalt. Was blieb ihm anderes als die Flucht in eine Weite, die so weit war, dass sein ganzes Elend in ihr irgendwann seine Macht verlieren müsste?

Seit ich regelmäßig an meinem Filmprojekt arbeitete, erlebte ich täglich, wie sich die daran beteiligten Neuronen in meinem Gehirn in reine Fantasie verwandelten. $E=mc^2$. Nach dieser Einstein'schen Formel müssten dabei ungeheure Mengen an Fantasie frei werden. Und so war es auch. Ich wurde überschwemmt von Bildern, die in meinem Kopf herumwirbelten wie ein Heringsschwarm, in den Haie einfielen. Das Chaos konnte tanzende Sterne gebären, so etwas hatte Nietzsche behauptet, um zögernden Künstlern Mut zu machen. Er hatte recht. In meinem Film würden die Bilder tanzen, und jedes Einzelne sollte den Sinn des Ganzen aus einer immer anderen Perspektive zeigen. Wobei der Sinn des Ganzen zuletzt eben nichts anderes sein sollte als der meines Lebens. Während ich so im Rhythmus meiner Beine fantasierte, entdeckte ich, wie mir ein anderer Jogger entgegenkam. Noch weit von mir entfernt wich er höflich ins seichte Wasser aus, dessen Wellen unermüdlich den Strand glattleckten. Offenbar war er barfuß unterwegs und spritzte mit Vergnügen um sich. Im grellen Gegenlicht des frühen Morgens war er nur als schwarze Figur zu erkennen, ausgeschnitten aus dem gleißenden Gegenlicht, um deren Füße die Funken nach allen Seiten davonsprangen, als liefe er nicht durchs Wasser, sondern über glühende Kohlen. Während ich noch beschäftigt war, Fantasie und Realität zu trennen, hatte er mich bereits erkannt. Jäh blieb er stehen – und dann erkannte ich Ray, der mich nun, wie ich meine Schritte verlangsamte, feindselig anfunkelte. Seit meinem spektakulären Aufbruch aus dem Studio war so viel geschehen, ohne dass wir uns gesehen hatten. Alle Anrufe und Anfragen hatte ich ignoriert.

„Hi!“, sagte ich trocken, und gleichzeitig dachte ich: Schön dich zu sehen, lieber Freund, wie geht es dir? Nichts davon sprach ich aus.

Er schwieg.

Ich schwieg auch, dann lief ich weiter.

Ein wenig später hörte ich seine Schritte hinter mir, und gleich darauf spürte ich seinen Atem in meinem Nacken und beschleunigte mein Tempo.

„Bist ja mächtig in Form.“

Das klang halb nach Anerkennung, halb nach ungläubigem Spott. Mit Leichtigkeit hielt er sich neben mir. Keine Kunst für ihn. Er trainierte seit Jahren, ich war Anfänger.

„Was treibst du sonst noch?“

Von der Seite warf ich einen heimlichen Blick auf ihn und las Verletztheit und Angriffslust in seinen Zügen. Dahinter lauerte vielleicht Wut. Jedenfalls verstand er überhaupt nichts von dem, was in mir geschehen war. Dummerweise ließ ich mich dazu verführen, von meinen Plänen zu sprechen, als wären sie schon Wirklichkeit.

„Ich drehe einen Film.“

Laufend und sprechend zugleich hatte ich Mühe, mir meinen Atem gut einzuteilen, er reichte nur für kurze Sätze, trotzdem klangen alle ziemlich gehetzt. Das war genau der Eindruck, den ich vermeiden wollte.

„Besser gesagt, mein Drehbuch befindet sich gerade eben in statu nascendi.“

„Angeber!“

„Mit anderen Worten, es ist erst im Entstehen …“

Rays Grinsen verbreitete sich vollends und unhöflich über sein ganzes Gesicht. Dabei flossen seine Sätze ohne jeden Druck aus seinem Mund. Ganz so, als säße er entspannt an der Theke und plauderte mit einem Barkeeper.

„Vielleicht in etwa so: Ein Mann weiß nicht, wo er hinwill. Angezogen vom Nichts, verliert er sich in der Leere der Landschaft. Der einsame Held. So etwas hast du schon in der Filmschule versucht. Mehrfach. Stimmt's? Wenn ich mich richtig erinnere, bringt der eiskalte Engel dann einen Fahrer um, der ihn unvorsichtigerweise mitgenommen hat. Hinterher verschwindet der Mörder spurlos in der Wildnis. So oder so ähnlich. Wahrscheinlich wirst du auch selbst die Hauptrolle spielen.“

Das war nun wirklich zu viel. Ich blieb stehen und pfauchte ihn böse an.

„Du warst und bist ein ungebildeter Affe, der zufälligerweise gelernt hat, die Keyboards einigermaßen zu befingern. Im Übrigen hast du von nichts Ahnung. Verstehst nie, worum es geht! Du hast dich seit unserer Studienzeit überhaupt nicht weiterentwickelt."

„Tja, da bist du mir ja nun weit voraus."

Er war ebenfalls stehen geblieben, zuckte mit den Schultern. Sein Lächeln war noch hinterhältiger geworden. Zugleich rührte es mich. Er war mein Freund, der einzige vielleicht, den ich je gehabt hatte. Außerdem konnte er gar nicht wissen, was ich vorhatte. Wahrscheinlich machte er sich Sorgen um mich. In meinem Gehirn brodelte es, aber außer heißer Luft kam mir nichts über die Lippen.

„Du wirst alles sehen, wenn es so weit ist!", bellte ich ihn dann endlich an, obwohl ich mich um Coolness bemühte.

„Kann ja sein, dass Hollywood dir einen Film finanziert. Vielleicht wird es sogar ein Erfolg. Solange du als Sänger der Doors berühmt bist oder warst … aber du musst dich beeilen."

„Ich werde mir so viel Zeit lassen, wie nötig ist, um …"

Ich wusste nicht weiter, und natürlich stellte er den Fuß in die offengelassene Tür. Beinahe zärtlich stieß er nach.

„Um was …?"

Ich ging in die Falle, das Bedürfnis, ihn einzuweihen, verstärkte sich. Vielleicht gelang es ja, ihn zu meinem Kampfgenossen zu machen. Wie schon einmal.

„Wenn ich zurückschaue auf mein Leben, fallen mir immer nur ein paar Postkarten ein, nichtssagende Schnappschüsse von etwas, das mich nichts angeht …“

„Und?“

„Ich suche die verbindenden Teile, die in die Lücken passen. Den Sinn, wenn du verstehst, was ich meine.“

Statt einer Antwort legte er mir eine Hand auf die Schulter. Mein Abwehrpanzer drohte endgültig dahinzuschmelzen.

„Wir vermissen dich, Jim!“

„Ihr könnt ja ohne mich auftreten!“

„Stell dich nicht dümmer, als du bist. Du bist The Doors. Wir sind die Statisten!“

Früher war es meine Art gewesen, so etwas hinauszuposaunen. Jetzt war es mir peinlich, meine Dummheiten aus seinem Mund zu hören. Ich schüttelte seine Hand ab. Im nächsten Moment tat mir das wieder leid, weshalb ich versuchte, meiner Stimme einen versöhnlicheren Klang zu geben.

„Noch habe ich die Chance, mein Leben selbst zu leben. Nicht einfach bloß dabei zu sein bei dem, was abläuft.“

„Singen ist dein Leben!“ Es schrie förmlich aus ihm heraus. „Verdammt noch mal. Du warst großartig. Das musst du doch genau so wissen!“

„Nein! Eben nicht. Ich hab nicht mal eine Stimme. Stattdessen führe ich mich selbst vor wie einen Tanzbären. Das ist alles überhaupt nicht real.“

Der Alkohol hatte mir nie so aufreizend gefehlt wie in diesem Moment. Alles, was aus meinem Mund kam, blieb hölzern und trocken. Es war auch nicht das, was ich eigentlich sagen wollte. Klang bloß so ähnlich. Ray legte mir statt der Hand den ganzen Arm auf die Schulter. Er hatte mich durchschaut.

„Komm, wir gehen was trinken. Komm."

Wie gerne hätte ich eingeschlagen und wäre mit ihm losmarschiert. Voreilige Freude über seinen Erfolg stieg ihm in die Augen. Das verriet ihn. Im gleichen Augenblick fühlte auch ich mich ertappt und wurde erst recht richtig wütend.

„Ich habe immer nur getrunken, damit ich mit allen diesen Arschlöchern reden kann. Einschließlich meiner selbst. Was ist der Sinn davon? Nach ein paar Jahren stehe ich da mit einem Verstand wie ein weicher Hammer! Ein Mädchen, eine Flasche und gesegneter Schlaf. Als reichte das für ein Menschenleben. Wir sind, was wir nie sein wollten. Wir sind die letzten Menschen! Wir sind wie alle! Unsere Sehnsucht ist tot. Das Ende der Geschichte ist erreicht. Dahinter kommt nichts mehr. Mein Film ist für mich die einzige Chance. Und die letzte …"

In meinem Hals steckte ein Kloß. Die Worte schafften es nicht mehr nach oben. Ich hatte Angst, mich zu übergeben. Im nächsten Moment wusste ich nichts anderes mehr als loszurennen. Der Sonne entgegen. Von Ray hörte ich nichts mehr. Als ich mich dann umdrehte, stand er immer noch da und schaute mich traurig an. Ich sprang in die Höhe und winkte mit beiden Händen.

„Good bye, Ray! Good bye, Amerika! Ich habe euch geliebt! Wirklich."

Er sah mich entsetzt an, als wäre ich ein Phantom. Da fiel mir das Bild ein, das er mir zuvor geboten hatte. Ich lief die paar fehlenden Schritte bis zum Wasser. Mit beiden Händen tauchte ich ein und spritzte das Wasser über mich in die Luft. Im Gegenlicht der Sonne musste das wie ein Heiligenschein aussehen. Als sähe ich meinen eigenen Film schon im Kino. Ich selbst als Dionysos. Ray drehte sich weg, als wäre mein Anblick nicht länger zu ertragen. Eine Weile tanzte ich noch ohne Publikum weiter. Als ich dann losging, war Ray verschwunden. Es sei denn, er wäre dieser kleine, dunkle Strich gewesen, der mit hängenden Armen müde landeinwärts schritt.

Mit jedem Schritt seiner Wanderung wurden die Stiefel schwerer, als wollte die Erde ihn schon bei sich behalten. Von der eisigen Nachtluft gerötet, blühte sein Gesicht auf, das Fieber schwächte ihn, verlockte dazu, liegen zu bleiben. Dennoch zwang der Wanderer sich weiter, versuchte sogar, seine Schritte zu beschleunigen, und fühlte, wie seine Kräfte schwanden, seine Jugend dagegenhielt. Immer seltener rastete er. Immer öfter blickte er sich um. Sah Schatten verschwinden, sobald er hinsah. Spät, aber doch habe die Polizei seine Schuld erkannt, war ihm eingefallen, nun suchte man im ganzen Land nach ihm. Unwissend war er schuldig geworden. Schwer trug er an dieser Schuld. Wenn die Heimat ihn nicht gerufen hätte, hätte er sich gestellt, um die Verantwortung an Jims neuem Song zu übernehmen. Denkbar war aber auch, dass Jeannies mörderischer Ehemann seine Schergen nach ihm ausgeschickt hatte, um den Ehebrecher zu fangen und zu bestrafen. Nur nachts wagte er sich auf die Straßen. Sein Ziel blieb ein Hafen an der Ostküste – und ein Schiff, das ihn zurückbrächte nach Hause, in das Land, das von den Schatten einer untilgbaren Vergangenheit regiert wurde. Ins Land bevorstehender Kämpfe, an denen er teilnehmen wollte, an der Seite seiner Freunde, um seine Schuld abzutragen. Schuld, auf allen Seiten. Dass er gedacht hatte, alleine für sich glücklich werden zu können, schien ihm im Nachhinein unverzeihlich.

Wenige Autos nur waren unterwegs, und die beschleunigten noch das Tempo, wenn der Fremde den Arm hob. Leer und nass glänzend lag die Straße dann wieder und wandte sich in langgezogenen Kurven einem stets weiter zurückweichenden Horizont entgegen. Aus der dünn gewordenen Wolkendecke, hinter der ein schmaler Mond schemenhaft zu erahnen war, fiel der letzte Schnee des Winters. Hie und da versammelten sich kahle Büsche zu einer kleinen, lockenden Böschung, die kaum Schutz bot vor dem Wind, der die hellgrauen Flocken tanzen ließ.

Hinter einer dieser unscheinbaren Böschungen stand ein Auto. Parkte da, ein wenig schräg zur Straße, wie vom Himmel gefallen. Weinrot, bordeauxrot glänzte es in der Dunkelheit. Ein Citroën DS 21. Wer „DS" französisch aussprach, sagte „Deesse". Deesse heißt Göttin. In einer bordeauxroten Deesse war Jeannie gesessen. Damals. Und er, später, neben ihr, auf der Fahrt zu dem großen Konzert. Daran erinnerte er sich ganz genau. Wie eine Göttin war sie ihm erschienen, um ihn zu retten. Einst. Aber jetzt? Das Auto stand hier wie ein

Ding von weit weg, aus einem anderen Leben. Vorsichtig berührte er die Karosserie, sie gab noch ein wenig Wärme ab, fast wie ein menschlicher Körper, in dem ein Herz schlug. Um sich zu wärmen, legte er auch die zweite Hand auf das sanft geschwungene Metall. Es war kein Fiebertraum. Die Fahrertür war nur angelehnt. Er blickte sich um, die Nacht um ihn war so leer wie seit Stunden. Nach einigem Zögern öffnete er die Autotür ein weiteres Stück. Mildes Licht strahlte auf, einladend schauten die leeren, samtenen Sitze zu ihm her, von gleicher Farbe wie der bordeauxrote Lack draußen. Aus dem Innenraum strömte ihm der Geruch eines herben Parfums entgegen. So hatte sein Bett gerochen, nachdem Jeannie dort eine Nacht verbracht hatte. Abermals fürchtete er zu träumen. Im Zündschloss steckte der Schlüssel. Da hatte der Wind schon die Wolkendecke aufgerissen, und der Mond leuchtete ungehindert zwischen den ziehenden Wolken herab. Die Landschaft belebte sich neu. Gräser winkten und flüsterten ihm mit dürren Halmen Mut zu. Zugleich wurde es kühler, als wehte die Luft nun aus einem tieferen Himmel, von den Sternen her bis zu ihm hier unten. Es war verlockend, sich hinter das Lenkrad zu setzen, das ihm eine einzige, fein gebogene Speiche aus matt glänzendem Holz entgegenhielt. Es war lange her, seit er das letzte Mal ein Auto gesteuert hatte, trotzdem vollzog sich alles wie von selbst. Kaum hatte er den Zündschlüssel berührt, schnurrte der Motor. Durch unsichtbare Kräfte angehoben, richtete sich der Wagen ein wenig auf wie ein gutmütiges Tier, das sich nach langem Schlaf streckt. Ihm widerfuhr das alles, fast ohne sein Zutun. Die Müdigkeit in ihm und das sanfte Wiegen des Wagens um ihn bildeten eine Einheit, in der Innen und Außen wie Wellen ineinanderflossen. Wo das Wirkliche und das Unwirkliche eins wurden. Wo Trennung bloße Täuschung war. Als wäre er am Ziel. Und es brauchte kein anderes Ziel mehr für ihn. Langsam rollte der Wagen über die leicht geneigte Wiese abwärts und auf die Straße zu. Das Lenkrad hatte er bis jetzt nicht zu berühren gewagt. Auch jetzt griff er noch nicht danach, sondern hielt sich links und rechts an dem Sitz fest, auf dem er weich eingesunken saß. Als der Wagen schneller wurde und er nun doch nach dem Steuer greifen wollte, bemerkte er, dass seine Hände feucht waren, von einer warmen, klebrigen Feuchtigkeit getränkt. Rot waren seine Hände, rot von Blut. Aber es blieb ihm keine Zeit, sie anzusehen, plötzlich tanzten helle Lichtkegel auf ihnen. In ihrem vorbeihuschenden Schein erkannte er, dass alles in dem Wagen rot war von frischem Blut. Im selben Moment vernahm er auch schon böse Rufe, die von draußen hereindrangen. Sah Schatten, die, wie aus dem Nichts aufgetaucht, nun links und rechts neben dem Auto herliefen. Hörte die starken Schläge, die von außen auf die Scheibe einschlugen, mit geballten Fäusten und voller Wut. Stimmen schrien durcheinander, Stimmen, die ihn mit wüsten Flüchen beschimpften und drohten. Dann wurde die Tür aufgerissen und er von mehreren Händen zugleich aus dem noch rollenden Fahrzeug gezerrt. Hart schlug er auf dem Boden auf. Unter den auf ihn einprasselnden Schlägen sah er noch, wie einer der Angreifer sich in die immer rascher dahinholpernde Deesse zwängte, bevor alles in einem wüsten Gestoße und Gedränge verschwand. Dann war es wieder ruhig. Einer aber lachte, laut und anhaltend.

Der, welcher lachte, war offenbar der Boss der Bande, denn als das Lachen nun näherkam, wichen jene, die ihn festgehalten hatten, zurück, um den Blick frei zu machen. Es waren Männer in Uniform, Polizisten, ihre Gesichter voll Empörung. Er fühlte, dass seine Hände inzwischen mit Handschellen auf den Rücken gefesselt waren, und er selbst nicht mehr fähig, irgendeine Bewegung zu vollziehen.

„Für wie blöd hält der uns? Kommt und schnappt sich den Wagen, noch bevor die Besitzer kalt sind!"

Das Lachen verebbte glucksend, der Mann stand da, mit in die Hüften gestemmten Armen sah er auf den Gefangenen herunter.

„Und so einer hält sich für Jesus ... Genauso habe ich mir solche Typen vorgestellt!"

Hinter dem Sprecher, von der Straße her, näherten sich weitere Fahrzeuge, auf denen bunt blinkende Lichter wie um die Wette tanzten. Im Nu hatten sie einen Kreis um den Gefangenen am Boden gebildet. Während die Lichter weitertanzten, sprangen die Mannschaften durch die aufgerissenen Türen ins Freie.

Alle schrien durcheinander.

Das Gemetzel an einer vierköpfigen Familie, der auch die DS gehörte, war erst vor Kurzem entdeckt worden, und durch einen glücklichen Zufall waren die mutmaßlichen Täter in eine Falle gegangen. Nur auf den Anführer, den alle Jesus nannten, hatte man noch gewartet.

„Er kommt zurück, Jesus kommt und holt, was ihm gehört!"

So hatten es alle beschworen. Natürlich waren sie nicht bei sich, standen schwer unter Drogen, aber vielleicht wussten sie besser Bescheid über ihren Jesus. Deshalb wurde auf ihn gewartet. Der dann kam, musste es gewesen sein. Jesus war gefangen! Ein Triumph, der in die Polizeigeschichte eingehen sollte.

„Es wird nicht lange dauern, bis er uns erzählt, wie sein Evangelium lautet … Von uns kann er die frohe Botschaft jetzt gleich hören!"

Um die letzten Worte zu unterstreichen, trat er dem Liegenden in den Unterleib, dass ihm der Atem wegblieb und der stumme Schrei sein Gesicht verzerrte.

„Hörst du sie oder hörst du sie nicht?"

Mit dieser Frage trat er nochmals zu. Der Wehrlose schien das Bewusstsein zu verlieren. Bloß wie von fern und wie durch rauschendes Wasser vernahm er Brocken der gegen ihn erhobenen Vorwürfe, von denen er kein Wort verstand. Und was er sah, verschwand hinter einem roten Vorhang.

Konteradmiral George Stephen Morrison war in manchen Dingen völlig ahnungslos, und das war durchaus Teil seines Lebensplans. In dieser Hinsicht unterschied er sich von anderen Karrieristen höchstens durch seine gut trainierten, militärischen Instinkte. Was nichts mit seinem streng abgezirkelten Arbeitsbereich zu tun hatte, störte bloß wie ein Geräusch, das mit ein wenig Übung zu überhören war. Auch die engste Familie bildete dabei keine Ausnahme. Sie umgab den Offizier wie eine Art Verlängerung gewisser lebensnotwendiger Organe nach außen, die, wenn sie ihre Funktionen nicht zufriedenstellend erfüllten, entweder behandelt oder entfernt werden mussten. Seit sein Sohn Jim die Filmhochschule ohne Abschluss verlassen und damit seine Anweisungen missachtet hatte, hatte er für seinen Vater aufgehört zu existieren. Bald darauf war Jim so gut wie vergessen gewesen. Durchstreichen und weitergehen, lautete die Devise. Allerdings waren der Sicherheitskordon, den der Admiral um sich herum aufgebaut hatte, oder, wenn man so will, das Drachenblut, das ihn für Zufälle unverwundbar machte, beide bloß menschlichen Ursprungs und daher nicht hundertprozentig dicht. Zuletzt genügte eine schwarze Scheibe aus Vinyl, um eine Bresche in die Mauer zu schlagen. Jene Scheibe war ihm allerdings nicht durch Zufall vor die Füße gerollt, sondern von einem Unbekannten, einem Konkurrenten oder vom Schicksal selbst auf seinem Schreibtisch platziert worden.

„Miss …!“

Der Ruf nach seiner Sekretärin kam aus einem kaum halb geöffneten Mund wie die Zunge einer zischenden Schlange. Genauso rasch war die Gerufene im Zimmer und blass vor schlechtem Gewissen. Der Admiral pflegte sein Büro im Pentagon nicht selbst zu versperren, und seine Sekretärin konnte sich nicht erinnern, jemanden eintreten gesehen zu haben. Sie wusste nichts. Nichts war ihr aufgefallen. Im Krieg waren das schwerwiegende Vergehen. Überdies war sie nicht durchgehend anwesend gewesen und hatte die Tür während ihrer Abwesenheit nicht ordnungsgemäß versperrt. Für ihre weitere Laufbahn verhießen diese Unterlassungen insgesamt nichts Gutes.

Der Admiral schickte sie wieder hinaus. Alleingeblieben fasste er das Cover genauer ins Auge. Berührt hatte er diesen heimtückisch eingeschmuggelten Fremdkörper auf seinem Schreibtisch noch gar nicht. Vorne prangte ein Foto seines Sohns. Frech und mit einem bösartigen Lächeln auf den Lippen stand er im Scheinwerferlicht und blickte zu seinem Vater auf. Unter der Hose drückte gut sichtbar sein Geschlechtsteil gegen das Leder. Mit spitzen Fingern und voller Abscheu wendete George Stephen Morrison die Platte endlich um. Auf der Rückseite war mit einem roten Stift der letzte Titel mehrfach unterstrichen und mit einem Rufzeichen hervorgehoben. Als dessen Autor war sein Sohn angegeben, der Sohn, der seinen Namen trug. Morrison. Ein Sicherheitsoffizier wurde gerufen, um das verdächtige Geschenk abzuholen, damit es auf seine Herkunft sowie auf Fingerabdrücke und sonstige Spuren überprüft würde. Wenig später verließ der Admiral das Pentagon. Sein Chauffeur fuhr ihn in die City, zum nächsten Musikshop. Dort verlangte der alte Morrison jene Platte der Doors, die er auf seinem Schreibtisch das erste Mal gesehen hatte.

„Für meinen Sohn“, sagte er so beiläufig wie möglich, um nicht als Fan der Gruppe dazustehen. Später, in seinem Apartment, musste er feststellen, dass es dort gar keinen Plattenspieler gab. Es dauerte also, bis ein solcher beschafft war und der Admiral Jims Version seiner Familiengeschichte in voller Länge zu hören bekam. Beim ersten Anhören war er sich sicher, etwas Entscheidendes versäumt zu haben. Was er wahrgenommen hatte, war einfach nicht möglich. Hinterher wusste er nicht mehr, wie oft er das Ungeheuerliche angehört hatte. Immer wieder wartete er darauf, ob Jim tatsächlich die Worte *kill* und *fuck* öffentlich hinausgeschrien hatte. Als es reichte, hatte die Wucht der ödipalen Tragödie einen rauchenden Krater in der Seelenlandschaft des seelisch so unerfahrenen Mannes hinterlassen. Der Admiral fühlte sich wie im Krieg, und kalter Hass auf den Feind kroch in ihm hoch. Ein Feind, der identifiziert und besiegt werden musste. Morrison fühlte sich wieder in seinem Revier angekommen. Deshalb zitterten seine Hände auch nicht, als er mit einem Küchenmesser auf die schwarze Scheibe einstach und sie so lange malträtierte, bis er sicher sein konnte, dass dort kein zusammenhängender Takt mehr zu hören sein würde. Die Reste wanderten in den Müllschlucker. Der Angriff war abgewehrt, aber der eigentliche Kampf gegen das Herz der Finsternis, das seinen Sohn beherrschte, sollte nun erst beginnen.

Nachdem man den als Jesus Verdächtigten einige Tage lang hatte dunsten lassen, obwohl sich seine Unschuld an den Morden bald herausgestellt hatte, erschien endlich eine Gruppe von Zivilisten in der Polizeizelle. Schon beim Eintreten beobachteten sie einander argwöhnisch, sprachen mit vorsichtig kontrollierten Halbsätzen, um keine Fakten zu erwähnen, auf die sich später jemand berufen hätte können. Einer, offenbar der hochrangigste, schwieg überhaupt. Einig schienen sie sich nur im prinzipiellen

Argwohn gegen den Gefangenen. Beim Erscheinen der Männer hatte der sich ängstlich schutzsuchend in die hinterste Ecke seines Bettes gedrückt. Mit angezogenen Beinen, die er mit beiden Armen umklammerte, irrten seine Blicke panisch über die Gesichter der Besucher.

„Doc ...?"

Der Angesprochene, den man an seinem weißen Kittel leicht als Arzt erkannte, trat vor, betastete den Wimmernden mit einigen routinierten Griffen und nickte dann den anderen zu. Sofort kam Bewegung in die Versammlung.

„Es freut uns alle aufrichtig, dass es Ihnen nach Ihrem bedauerlichen Sturz dort draußen in der Nacht wieder besser geht ..."

Wie ein flinker Anwalt – der er, wie man später im Protokoll lesen konnte, auch war – ratterte er seine Floskeln herunter.

„Wobei wir gleich einmal festhalten wollen, dass den eigentlichen Anlass für diesen Zwischenfall niemand anderer als Sie selbst geliefert haben ..."

„Immerhin war der Augenschein eindeutig gegen Sie."

„Die blutigen Hände ... Ihr Aussehen ... Ihre Haare! Alles stimmte zu dem Satan, den wir suchten."

Plötzlich schrien alle durcheinander.

„Die diensthabenden Beamten hatten gar keine andere Wahl ... die Beschreibung war treffend wie die Faust aufs Auge!"

Missbilligende Blicke trafen einen, der unwillkürlich über dieses Bonmot gelacht hatte. Während jener, auf dessen Entscheidung offenbar alle warteten, bloß die Hand hob. Alle verstummten. Was folgte, war die gewundene Erklärung für ein amtliches Missverständnis.

Eine Kette abscheulicher Blutverbrechen hielt seit Wochen das ganze Land in Atem. Die Nervosität der Einsatzkräfte war also mehr als nachvollziehbar. Man jagte eine Bande, die sich zynischerweise *The Family* nannte, weil sie es ausschließlich auf Familien abgesehen hatten. Die Familie als Symbol für die bürgerliche Gesellschaft als Gesamtheit. Mehrere Familien waren in ihren Autos oder Häusern, also überall, wo sie sich sicher fühlen durften, überfallen worden. Mit dem Blut der Opfer waren Beschimpfungen auf die Karosserien gekaperter Autos oder auf die Wände der Häuser geschrieben worden. Die Spuren deuteten auf eine fanatisierte Kommune von drogensüchtigen Hippies. Ihr Anführer nannte sich abwechselnd Satan oder Jesus. Gestern war es dank eines Hinweises aus der Bevölkerung gelungen, ihn festzunehmen.

„*Helter Skelter* stand in blutigen Großbuchstaben auf dem Wagen geschrieben, in den Sie sich gesetzt hatten. Angeblich, ohne es zu bemerken! Helter Skelter! Das klingt, als würde man den Leichen ein ‚HOLTERDIPOLTER' hinterherrufen. Das sind keine Menschen mehr!"

Hatte er bisher zu allen gesprochen, so wandte er sich zuletzt direkt an den immer noch verängstigt in die Ecke Gekauerten.

„Die Gesellschaft ist verroht. Und Menschen wie Sie – ein ehemaliger Lehrer! –, haben dazu beigetragen! Neben vielen anderen natürlich. Verantwortungslos und egoistisch ziehen sie ihrer Wege, verkünden ihre wahnwitzigen politischen Ansichten. Wir haben auch noch einiges über Sie in Erfahrung gebracht. In Ihrem Besitz waren Briefe, aus denen hervorgeht, dass Sie Kontakt zu Vertretern des internationalen Terrorismus haben. Auch durch die unbefugte Inbetriebnahme eines fremden Kraftfahrzeuges haben Sie mehr als nur eine Ordnungswidrigkeit begangen. Ihre wahre Identität werden wir den Behörden Ihrer Heimat übermitteln, die werden Sie entsprechend in Empfang nehmen, wenn Sie es schaffen sollten, dorthin zu gelangen."

Als sie ihn dann mit seinem Namen ansprachen, begann er zu toben.

„So heiße ich nicht! So habe ich nie geheißen. Ich heiße Scardanelli! Scar-da-nelli!"

Mit sich überschlagender Stimme schrie er nun alles Mögliche. Beschimpfte seine Besucher. Beschuldigte sich selbst, der gesuchte Mörder zu sein, die Bestie, das apokalyptische Tier, das sie suchten.

„Zu Hause habe ich keine Freunde! Niemand kennt mich dort!"

Alles, was er sagte, war durch sein Stottern in Brocken zerteilt. Immer wilder steigerte er die Anschuldigungen gegen sich selbst. Die Männer hatten zu tun, sich gegen ihn zu wehren. Mit seinen langen Nägeln zerkratzte er ihnen die Gesichter, entwickelte Kräfte, die ihm niemand zugetraut hatte. Erst dem vor der Tür abwartenden Sonderkommando gelang es schließlich, den Tobenden ruhigzustellen, bis eine Spezialeinheit für psychopathologische Anfälle herangerufen wurde, die ihn in eine Nervenklinik überstellte.

Nackt stand ich minutenlang vor dem Spiegel, der eine Breitseite meines Badezimmers ganz ausfüllte, und konnte nicht fassen, dass der, der da vor mir stand, ich sein sollte. Ich, Jim Morrison, der Rockstar, der Säufer, der von einer Eruption zur nächsten taumeln musste, um zu fühlen, dass er auf der Welt war. Jetzt war ich ein anderer geworden. Mein Leben lief nicht mehr vor mir davon, sondern kam auf mich zu, wie ein Freund. Es war der Film, an dem ich arbeitete, eine feste Zahl von Stunden jeden Tag. Ich beugte mich zu meinem Spiegelbild vor, bis ich es fast berührte.

„Jim du schaffst das, niemand wird dich hindern. Niemand!"

„Jim?"

Es war Pam, die wissen wollte, was ich allein mit mir zu besprechen hatte. Sie lag noch im Schlafzimmer nebenan.

„Jim, was ist los mit dir?"

Durch die Wand hindurch konnte ich fühlen, wie sich ihr warmer Körper unter der Decke räkelte. Wie verlockend ihre Stimme klang. Es war ihr Geburtstag.

„Jim?", rief sie, noch ein bisschen drängender.

„Nichts!", rief ich endlich zurück. „Nichts ist los. Bleib nur, wo du bist!"

Ich fuhr mir mit den gespreizten Fingern beider Hände durch die Haare. Sie waren schwarz und lockig, in Wellen fielen sie mir bis auf die Schultern. Sie waren das Beste an mir, ich trug sie mit Stolz. Mein Körper konnte sich sehen lassen, die Schultern muskulös und breit genug für meine Größe. Mein Bauch war in den letzten Wochen mehr und mehr verschwunden. Fast zehn Kilo hatte ich abgenommen. Die Strandläufe taten mir gut. Aber das Beste waren meine Haare. Heute, zu ihrem Geburtstag, wollte ich mich ihr zum Geschenk machen. Nicht sofort, ein wenig sollte sie noch warten.

Als sich die Tür zum Badezimmer langsam öffnete, saß Pam bereits aufrecht auf dem Bett und erwartete ihren Geliebten. Die Decke war seitlich zu Boden gerutscht. Durch die nicht ganz geschlossenen Vorhänge fiel ein wenig Sonnenlicht und ließ ihre Haut schimmern, als wäre sie aus Marmor. Jim, immer noch nackt, war in der halb offenen Tür stehengeblieben. Pam streckte ihm beide Arme entgegen.

„Es ist etwas Göttliches um jeden Körper, aber um deinen besonders. Das habe ich vom ersten Augenblick an gewusst."

„Damals im Fog?"

„Damals dachte ich, der und kein anderer!"

Sie lachte darüber hin. Jim wusste, wenn sie schwärmte, war sie erregt. Mit seiner Wirkung zufrieden, lächelte er ihr verheißungsvoll zu.

„Komm ..."

Selig öffnete sie ihre Arme, um ihn zu umarmen.

„Später. Heute sollst du ein göttliches Frühstück serviert bekommen."

„Ich habe aber gar keinen Hunger ... zumindest will ich nichts essen."

„Ich geh jetzt einkaufen, damit wir hinterher nicht gleich aufstehen müssen."

Sanft zog er die Tür hinter sich wieder zu. Die Erscheinung war verschwunden. Pam seufzte ergeben, dann hob sie die Decke auf und zog sie hoch bis zum Kinn.

Als Jim in Shorts und T-Shirt auf die Straße trat, wartete gegenüber ein Streifenwagen der US-Marines. Früher, als er noch Student gewesen war, hatte sein Vater ihn hin und wieder auf diese Weise zu überraschen gewusst. Jim wurden dann von oben herab einige routinierte Fragen gestellt, wobei sich der Vater an der wütenden Scham des Sohnes weidete, um ihm hinterher mit großmütigem Lächeln den Scheck für den nächsten Monat zu überreichen. Aber diesmal saß hinter den beiden Soldaten kein Admiral im Fond und auch sonst niemand. Aufatmend wandte sich Jim auf seinen Flipflops nach links, dorthin, wo der Supermarkt lag. Er hatte seine Erleichterung noch nicht wieder ausgeatmet, als hinter ihm schwere Autotüren auf- und zuflogen, militärischer Laufschritt in festgeschnürten Stiefeln über die Straße herantrommelte und links und rechts von ihm zwei Hünen auftauchten, die nicht den Auftrag hatten, lange Reden zu halten.

„Mitkommen! Konteradmiral Morrison wünscht Sie zu sprechen."

Man fackelte nicht lange, fragte wie selbstverständlich nicht erst nach seiner Einwilligung. Mit kräftigem Griff um seine Oberarme wurde der um einen Kopf kleinere Jim hundertachtzig Grad um seine Achse gedreht und musste wohl oder übel mithalten, wollte er nicht wie ein Kind zwischen seinen Eltern mitgeschleift werden. Mit geübten Bewegungen schob man ihn in den verwaisten Fond des Wagens. Die Schlösser klickten schadenfroh.

Die Limousine startete und fuhr sofort los. Jeder Fluchtversuch ausgeschlossen. Der Militärhafen der US-Navy lag mehr als hundertfünfzig Meilen südlich von L.A. Dass Jim noch nicht gefrühstückt hatte, interessierte niemanden. Auf Fragen seinerseits gab es keine Antwort. Auf dem Highway raste man eine Stunde später an San Diego vorbei. Die Aussicht war spektakulär, interessierte aber weder die Soldaten, noch ihren Gefangenen. Der militärische Bereich fiel durch die mit Stacheldraht gesicherten Absperrungen auf. Als sie sich dem Hochsicherheitsbereich näherten, öffneten sich hintereinander mehrere Schranken auf bloßen Zuruf. Der Flugzeugträger *USS Midway*, dreihundertfünf Meter lang, neunundsiebzig Meter breit, war der Wohnort von viertausendfünfhundert Menschen, die alle damit beschäftigt waren, eine der wirkungsvollsten Kriegsmaschinen der Welt perfekt zu bedienen. Einmal, noch als Schüler, war Jim schon dort gewesen. Vater hatte ihn als der Allmächtige durch diese von ihm beherrschte Welt geführt. Zuletzt hatte Jim sogar mit einem Maschinengewehr auf bewegliche Ziele schießen müssen. Wie damals hatte er auch jetzt das Gefühl, dass sein Brustkorb dem inneren Druck nicht mehr lange standhalten würde. Das allgegenwärtige tiefe Summen der im Inneren arbeitenden Motoren steigerte diesen Druck weiter. An Bord wurde Jim erwartet. Die beiden Soldaten, die ihn hergeführt hatten, übergaben ihn wie ein Paket einem vierköpfigen Kommando, das den weiteren Transport übernahm. Vorbei an uniformierten Klonen, die ihn alle kaum eines Blickes würdigten. Jim fragte sich, ob sie ihn für einen Deserteur hielten, der mit seinen lächerlich kurzen Hosen und dem T-Shirt auf Sandalen zwischen ihnen spießrutenlaufen sollte. Viel Zeit für solche Überlegungen blieb ihm nicht, denn gleich darauf glitten sie zu fünft in einem geräuschlosen Lift hinab in die Tiefe.

„Ihr, die ihr hier eintretet, lasst alle Hoffnung fahren."

Diese Androhung ewiger Strafe aus Dantes *Inferno* war Jim eben in den Sinn gekommen, aber sie erschreckte ihn nicht, sondern gab ihm seine Ruhe zurück. Er selbst würde ja in wenigen Tagen diese ganze absurde Situation zu einer grotesken Szene seines Drehbuchs umgestalten. Im Moment verhalf ihm der Einfall dazu, alles hier wie ein groteskes Schauspiel zu betrachten.

„Das also ist der Bunker des Allmächtigen", stellte Jim fest, als wäre er ein neugieriger Tourist. Eben hatten sie einen Raum betreten, der eine Kreuzung zwischen der Luxussuite eines Fünfsternehotels und einer Gefängniszelle zu sein schien. Es gab Luken, mit Ausblick unter die Wasseroberfläche. Fische aller Größen glotzten neugierig herein. In der Mitte des weiß gekachelten Raumes befand sich eine Säule, an der in verschiedenen Höhen Handschellen angebracht waren. Gegenüber eine Sitzgarnitur, wuchtig und aus weißem Leder. Während Jim noch überlegte, wie das alles zusammengehörte, wurde er schon zu dieser Säule geführt und seine Arme rücklings gekreuzt an sie gefesselt. Höflich, bestimmt und ohne ein erklärendes Wort lief das ab. Dann zogen sich die vier Begleiter zurück. Jim stand da, an seinen Pfahl gebunden und allein. Trotzdem war er immer noch geneigt, das Ganze als bizarres Spiel anzusehen. Die Geschichte von

Prometheus fiel ihm ein, der wegen seines Ungehorsams dem Göttervater Zeus gegenüber an einen Felsen gefesselt worden war, wo ihn dann täglich ein Adler besuchte, um sich an seiner Leber satt zu fressen. Vergleichsweise hatte es Jim geradezu gemütlich. Wenn er an Pams verpatzten Geburtstag dachte, verdüsterte sich seine Stimmung wieder. Er hatte mit ihr mehr Mitleid als mit sich selbst.

Die Zeit umfloss mich so richtungslos wie das Wasser in einem Whirlpool. Ich wusste bald nicht mehr, wie lange alles schon dauerte. Mir war, als käme mein Film nicht mehr von der Stelle. Auch die zufällig vorbeitreibenden Fische verloren jeweils schnell das Interesse an dem, was hier drinnen nicht geschah. Am unangenehmsten darüber hinaus waren mir Durst und Hunger, weil mir gegenüber auf dem Schreibtisch eine gefüllte Karaffe stand und ein Schüsselchen mit Erdnüssen.

Da ging mit einem Mal ein Zittern durch die weiße Welt um mich. Etwas änderte sich grundlegend, als wäre der Lauf der Welt nun ein anderer. Das war nicht mit dem Körper zu fühlen, sondern, ich kann es nicht anders ausdrücken, mit der Seele. Unser Körper fühlt ja nicht einmal, dass die Erde sich um sich selbst dreht, so gefühlsarm ist er im Grunde. Aber die Seele fühlt. Man müsste es meinem Gesicht ansehen können, was da geschah. Es wäre der ideale Moment für die erste Großaufnahme. Während ich also an meinen Film dachte, öffnete sich die Tür und mein Vater trat ein, beziehungsweise auf. Er warf nur einen kurzen, wie irritierten Blick auf mich, so in der Art, als hätte er mich vergessen. Während er dann eine förmliche Entschuldigung für seine Verspätung murmelte, setzte er sich hinter seinen Schreibtisch, wo er einige Hebel umlegte und Knöpfe drückte, um dann den Telefonhörer ans Ohr zu führen. Die Tür hinter ihm war inzwischen mit einem satten Schmatzen wieder ins Schloss gefallen. Während er auf die Verbindung wartete, steckte er sich ein paar Erdnüsse in den Mund.

„Hey Daddy, was für eine tolle Show ziehst du hier ab?" Ich wollte die Worte wohlgelaunt und optimistisch klingen lassen und erwartete mir eine entsprechende Antwort. Stattdessen ignorierte er mich und knurrte endlich, immer noch kauend, den Befehl in die Telefonmuschel, ihn ab jetzt nicht mehr zu stören. Dann legte er den Hörer wieder auf. Anschließend schrieb er einige Zeilen in einen Akt, sehr konzentriert und genau, ohne sich besonders zu beeilen. Ich musste zugeben, er machte das alles sehr gut. Am liebsten hätte ich in die Hände geklatscht, aber das war ja leider nicht möglich. Endlich hatte er seinen Füller sorgfältig wieder verschraubt, schob alles Störende zur Seite, stützte sich mit beiden Ellbogen auf den Schreibtisch, positionierte seinen Kopf zwischen den geballten Fäusten und sah mich an, als sähe er mich zum ersten Mal aus der Nähe.

„Tut mir leid, dass du hast warten müssen. Aber vor dem Auslaufen meines Boots häufen sich die Probleme, die ich noch zu ordnen habe. Ein Aufbruch dieser Art ist etwas Großes, selbst für mich. Wenn du verstehst, was ich meine."

Was er mit „Auslaufen" und „Aufbruch" meinte, wollte nicht so recht in meinen Kopf. Als könne er meine

Gedanken lesen, machte er mit einer offiziellen Verlautbarung alles klar.

„Die USS Midway hat planmäßigen Kurs Richtung Golf von Tonkin genommen."

Das also war das Zittern gewesen. Meine Seele hatte es gefühlt. Und war machtlos gewesen. Mein Vater weidete sich an meiner Verwirrung.

„Von nun an sollte alles wie von selbst ablaufen. Wir haben also Zeit füreinander. Ich hoffe, du stehst bequem."

Bevor ich mir eine treffende Antwort überlegen konnte, war er aufgestanden und kam auf mich zu, offensichtlich, um den Nahkampf zu eröffnen. Inzwischen war mir jedenfalls klar geworden, dass es ernst wurde zwischen uns.

„Im Gegensatz zu dir bin ich kein Mann vieler Worte. Wenn möglich, lasse ich Taten für mich sprechen."

Er war jetzt nur noch eine Armlänge von mir entfernt und sah mir in die Augen. Die seinen erinnerten mich dabei an die der Fische draußen vor der Luke. Hinter dreifachem Glas und in einem ganz anderen Element zu Hause. Meine forcierte Heiterkeit war mittlerweile einer kalkulierenden Vorsicht gewichen. Fehler waren nun nicht mehr erlaubt. So viel stand fest. Da wandte er sich bereits von mir ab, als suche er etwas.

„Wenn unser Gespräch hier zu Ende ist, wirst du mich nicht mehr sehen. Man wird dir ein Frühstück bringen und auch sonst für alles sorgen, was du brauchst. Für ein paar Tage bist du hier an Bord unser Gast."

Jetzt zog er einen Stuhl vom Schreibtisch her, bis vielleicht zwei Meter vor meine Säule, und setzte sich rittlings mir gegenüber. Es war ein Verhör, und es sollte so aussehen, wie er sich Verhöre vorstellte. In den Filmen, die er sich ansah, sah es immer so aus.

„Also, erste Frage: Findest du, dass in unserem Land alles in Ordnung ist?"

Ohne zu wissen, worauf er hinauswollte, gab ich vorsichtig Antwort.

„Vieles liegt allerdings im Argen. Wenn du das meinst."

„Falsch. Alles ist auf einem ordentlichen Weg. Aber es ist die Pest über uns gekommen."

„Die Pest?"

Plötzlich fuhr sein Finger wie ein Pfeil auf mich zu, noch ohne, dass er sich von seinem Sitz erhob.

„Du! Und Leute wie du! Ansteckend und abstoßend. Ihr seid die Pest."

Ich wollte den Streit nicht fördern und zog es vor zu schweigen.

„Zweite Frage: Wie behandelt man die Pest?"

„Man muss der Krankheit auf den Grund gehen."

„Richtig. Endlich begreifst du deine Rolle. Es ist die des Ödipus. Der wollte dem Übel auch auf den Grund gehen und ließ einen Seher rufen, der den wahren Grund für die Pest nennen sollte."

Ich ließ mich hinreißen.

„Das war ein Fehler. Seher sind käuflich. Seine Mutter hätte er fragen sollen, weshalb sie den falschen Mann geheiratet hat!"

Vater sprang auf, als hätte ihn eine Schlange gebissen. Blau blähten sich die Adern an seinen Schläfen. Rot färbte sich sein Gesicht. Seine Augen blitzten wie kalte Sterne. Er sah aus wie die US-Flagge im Sturm. Und wie aus Gewitterwolken donnerte er auf mich herunter.

„Falsch! Sie hat den falschen Sohn geboren!"

„Mich?"

„Ja! Dich! Ich habe deinen dreckigen Song gehört. Was du dort alles über deine Mutter singst, ist Geschmackssache. Und Geschmack hattest du nie. Aber was du mir androhst, ist ein Verbrechen – und Verbrechen erfordern Sühne. Meine Aufgabe ist es, dieses Land zu schützen. Vor seinen Feinden. Vor Leuten wie dir. Egal wo! Egal wie! Ohne jede Rücksicht auf die Person, wer immer sie sein mag."

Ohne dass ich wusste, wie er dazu gekommen war, hatte er auf einmal ein Messer in der Hand und schwang es über dem Kopf. Silbermetallisch blitzte es zu mir her.

„Ödipus hat sich selbst geblendet, als er erkannte, was er angerichtet hatte. Immerhin bereute er hinterher seine Frevel. Blind irrte er zur Buße jahrelang durch die Fremde. Im Alter soll er sogar weise geworden sein. Zumindest erzählt Sophokles das."

Ich wollte irgendetwas sagen wie, „Dad, lass uns reden", aber ich brachte es nicht über die Lippen, und er wollte ohnehin nichts hören.

„Schweig, ich rede jetzt. In wenigen Tagen wirst du dieses Land, an dem du dich so versündigst hast, verlassen. Du kannst dir sogar aussuchen, wohin du willst. Ich lasse dich per Helikopter dort hinbringen. Alles hier wartet nur auf meine diesbezüglichen Befehle. Ich werde ein Konto für dich einrichten, du sollst nicht verhungern, du sollst weiser werden, wenn so etwas wie ‚weise' bei dir im Bereich des Denkbaren ist."

Er richtete das Messer wieder auf mich. Da war es aber kein Messer mehr, sondern eine Schere. Wie ein Friseur klapperte er knapp vor meinen Augen damit herum. Dazu lachte er und hüpfte auf und ab, vor Freude und vor Erregung. Endlich zog er mich an den Haaren und schnitt hinein. Ich schrie auf, schrie ihm alle Beschimpfungen entgegen, die ich je gehört hatte. Brüllte. Spuckte. Es befeuerte ihn bloß. Der Vorgang dauerte eine ganze Ewigkeit. Als ich schon nur noch wollte, dass es endlich vorbei wäre, dauerte es noch immer. Ich gab auf. Hielt die Augen geschlossen, wartete auf den Tod wie auf die Erlösung. Auch später noch, als es still geworden war. Auch diese Stille dauerte eine Ewigkeit. Unaufhörlich rannen Tränen über meine Wangen. Hinterließen eine salzige Spur auf den Lippen. Als ich die Augen langsam öffnete, war ich unter Wasser wie die Fische draußen vor den Luken.

Später kamen seine Schergen zurück. Ich konnte ihr Lachen sehen. Zwar blieb es stumm, aber ganz konnten sie es nicht unterdrücken. Sie sprachen nicht zueinander, sie sagten nichts zu mir. Ich stellte keine Fragen. Ihr stummes Lachen dröhnte in meinen Ohren. Sie brachten mich in einen Trakt für besondere Gäste, in ein nettes, einigermaßen gemütliches Hotelzimmer. Die einzige Tür hatte allerdings auf meiner Seite keine Klinke.

Später brachten sie mir, was ich brauchte. Sogar neue Kleidung. Die Aussicht von dort ging durch die Bullaugen weit in das graugrüne Meer hinaus. Ich sah aber kaum hin. In einem goldgerahmten Spiegel erblickte ich einen glatzköpfigen Mann, der an einem gedeckten Tisch sitzend vor sich hinstarrte.

„Jim…“, flüsterte ich ihm zu. Hätte ihn gerne etwas gefragt. Schwieg lieber.

„Ich weiß auch nicht …“, antwortete der mit der Glatze und versuchte ein kleines Lächeln, aus dem aber nur ein hilfloses Grinsen wurde.

Dann schwiegen wir beide.

„Mach doch die Augen auf! Du kannst das, ich weiß, dass du das kannst. Du weißt es auch, jetzt musst du es versuchen … mach schon!“

Die Schwester hatte einen Stuhl nahe an das Krankenbett gezogen und hielt ihm einen Löffel mit duftendem Brei unter die Nase. Er musste Hunger haben, also bestand Hoffnung, dass der Geruch ihn weckte. Sie lächelte, es war ein ansteckendes Lächeln, das ihre Backen noch ein wenig weiter auseinanderschob. Die blonden Haare waren so kurz und widerspenstig wie ein frisch gemähtes Feld.

Sein Blick blieb nach innen gerichtet. Hinter seiner Stirn arbeitete es.

Wald, rund um mich, überall Wald … schwer liegt die Nacht auf dem Wald. Drückt ihn nieder … ist zu schwer für ihn … der Wald sinkt in den Boden … der ist weich und feucht und tief und ohne Grund … versinkt mit allem, was da ist.

Ich bin der Wald.
Ich will nicht,
nicht weitersinken!

Will hinauf, wo Licht ist. Mein Licht, das auf mich wartet.

Die Schwester sprang auf.

„Er hat sich bewegt … Noch einmal … er kommt zu sich!“

Wer? … wer ist da, wer kommt … Das Licht ist verschwunden.

Eine Klingel. Die Klingel schrillt, wie von weit her … Alarm … Stimmen … Schritte. Es riecht nach Krankenaus … Wonach riecht es? Riecht nach Totsein …

„Wie geht es dir?“

Seine Augenlider zitterten, der Spalt zwischen ihnen öffnete sich. Der Blick dahinter war leer. Kam von nirgendwo her.

„Alles wird gut“, sagte die Schwester rasch, bevor er wieder wegtauchte.

„Du musst es nur wollen!“

Zwei Augen, gute Augen. Aber so weit weg … Schweben durchsichtig wie der Mond, wenn es Tag ist, auf dem Himmel über mir. Auf der Wiese tanzen die Bienen … die Blumen sehnen sich nach Berührungen …

Alles wird gut. Alles …

„Kennst du mich nicht mehr? Sag was. Sprich zu mir! Erzähl, was geschehen ist …“

Geschehen? Was ist geschehen? Das Meer ist geschehen, schwarz, schwarz wie Blut, dahinter ein Strand, dahinter ein Haus und dahinter ein Licht, dahinter viele Lichter, das Meer steigt, das Meer ist schwarz, Blut ist rot, das Meer steigt weiter … kommt näher … ein

Schuss … es ist so finster … dahinter ist Jeannie gestorben, dahinter ist nichts, ich weiß nicht mehr … dahinter, nein … so nicht …! Nichts ist geschehen! Nichts! Es gibt kein Meer. Keinen Strand. Kein Licht. Keinen Schuss. Schlafen, weiterschlafen, besser noch tot sein!

„Du darfst nicht immer nur schlafen! Reiß dich zusammen! Du musst es wollen. Du bist ein Mann, komm zu dir!"

Die Schwester hatte ihn angeschrien. Heftiger noch, als sie wollte. Eine Männerstimme versuchte zu beruhigen.

„Er kann dich nicht hören. Und wenn doch, kann er dich nicht verstehen."

„Aber ja doch. Wollen muss er!"

Seine Hand war seitwärts aus der Decke geschlüpft und irrte nun oben auf ihr herum. Die Schwester fing sie ein und drückte sie sanft. Die Hand war sehr kalt. Eine Weile saß sie erschöpft neben ihm. Froh, wenigstens seine Hand zu halten. Schon öfter war es ihr gelungen, den Kranken ein wenig aus seinem Schlaf zum Tode hin herauszureißen. Aber es wurde von Mal zu Mal schwieriger, als zöge ihn sein eigenes Gewicht in die Tiefe, aus der er einmal nicht mehr zurückkehren würde können. Diesmal aber, als sie schon fürchtete, es wäre vorbei, hatte sie Erfolg. Er öffnete die Augen und sah sie an. Sie konnte seinen Blick fühlen, bevor sie ihn tatsächlich sah. Er sah sie an, sie, und versuchte sich zu erinnern. Das war schon viel und für ihn schwierig genug. Nichts an ihr kam ihm bekannt vor. Ihr Lächeln war die einzige Hilfe, die sie ihm bieten konnte. Einen Halt für seine Suche. Und diesmal half es. Er verzog das Gesicht, fast war es schon ein Lächeln, und versuchte sich aufzurichten.

„Nicht so stürmisch, mein Lieber! Weißt du, wie lange du geschlafen hast? Geschlafen wie ein Toter. Weißt du nicht? Natürlich weißt du es nicht."

Während sie sprach, stellte sie den Teller weg, legte den Löffel hinein und rückte ihm sein Kissen zurecht. Sanft drückte sie ihn darauf nieder. Ruhig, mit gleichmäßiger Stimme, floss ihre tröstende Rede. Noch war in seinem Blick keine Spur von Erkennen.

„Du musst ja mächtig viel erlebt haben. Nachdem sie dich hier abgeliefert hatten, hast du beinahe ununterbrochen gesprochen. Wir konnten dich kaum stoppen und kamen aus dem Staunen gar nicht heraus. Bist ja ein Abenteurer. Das meiste war kaum zu glauben. Weißt du noch?"

Ein klein wenig bewegte er den Kopf hin und her. Wer wollte, konnte ein „Nein" herauslesen.

„Ich hab manches davon aufgeschrieben, damit ich es dir erzählen kann, wenn es dir wieder besser geht. Wer sich erinnern kann, wird schneller gesund. Da bin ich mir sicher. Das kannst du mir glauben."

Da drehte er den Kopf weg, um sie nicht mehr ansehen zu müssen.

„Willst du nicht gesund werden?"

Zart drehte sie seinen Kopf mit sanfter Gewalt wieder zu sich. Überwand sein Widerstreben. Da presste er die Lippen aufeinander. Scherzhaft drohte sie ihm mit dem

Finger, bevor sie Löffel und Teller wieder aufnahm und versuchte, ihn endlich doch zu füttern.

„Und nach ein paar Tagen bist du auf einmal eingeschlafen, als wolltest du nie wieder aufwachen, so tief. Kannst du dich denn an gar nichts davon erinnern?“

Der Befragte bewegte sich nicht. Sein Mund blieb standhaft verschlossen.

„Die Helfer, die dich zu uns brachten, haben behauptet, du wärest gestürzt. Du sahst ziemlich lädiert aus. Das mit dem Unfall glaubte ich ihnen aber nicht. Ich spüre es, wenn jemand lügt. Haben sie dich geschlagen?“

Er gab keine Antwort, aber es war zu sehen, wie er um seine Erinnerungen kämpfte.

„Unser Doc hier meinte, du wärst gesund. Im Prinzip jedenfalls. Im Prinzip! Das Herz schlägt gut. Die Organe alle beweglich und fest. Die Lunge tut ihre Arbeit. Die Verletzungen heilen von allein. Beherrscht seinen Job, unser Doc. Und dann bist du eingeschlafen. Schliefst Tag und Nacht durch. Da war der Doc mit seiner Weisheit am Ende. Wir haben dir ein wenig Nahrung in die Adern träufeln müssen, sonst wärst du uns verhungert und verdurstet!“

Endlich war es ihr gelungen, einen Löffel voll Brei in seinen Mund zu bugsieren. Sie kannte die Tricks von den Babys her, die sie gepflegt hatte. Während der ganzen Zeit wendete er den Blick nicht mehr von ihr. Bewegungslos lag er da und sah sie an, als könnte er alles Verlorene aus ihrem Gesicht herauslesen. Ihr Gesicht voll mit seinen Geheimnissen war wie ein ganzer Kontinent mit einem Lächeln in der Mitte. Aber er konnte sie nicht herauslesen.

„Schlucken! Du musst schlucken!"

Folgsam schluckte er, vorsichtig und langsam.

Länger blieb es dann still zwischen ihnen. Nur der leise klappernde Löffel wanderte immer wieder hin und her, zwischen dem Teller und seinem Mund, bis der Teller leer war, und er sich die Lippen leckte. Dann stand sie auf, lächelte auf ihn hinunter und deckte ihn zu.

„Am besten, du schläfst jetzt und erholst dich. Dann, später, komme ich wieder, mit meinem Büchlein, und du erzählst mir weiter, was dir widerfahren ist. Das hilft dir, da bin ich mir sicher."

Sie wartete dann noch, ob er etwas erwidern wollte. Aber da war er bereits tatsächlich eingeschlafen. Das große Zimmer war bis auf das Bett und ein kleines Tischchen mit Stuhl daneben leer. An einer Wand gab es zwei Fenster. Dazwischen einen Spiegel ohne Rahmen. Sie öffnete eines der Fenster und atmete die frische Luft ein. Man hörte Vögel singen. Durch ein weiß gestrichenes Gitter konnte man bis zu einem Wald hinsehen. Zwischen hier und dem Wald gab es eine gepflegte Wiese, mit wenigen Bäumen, Wegen und Bänken. Ein paar Menschen gingen dort auf und ab. Manche wurden von Wärtern begleitet. Andere liefen, als hetzte sie etwas, immer im Kreis, wieder andere saßen träge auf den Bänken, genossen die Sonne, dösten vor sich hin oder schliefen.

„Erinnerst du dich an Andreas?"

Diesmal erkannte er ihre sanfte Stimme. Er öffnete die Augen und erkannte auch sie. Die Augen schloss er dennoch wieder. Er wollte nicht erinnert werden. Wollte nicht gefragt werden, nicht nach Andreas. Wollte nicht oder konnte nicht. Sie versuchte ihm zu helfen.

„Du hast viel von ihm gesprochen. Die meiste Zeit, anfangs, als du gar nicht aufhören konntest zu reden. Von Andreas. Er ist dein Freund gewesen. Hast du erzählt. Aber ihr hattet Streit über … worüber eigentlich? Du wolltest dich mit ihm versöhnen. Stimmt's?"

Auf ihrem Schoß lag ein kleines Schreibheft, in dem sie hin und her blätterte. In der anderen Hand hielt sie einen Stift, an dessen Ende sie nachdenklich kaute.

„Du wolltest Andreas beistehen. Stimmt's? Er ist wichtig für dich, schien mir."

Die Tür ging auf. Und in der Tür stand ein Mann in einem weißen Mantel. Stand da und sah den Kranken in seinem Bett an. In der Hand hielt er einen kleinen Koffer, aus dem ein paar Drähte heraushingen. Der im Bett konnte seinen Blick nicht mehr von ihm wenden. Zitterte. Der Mann kam näher und redete ihn mit seinem vollen Namen an, den er aus einem Formular ablas. Der Kranke schreckte hoch.

„So heiß ich nicht. Ich heiße Scardanelli. Scar-danelli!"

Er wiederholte das fremde Wort, von dem niemand wusste, wo er es herhatte, und wurde dabei immer lauter. Schrie zuletzt. Angst verzerrte sein Gesicht. Die Schwester sah sich um, dann sprang sie auf, flüsterte mit dem Mann, drängte ihn hinaus und schloss die Tür hinter ihm. Als sie zurückkam, lächelte sie schon wieder.

„Du brauchst keine Angst zu haben. Niemand hier will dir Böses. Außerdem bin ich da, um auf dich aufzupassen! Versprochen!"

Sein Kopf schmerzte von dem, was er alles nicht wusste. Oder nicht erinnerte. Aber hinter diesem Nichtwissen lauerte die Angst. Die war schlimmer. Diese Angst, dass hinter der Angst nichts mehr war. Dass sich dort nur noch eine schreckliche Leere auftat. Das Nichts. Oder dass er gar nicht er war, sondern ein anderer, mit einem anderen Leben, anderen Gedanken, mit einem anderen Namen. Mit einem Schicksal, das ihn nichts anging.

Die Schwester hatte ihr Heft wieder aufgenommen, scheinbar versenkte sie sich in ihre Aufzeichnungen, weil sie die hilflosen Zuckungen in seinem Gesicht nicht mehr ertragen konnte.

Jeannie … sie war tot. Das war sicher. Totsicher. Aber woher wusste er das? Und wenn es die Wahrheit war – wie konnte er sie wissen und weiterleben?

Die Zuckungen wurden stärker, sein Körper zitterte heftig. Die Schwester streichelte seine Wange. Dann las sie ihm einen Satz aus dem Heft auf ihrem Schoß vor.

„Erst der Tod gibt allem eine Bedeutung. Wie kommst du auf so etwas?"

Ihr kurzes Blondhaar zitterte nun auch. Wie konnte ein Mensch solche Sätze sagen? Wer so denkt, der musste doch spinnen. Oder jedenfalls ernsthaft krank werden.

Er schwieg und nickte.

Sie las weiter. Wollte nicht nachlassen in ihrem Bemühen, ihn zu retten.

„Andreas!“

Er wich ihrem Blick aus. Sie bohrte weiter.

„Du wolltest ihm helfen. Du wolltest ihn befreien. Wer war er? Du hast gesagt, er wäre ein Held. Warum ist Andreas ein Held? Wann ist ein Mensch ein Held?“

„Wenn er aufs Ganze geht.“

Es kam ihm schnell über die Lippen, als wollte er den Satz loswerden, und in seinen Augen glänzte wieder die Angst.

„Du kannst ja doch wieder reden!“, rief sie fröhlich, wurde aber gleich wieder ernst.

„Aber, was ist, wenn das Ganze falsch ist?“

„Wenn es das Ganze ist, kann es nicht falsch sein.“

In ihrem Eifer übersah sie, wie sehr ihn alle diese Erinnerungen aufregten, übersah, wie sein Zittern heftiger wurde. Sie wollte reden, um die Ursachen seiner Verwirrungen herauszufinden.

„Du wolltest eine Reise machen. Oder kamst du bereits von einer Reise zurück?“

Er schwieg, starrte an ihr vorbei in die Ferne.

„Wo warst du?“

Während ihre Fragen bohrender wurden, wurde seine Stimme verzweifelter, in ihrem Eifer überhörte sie auch das.

„Ich weiß es nicht …“

„Was überhaupt weißt du denn? Irgendwas musst du doch wissen!“

Zwischen den beiden wuchs eine unsichtbare Wand. Er rannte mit seinem Denken dagegen an. Sie bemerkte das alles erst, als es zu spät war.

Nichts. Ich weiß nichts. Alles ist ausgehöhlt oder verloren. In die Irre gegangen bin ich. Aus dem Himmel über mir ist ein steinerner Himmel geworden. Dass ich ihn aus den Augen verloren habe, war meine Schuld. Warum lächelt die Schwester? Sie nickt. Heißt das, dass sie mir glaubt? Oder ist es ihr Trick? Alle verfügen sie über Tricks, hinter denen sie sich verstecken. Der rahmenlose Spiegel, dort an der Mauer, zwischen den Fenstern. Ist es wirklich ein Spiegel? Oder ist es ein Stück Glas über einem Loch in der Wand? Was ist hinter dem Loch? Von dort aus beobachtet mich jemand. Während sie hier mit mir redet, als wäre sie eine Freundin, werde ich beobachtet. Ich weiß nicht warum. Ich allein bin ahnungslos. Überall gibt es Erinnerung. Nur mir fehlt sie. Wie kann ich gegen meine Schuld andenken? Und gegen die Vergänglichkeit. Man kann vergehen wie die Zeit. Oder man kann ein Vergehen begehen, wie ich, in der Zeit. Dann wird man eingesperrt.

„Woran denkst du jetzt gerade? Willst du es mir nicht sagen, dann schreibe ich es für dich auf. Damit du dich später erinnern kannst."

Da sitzt sie noch immer, die Schwester, und zielt auf mich mit ihren Fragen. Will mich treffen. Und ich habe doch gar keine Schwester mehr. Sitzt da mit dem Heft auf dem Schoß, den Bleistift gezückt, um ein paar Wörter aufzuspießen. Was wird sie mit den toten Wörtern machen?

Der Kranke kroch aus seinem Bett und näher an die schreibende Schwester heran. Seine Stimme klang seltsam gefasst und zugleich wie gepresst, weil er ihr Zittern unterdrücken wollte.

„Wo bin ich? Was ist das hier für ein Haus? Ein Gefangenenhaus? Ein Zoo? Wer sind die anderen dort draußen? Warum habt ihr mich eingesperrt?“

„Wir hier wollen dir helfen. Du kannst hinausgehen und dir alles ansehen. Niemand wird dich hindern. Du bist nicht gefangen.“

Er tat ein paar Schritte Richtung Fenster, schlich dann weiter. Tastete nach dem Spiegel dort. Die Schwester erhob sich. Allmählich spürte sie die von ihm ausgehende Gefahr.

Das Glas da zwischen den Fenstern. Das Loch in der Mauer. Ein fremdes Gesicht drängt sich heran, schaut zu mir her. Herausfordernd und böse. Der Fremde trägt einen Bart, der die untere Hälfte seines Gesichtes verdeckt. Warum versteckt er sich? Von oben hängen die Haare über seine Augen. Er streicht sie aus der Stirn. Er sieht mich an, als wolle er mich schlagen. Ein Räuber. Ein Gedankendieb. Er hat mein Wissen gestohlen, alles, das mir jetzt fehlt, hat er. Ich muss ihn festhalten. Er soll mir Rede stehen.

Das Glas klirrt, aber es bricht nicht. Sprünge durchziehen das Bild, der Fremde ist erschrocken. Schlägt nochmals zu. Da rennt die Schwester heran und blickt über die Schulter des Fremden zu mir her. Sie legt ihm die Hand auf die Schulter. Aber ich kann die Hand auf mir fühlen, wie sie an mir zieht, obwohl sie sie doch auf den Fremden gelegt hat. Alle sind sie gegen mich verschworen, um mich zu fangen. Erst alles aus mir herausfragen, mir meine Sprache rauben! Besser gleich tot sein. Jäh drehe ich mich um und schreie.

„Geht weg. Verschwindet! Lasst mich.“

Da hält sie mich mit beiden Händen fest. Ich muss mich losreißen von ihr, für immer, damit es aufhört, das grausame Spiel gegen mich und mein Leben. Ich bekomme ihren Hals zu fassen und drücke zu. Es soll aufhören. Sie schreit um Hilfe, und wehrt sich mit aller Kraft. Bleistift, Scherben und Heft fallen zu Boden. Männer kommen gerannt und packen mich und dann

Was von Jim übriggeblieben war, bäumte sich noch einmal auf. Unter dem Spott der Soldaten sprang er aus dem Helikopter, duckte sich unter den rotierenden Propellern durch und streckte den Kriegsknechten seines Vaters den ausgestreckten Mittelfinger entgegen. Mit aufheulenden Motoren als Antwort erhob sich der Helikopter senkrecht nach oben, bis er in den tiefhängenden Regenwolken verschwand. Jim war davongekommen, immerhin. Kahlgeschoren, gedemütigt, beschimpft. Aber er lebte. Das Weitere hing von ihm ab.

Nach Woodstock, zum größten Hippie- und Rock 'n' Roll-Event aller Zeiten gebracht zu werden, war Jims rettende Idee gewesen. Mit diesem Zeichen seines ungebrochenen Widerstandes wollte er dem Admiral den Sieg verbittern. Der aber hatte nicht einmal mit einer Augenbraue gezuckt, sondern bloß den Befehl zum Abflug gegeben.

Jetzt, im Regen angekommen, am Rande eines unüberschaubaren Geländes, fand Jim seine Idee nicht mehr ganz so gut. Zwischen all den erwartungsfrohen, jungen Menschen schien er als Einziger keinen blassen Schimmer zu haben, wohin er sich wenden sollte und was er eigentlich hier wollte. Immer wieder wehte der Wind nicht nur den Regen, sondern auch ein paar Fetzen Musik zu ihm her.

Ursprünglich war geplant gewesen, dass er und die Doors hier in Woodstock einen spektakulären Auftritt haben sollten. Niemand aus dem Publikum konnte wissen, was dazwischengekommen war. Die allgemeine Enttäuschung beflügelte die wildesten Gerüchte. Jim selbst vernahm mit eigenen Ohren, wie ein blumengeschmücktes Mädchen ihrem Freund erzählte, sie habe gehört, dass Jim Morrison bei einem Autounfall ums Leben gekommen sei. Die ganze Nacht hätte sie um ihn geweint. Gerne hätte Jim sie getröstet, aber wahrscheinlich hätte sie ihm nichts geglaubt. An seinem kahlgeschorenen Schädel glitten die Blicke der Vorbeidrängenden ab ohne anzuhalten. War er anfangs noch jedem möglichen Anzeichen von Aufmerksamkeit ausgewichen, so entspannte er sich bald und hoffte, die Freiheit eines Unbekannten genießen zu können.

Der eigentliche Mittelpunkt des ganzen Festes, die Bühne, war von dort, wo man ihn abgeladen hatte, noch gar nicht zu sehen, nur der Strom der Menschenmassen deutete auf die Anziehungskraft, die sie ausübte. Wer sich ihr hingab, wurde mit sanfter Gewalt mitgenommen. Jim aber widersetzte sich. Er strebte zum Rand hin, wollte sich sammeln und suchte nicht die Versammlung aller.

Es regnete in Strömen, seit Tagen, also seit Beginn der Veranstaltung. Der Boden der weiten Weidelandschaft ringsum hatte sich längst in einen Sumpf verwandelt, in den man bei jedem Schritt knöcheltief versank. Alle Parkplätze waren überfüllt und die befestigten Zufahrtsstraßen von stehengelassenen Autos vollkommen blockiert. Trotzdem kam keine Hektik auf, kein Drängen, keine Ungeduld, im Gegenteil. Eine große Gelassenheit tröstete die Wartenden. Nur langsam, aber wie einverstanden mit allem Unbill, bewegten sich die Menschen vorwärts. Jeder fühlte sich als Teil des Ganzen. Geredet wurde nur das Nötigste, alle lauschten dem fernen Wummern der Basslautsprecher, die den Gerüchten nach gigantisch waren. Es klang weniger nach Musik als nach dem lockenden Ritual einer Religion, zu der sie alle wie Pilger aus vielen Weltgegenden hinströmten.

Ohne sichtbare Organisation wurden einige schmale Gassen freigehalten, die einen freieren Verkehr zwischen Zentrum und Peripherie ermöglichen sollten. Menschen, die aus dem Inneren des Geschehens kamen, strahlten eine fast weihevolle Würde aus, auch wenn sie nur irgendwelche banalen, aber nützliche Tätigkeiten ausführten. Manche trugen freiwillig Müll in knallgelben Säcken aus dem Zentrum hinaus an die Ränder. Andere gruben Rinnen, verlegten Rohre, um Schäden an überforderten Leitungen auszugleichen. Wieder andere stützten solche, die nach zu viel Drogenkonsum ihrer selbst nicht mehr ganz mächtig waren. Draußen gab es Zelte, in denen sich Helfer um sie kümmerten. Jim registrierte das alles, ohne es tiefer in sein Bewusstsein einzulassen.

Wie ein Schlafwandler beschritt er bald einen von der Hauptströmung abzweigenden Weg. Er wollte an den Rand, gleichzeitig fürchtete er, über einen solchen Rand hinauszufallen, in eine fremde Leere hinein.

In der Zwischenzeit war es beinahe Nacht geworden, und die locker gefügte Menge bildete einen Zug der Schatten. Zwischen ihnen fühlte er sich geborgen und ließ sich treiben. Dann entdeckte er einen Lichtschein, der von einem kleinen Leuchtturm in der allgemeinen Bewegung auszugehen schien. Auf ihn hielt er zu. Aus der Nähe erkannte er, dass das Licht aus einer ganz normalen Telefonzelle kam, die ihm in dieser Umgebung seltsam deplatziert vorkam. Sie stand auf einer kleinen Erhebung und schien leer, bis auf den Münzfernsprecher und ein paar halbzerfallene Telefonbücher. Die wenigen Menschen rundum schenkten ihr keinerlei Beachtung. Obwohl sie wie eine ganz normale Telefonzelle aussah, wie man sie in verlassenen Gegenden nützlich finden mochte, wirkte sie auf Jim wie die Pforte zu einer Welt, aus der er vor langer Zeit vertrieben worden war. Seither war sie unwiderruflich nicht mehr die seine. Wie lange war es denn her, seit er seine Wohnung verlassen hatte, bloß, um Frühstück einkaufen zu gehen? Tage, Wochen oder Jahre?

Vorsichtig, wie ein Tier, das eine Falle witterte, öffnete er die Tür, trat ein und zog sie hinter sich rasch wieder zu. Hätte ihn jemand aus einiger Entfernung dabei beobachtet, so hätte er Jim für einen Sonderling halten können oder für ein Alien. Man sah, wie er mit beiden Händen mehrfach über seine Glatze strich, dann umständlich in den Taschen kramte, innehielt, seine Stirn gegen die Scheibe lehnte, minutenlang so verharrte, um dann doch rasch einige Münzen hintereinander in den Schlitz zu werfen.

Jim wählte seine eigene Nummer, in der plötzlich aufgestiegenen, verrückten Hoffnung, dass Pam immer noch in seinem Bett liegen könnte, um auf seine Rückkehr zu warten. Nichts. Niemand hob ab. Lange ließ er es läuten, bevor er die Gabel niederdrückte. Mit dem Hörer in der Hand zögerte er. Dann fingerte er die Münzen aus dem Rückgabeschlitz und warf sie nochmals ein. Diesmal wählte er Pams Nummer. Sekunden später hob sie ab.

„Jim", flüsterte er, als könnte er jemanden stören. Vom anderen Ende der Leitung kam ihr Atmen, er erkannte sie sofort.

„Ich bin es. Jim … Morrison. Du kennst mich doch … Pam!"

Es dauerte noch ein wenig, aber dann drang ein Schwall aufgeregter Fragen aus dem Hörer, Schluchzen und Vorwürfe. Sie hatte Drogen genommen und ließ dem Gemisch aus Angst und fantastischer Eifersucht freie Bahn. Es gelang ihm nicht, sie zu beruhigen.

„Nein, es gibt keine andere Frau … ich will nur dich. Sobald als möglich möchte ich bei dir sein, aber …"

Er wusste nicht weiter. Wusste nicht, was er wie erklären könnte.

Draußen war es mittlerweile so kühl geworden, dass sein Atem sich auf den Fenstern der Zelle niederschlug. Die Worte, die er sprach, schwammen als kleine Tropfen an den Scheiben abwärts.

„Ich kann jetzt nicht nach Hause kommen … nein. Ich komme auch nicht nach L.A. zurück. Nicht so bald. Vielleicht nie wieder. Bei meinem Vater war ich. Er wollte mit mir reden. Ja … Eine Weile muss ich jetzt allein sein … Verstehst du? Pam!"

Pam weinte. Unter Tränen beschwor sie ihn sofort zu ihr zu kommen.

„Wir treffen uns in Paris, vielleicht. Oder du fährst vor und suchst eine kleine Wohnung für uns … oder ich mache es selbst …"

Eben erst war ihm dieser Gedanke gekommen. Und gleich hatte er ihn ohne nachzudenken ausgesprochen. Im Moment erschien ihm eine solche Flucht als die einzig mögliche Lösung.

„Ich möchte in Ruhe schreiben … Einen Film, über das Leben in dieser verrückten Zeit. In diesem verrückten Land … Ich weiß nicht, ob es mein Leben wird. Wenn ja, wirst du natürlich darin vorkommen! Sicher sogar! Versprochen."

Er sah den Hörer an, als könnte er ihre Antwort von ihm ablesen. Dann hob er ihn wieder zum Mund.

„Ich werde anrufen, ja … Überlege dir, was du von meiner Idee hältst! Bis bald, ja. Bis ganz bald."

Als er dann die Telefonzelle verließ, hatte er vergessen, den Hörer wieder einzuhängen. Er hatte ihn einfach fallen lassen. An seiner Schnur schaukelte er hin und her. Es dauerte eine Weile, bis Pam bemerkte, dass niemand mehr am anderen Ende war. Lange noch klangen ihre Fragen und dann ihr Schluchzen wie ein Lied, das niemand hören wollte, in die leere Zelle.

Mehr als eine Stunde war Jim meist ziellos gewandert, seinem Gefühl nach immer am Rand des Ereignisses entlang. Links die sich wie ein einziges Wesen ruhig bewegende Menge und über ihnen, fern, das hoch strahlende Gebirge des Bühnenlichts, rechts die dunkle Landschaft, sich selbst genug, punktiert von wenigen hellen Flecken, in der Ferne begrenzt von einem Wald, der den ganzen Horizont füllte. Jim selbst allein im Zwischenreich, wie zwischen den Lebenden links und den Toten rechts. Unschlüssig blieb er stehen. Dahin oder dorthin? Es kam ihm vor, als hätte sein Weg einen riesigen Kreis beschrieben, in dessen Mittelpunkt irgendwo die Bühne sein musste. Die Anziehungskraft von dort wurde allmählich auch für ihn spürbar stärker. Dann aber waren es die animalischsten aller Triebe, die den Ausschlag gaben: Hunger und Durst. Schon seit einiger Zeit stieg ihm der Duft von gebratenem Fleisch in die Nase, der ihn jetzt endgültig aus seinem Zwischendasein herauslockte und zu den anderen Menschen hinzog. Vor einem improvisierten Zelt waren zwanzig bis dreißig Menschen versammelt. In ihrer Mitte glomm die Kohle eines ausgebrannten Lagerfeuers. Auf dem Rost lagen angebräunte Würste. Die Menschen, die hier aßen, waren kaum zwanzig Jahre alt. Jim schien deutlich der Älteste zu sein. Dazu viele Kinder, die seitwärts zur fernen Musik wilde Reigen tanzten. Alle redeten durcheinander. Mädchen, die er nicht kannte, boten ihm zu essen an, ohne dass er darum gebeten hatte. Andere teilten ihre Getränke mit ihm. Oder boten ihm Joints an. Warum sie das alles taten, verstand er nicht. Aber er stellte sich dazu und lauschte.

Ein neues Zeitalter sollte anbrechen. Manche prophezeiten, die Welt würde endlich in die Ära des Wassermanns eintreten. Das kalte Zeitalter der Fische wäre am Ende. Es beginne die Zeit gemeinsamen Glücks.

Sie, die hier so friedlich feierten, wollten nicht nur zusehen dabei. Sie wollten mitgestalten. Sie waren selbst die Zukunft. Manches musste explodieren, um Platz zu schaffen, anderes sich öffnen und zu blühen beginnen. Manches verschwinden. Anderes anfangen.

Jim hörte zu, aber er gehörte nicht dazu. Mit seiner Glatze sah er älter aus, als er war. Es hätte ihn nicht gewundert, wenn sie ihn für einen verirrten Opa gehalten hätten.

Der neue Geist wehte, wo er wollte. Er kam in der Nacht, wie ein Dieb, wenn ihn keiner mehr erwartete. Wehe dem, der nicht bereit war.

Das hatte Jim irgendwo gelesen. Er wusste nicht mehr, wo.

Auch in seiner unmittelbaren Nähe schwatzten sie durcheinander. Sie glaubten, was sie sagten. Sahen große Veränderungen deutlich auf sich zukommen. Sie alle waren bereit.

Aber Göttliches traf Unteilnehmende nicht.

Wer hatte je solche Worte gebraucht?

Jim hatte genug von Würsten und Sprüchen. Plötzlich hatte er Sehnsucht nach Musik. Die Nächstbesten fragte er nach dem Weg zur Bühne. Obwohl Mitternacht schon vorbei war, wunderte das keinen. Es fanden sich sogar ein paar Mädchen, die bereit waren, ihn auf dem kürzesten Weg dorthin zu führen. Man brauchte nicht einmal mehr Eintritt zu bezahlen. Die Organisatoren hatten eingesehen, dass Geld sich mit der Stimmung vor Ort schlecht vertrug. Unbehelligt näherten sich Jim inmitten der Mädchenschar dem Auge des Orkans. Mit jedem Schritt wurde die Musik deutlicher. Hinter den Bäumen war zu sehen, wie Batterien von Scheinwerfern die Finsternis durchlöcherten. Aber eine unüberschaubare Menge tanzender Menschen verstellte immer noch die Sicht zur Bühne selbst. Dafür hatte der Regen aufgehört und der aufgekommene Wind hatte wärmere Luft her geweht. Nach einigen Minuten Wanderns waren sie seitwärts der Bühne ausgewichen und hatten die laute Gewalt des Sounds schon wieder im Rücken, als sie einen kleinen Teich erreichten, bedeckt mit blühenden Seerosen, die im Streulicht der Bühnenbeleuchtung glänzten und, vom Winde bewegt, ein Eigenleben führten. Mit wenigen Handgriffen hatten seine Führerinnen ihre Kleider abgestreift, waren kopfüber in den Teich gesprungen und in ihm verschwunden. Wenig später tauchten ihre Köpfe zwischen den Blüten wieder auf. Jim fühlte sich an ein Gemälde von Botticelli erinnert und wäre am liebsten sofort hinterhergesprungen, um selbst ein Teil der Idylle zu werden. Aber da hatten die Mädchen ihn schon vergessen, nur eine von ihnen bedeutete ihm, sich umzudrehen. Da bemerkte er, dass sie längst den Backstagebereich der Bühne erreicht hatten. Offenbar waren die Mädchen Freundinnen von Musikern und hatten ihn unbemerkt eingeschmuggelt. Allein und etwas zögerlich näherte er sich nun als Eindringling diesem innersten Kern der ganzen Veranstaltung. Was früher selbstverständlich gewesen war, wurde nun zu einem Abenteuer. Auf der Bühne selbst hatte gerade ein größerer Umbau begonnen. Eine Band, in der er The Who erkannte, diskutierte ihren Auftritt, während die Techniker Instrumente abräumten und andere heranschleppten. Obwohl Jim vor wenigen Monaten zusammen mit The Who bei einem Benefizkonzert aufgetreten war, schien ihn keiner von ihnen zu erkennen. The Who hatten, wie es aussah, Streit mit einem Offiziellen. Ihr Drummer verließ eben fluchend die Bühne, wobei er unsanft mit Jim zusammenstieß. Die anderen riefen ihm hinterher und hießen ihn umdrehen und zurückzukehren, man hatte sich wieder versöhnt. Ein zweites Mal lief der Kerl Jim fast über den Haufen, wieder, ohne ihn zu beachten. Unschlüssig, ob er erleichtert oder gekränkt sein sollte, fuhr Jim sich über seinen Kopf. Vor gar nicht langer Zeit wäre er der natürliche Mittelpunkt solcher Aufregungen gewesen. Jetzt beachtete ihn niemand. Der Typ, der eben noch den Streit mit The Who geschlichtet hatte, offenbar einer der Organisatoren, schleppte inzwischen einen großen, bärtigen Schwarzen heran, den er mit einer wild sprudelnden Suada zu überreden versuchte, noch einmal aufzutreten, um die durch den Streit entstandene Pause zu überbrücken.

Jim drückte sich in einen Winkel und hatte von dort einen überwältigenden Ausblick. Erstmals erblickte er hier, noch dazu unvorbereitet, das bis an den Horizont wogende Meer hingerissener Zuschauer. Das gewaltige Rauschen, das von dort zu ihm her wehte, verstärkte dessen Gewalt. Aber dies alles galt nicht mehr Jim. Er war zur unwichtigsten Randfigur geworden, die niemand bemerken durfte, wenn er nicht umgehend rausgeschmissen werden wollte.

In der Zwischenzeit war der Organisator mit seinen Überredungskünsten doch noch erfolgreich gewesen. Ein wenig verlegen, aber unübersehbar, trat der Sänger auf die Bühne, die er erst vor einer knappen Stunde verlassen hatte. Zusätzliche Lichter flammten auf, er stand allein in der Mitte, breitete weit seine Arme aus und zeigte die leeren Hände. Er hatte alles gegeben, was er vorbereitet hatte, sollte das wohl sagen. Und jetzt?

Man verstand zunächst nicht so recht, was er meinte, und so machte sich bloß eine überraschte, erwartungsvolle Stille breit. In diese hinein tönte dann die Ansage der Lautsprecherstimme.

„Richie Havens … Richie Havens … Once more! Thank you, Richie Havens!"

Hierauf brach ein Jubelorkan los, der den Bann brach. Richie sah sich suchend nach seiner Gitarre um, erblickte sie an einen Sessel gelehnt, begab sich dorthin, nachdenklich, langsam, setzte sich, es wurde still, er nahm die Gitarre an sich, prüfte ihre Stimmung, und lächelte dann wieder ins Publikum. Auf der Suche nach einer Nummer, die er heute noch nicht gesungen hatte, probierte er ein paar Akkorde, mehrmals, die sich dann zur Melodie eines alten Spirituals zusammenfanden.

… sometimes I feel like a motherless child …

Aber die Worte ließ er weg. Er spielte nur die Melodie, während er darüber grübelte, was jetzt noch zu sagen wäre. Dann deutete er ins Publikum.

„Ich glaube … ja, das hier, ihr und wir, wir alle zusammen … zusammen bilden wir das, was wir immer gesucht haben und das einen Namen hat: Freiheit!“

Freedom!

Und dann, als er dieses Wort über die Lippen gebracht hatte und der Jubel wieder verstummt war, begann er zu singen, sang nur dieses einzige Wort, Freedom, immer und immer wieder, Freedom, die Melodie des alten Spirituals begleitete ihn dabei, trug ihn in immer wildere Höhen. Seine Improvisation wurde der Welt schlichteste und ehrlichste Anrufung der Freiheit seit Menschengedenken.

Jim lauschte fasziniert und schämte sich zugleich. Alles was hier geschah, war so einfach wie dieses Lied. Freiheit. Und dabei völlig selbstverständlich. Freiheit. Ohne irgendwelchen Druck, ohne Prunk breitete sich dieses gemeinschaftliche Gefühl aus, über den ganzen weiten Platz. Freiheit war möglich. Nur ihm, dem Unerkannten, den niemand dort oben auf der Bühne in seinem Winkel sehen durfte, schnürte es die Kehle zu. Fast hatte er Angst zu ersticken. Vor diesem Leben war er davongelaufen, die Welt solcher Gefühle hatte er verlassen. Für immer. Das erste Mal seither stieg eine verzweifelte Reue in ihm hoch.

Er drängte davon, drängte sich durch Menschen, die einander umarmen wollten, die sangen. Manche tanzten. Jim umging das Scheinwerferlicht, schlich hinunter ins Dunkle und endlich tauchte er ein in das unüberschaubare Publikum, um dann auf dem kürzesten Weg einen Ausgang zu suchen. Manche wichen ihm aus, ohne den

Blick von der Bühne zu wenden, manche musste er beiseiteschieben. Sie ließen es geschehen. Jim war nicht der Einzige, der Tränen in den Augen hatte. Keiner schämte sich dafür. Manche klopften ihm aufmunternd auf die Schultern. Er fragte nicht, wofür sie ihn hielten.

In der Zwischenzeit hatte oben auf der Bühne Richie Havens einer Sängerin mit ihrer Band Platz gemacht. Jim drehte sich kurz um und sah eine junge, strahlend schöne, hochschwangere Frau, die, mit einem himmlischen Lächeln auf ihrem Gesicht und begleitet von wenigen Gitarrenakkorden, zu singen begann.

We shall overcome

Ihre Stimme klang so sanft wie deutlich, wie von weit her, und traf doch zugleich alle, die da so aufmerksam lauschten, ins Herz. Niemand wollte sich dieser Verheißung entziehen. Dass sie schwanger war, wirkte in diesem Moment zusätzlich als Symbol für das sich ewig wiederholende Wunder der Natur. Die Menschen um ihn herum hatten plötzlich – woher? – Kerzen in den Händen, die sie der Sängerin entgegenstreckten. Wie verzückt standen sie alle da, Jim sah das Weiße in ihren verdrehten Augen. Verzückte Pilger haben solche Augen, fuhr es Jim durch die Gedanken. Er kämpfte sich weiter, sah, wie hinter dem Rücken der Menge die Sonne aufging. Ihr erster Strahl schon ließ die Kerzen alle wieder verblassen, aber das fiel nur ihm auf, vielleicht auch noch der Sängerin oben auf der Bühne. Endlich erreichte er den Rand des Geländes. Am Ende des Tals erhob sich eine Anhöhe, in sanften Wellen stieg sie nach oben. Von dort oben erschien dem Zurückblickenden alles wie ein riesiges Amphitheater, oder wie ein rettendes Ufer am Ende des Menschenmeeres. Außer Atem kämpfte er sich nach oben. Dort aber ließ er sich auf den Boden fallen, in der Hoffnung und in der Furcht, er hätte nun alles überstanden. Woodstock, den Aufstand, seinen Abschied, das Ende der Doors. Alles. Hinter seinen geschlossenen Lidern zuckten Blitze, sein Herz hämmerte gegen die Rippen, aber in seinen Ohren ertönte nun eine andere Musik, die er hier niemals zu vernehmen erwartet hätte. Ein gewalttätiger Sound erschütterte die Luft, keine Spur mehr von der jungfräulich-mütterlichen Stimme der schönen Sängerin. Von der Bühne her tönte *The Star-Spangled Banner* über die Köpfe der lauschenden Menge bis herauf zu ihm. Hätte irgendjemand anderer in diesem Moment gewagt, die US-amerikanische Nationalhymne zu spielen, man hätte ihn ausgebuht und mit Bierdosen beworfen. Aber es war Jimi Hendrix selbst, der schwarze Satyr des Rock 'n' Roll, der nun im bereits vollen morgendlichen Sonnenschein seinen ureigenen Sound zelebrierte. Kaum hatte er scheinbar ehrfürchtig und Note für Note die erste Zeile der Hymne gespielt, drehte er schon an den Knöpfen seiner Gitarre, Rückkopplungen und Verzerrungen zerrissen die peinlich frohe Botschaft des nationalen Vaterlandsliedes und verwandelten es in eine Kaskade explodierender Bomben. Der Krieg aus den Urwäldern Vietnams war in diesem Moment im Herz der USA angekommen. In Jimmy Hendrix' Interpretation der Hymne zeigte sich das wahre Gesicht des US-Militärs, das nicht nur gegen äußere Feinde kämpfte, sondern auch gegen den Aufbruch der eigenen Jugend.

Diese aber würde niemals aufgeben. Hier und jetzt verwandelte sich das grausame Alte in etwas Neues, das kommen würde, kommen musste, weil diese Versammlung hier nichts anderes sein wollte als der Beginn einer neuen Gesellschaft.

Der Auftritt von Jimi Hendrix dauerte mehrere Stunden, alle blieben sie da, bis es fast wieder Mittag geworden war. Nur Jim Morrison war verschwunden, ohne dass ihn irgendjemand erkannt hatte.

Am nächsten Tag begannen die Aufräumarbeiten. Sie dauerten um einiges länger als das Event selbst. Ein paar Menschen waren während dieser Tage verloren gegangen, zwei von ihnen waren gestorben. Die Veranstalter gingen fast bankrott. Andere, die im Verborgenen klug genau darauf gewartet hatten, konnten später sehr lange vom Profit leben. Hinterher wollten viele, die dabei gewesen waren, gewusst haben, dass dort eine Epoche begraben worden war und dass ein Abgesang gewesen war, was doch nach Aufbruch geklungen hatte. Was allen blieb, war das Gefühl, bei einem wirklich und wahrhaftig außergewöhnlichen Ereignis dabei gewesen zu sein.

„Wenn Sie sich bitte anschnallen! Und wenn Sie bitte Ihre Zigarette ausdrücken."

Jim war schon daran gewohnt, dass ihn keiner mehr erkannte. Und die Stewardess der ersten Klasse hatte seinen Pass nicht zu Gesicht bekommen. Für sie war er demnach bloß ein mürrischer Eierkopf, wie man in Frankreich alle Intellektuellen nannte, besonders wenn sie sich à la mode eine Glatze hatten scheren lassen. Jim hatte gelernt, diese abschätzige Gleichgültigkeit hinzunehmen. Zwar führte er in seinem Handgepäck eine Perücke mit sich. Die sah so echt aus, dass er sie nur selten trug, weil sie in ihm unweigerlich die Versuchung weckte, doch wieder der Alte zu werden. Er machte also selten Gebrauch von ihr. Nur Pam zuliebe hatte er diese Perücke überhaupt machen lassen, damit sie sich in kleinen Portionen an seinen nackten Schädel gewöhnen konnte. In seinem neuen Leben sollte es dann keine Perücken und keine Masken mehr geben. Die Wahrheit leben, die Wahrheit schreiben, die Wahrheit sein. So einfach lautete das Programm.

Die Stewardess stand immer noch da und wartete.

„Verzeihen Sie", flötete Jim, „… ich bin ein wenig ins Träumen geraten …", und dazu lächelte er ein strahlendes Jünglingslächeln, dessen Wirkung von der nackten Glatze gnadenlos verdunkelt wurde. Zu Jims Enttäuschung setzte sie ihren Kontrollgang fort, ohne eine Miene zu verziehen. Auch später schenkte sie ihm keinen einzigen Extrablick mehr. Der Start erfolgte planmäßig.

Pam war schon seit fast einem Monat in Paris. Als Vorhut gewissermaßen. Sie hatte eine kleine Wohnung für beide gefunden und liebevoll eingerichtet. Auch hatte sie versprochen, ihn vom Flugplatz abzuholen, und überdies hatte sie bereits ein paar interessante Kontakt zur Kunstszene geknüpft. Letzteres bedauerte Jim ein wenig. Er wollte leben wie ein Student und nicht dieselben Fehler machen wie früher. Sein Filmprojekt näherte sich dem Fertigwerden. Bloß der Schluss fehlte noch, aber das beunruhigte ihn wenig. Im Gegenteil. Solange dieser

Schluss nicht aufgeschrieben dastand, solange kein Ende für ihn fixiert war, solange fühlte er sich umso freier, seine Fantasie laufen zu lassen, wohin sie wollte. Vielleicht würde etwas geschehen, was er bis jetzt noch gar nicht in Erwägung gezogen hatte. Im ersten Teil hatte er sich so ehrlich wie möglich an den Vorkommnissen seiner Anfänge abgearbeitet. Vieles davon war nicht schmeichelhaft für ihn, wurde aber schonungslos eingestanden. Das meiste war fast genau so geschehen, wie es nun in seinem Drehbuch geschrieben dastand. Auch die Szenen mit dem Lehrer hatte er penibel den wirklichen Ereignissen nachgebildet. An konventionelle Kunstregeln hielt er sich allerdings selten. Alles sollte jener Collage ähneln, die in wenigen Tagen an den Wänden seiner Wohnung wie von selbst entstanden war. Auch im echten Leben gab es nichts Zwangsläufiges. Jede Kleinigkeit konnte den Keim zu einem neuen Ganzen in sich tragen. Das Ende veränderte den Anfang, auch wenn sich dort selbst kein Komma verschob. Schon aus diesem Grund war das wahre Leben eine einzige, ununterbrochene Aufregung.

Jims Film würde drei Teile haben: Der Anfang springt mitten ins Geschehen, wo die Protagonisten einander fremd gegenüberstehen. Die Dinge passieren scheinbar ohne Grund, denn die wahre Tragödie ist zufällig. In der Peripetie wird dann der dramatische Knoten nicht durchschlagen, sondern erst geknüpft. Der Film mündet in eine Katastrophe. Die Ausweglosigkeit erzwingt einen neuen Anfang. Sein Zauber ist die Überraschung, die uns befreit. Zuletzt, zur Erholung und zum Ausklang, ein Nachspiel, das dem Zuschauer die Freiheit gibt, sich selbst in allem zu finden oder sich aus allem wieder zu lösen. Auf diesen Moment war Jim selbst am meisten gespannt, er hatte noch keine Ahnung, wie er das schaffen würde. Trotzdem, zufrieden und erregt zugleich lehnte Jim sich in den bequemen Sitz zurück. Erste Klasse zu fliegen, war eben doch eine tolle Sache. Die Stewardess servierte Getränke, Jim hatte bloß Bier bestellt. Drei Flaschen davon. Das hatte keinen guten Eindruck auf die Stewardess gemacht. Noch einmal versuchte Jim, mit der jungen Frau in Kontakt zu kommen, aber sie ignorierte alle seine alten Tricks. Am liebsten hätte er doch noch die Perücke ausgepackt und deren Wirkung getestet. Aber seine Selbstkontrolle war strenger geworden und setzte sich durch. Wofür er sich mit einem neuen Bier belohnte.

Stunden später flogen wir der Sonne entgegen – und sie, die Sonne, tat das Gleiche in Bezug auf uns. Von ihrer tiefsten Position knapp über dem Meer ausgehend, hatte sie begonnen sich zu erheben, um uns näher zu kommen. Um uns ihr Feuer so nahe wie möglich zu bringen. Die Geschichte des Prometheus kam mir in den Sinn, der einst aus dem Himmel das Feuer gestohlen hatte, um es den Menschen zu bringen, die seiner dringend bedurften. War das nicht auch meine Absicht? Ich flog nach Paris, um ganz neu anzufangen, und damit jene Fähigkeiten zu entdecken, welche die Menschheit dringender denn je nötig hatte. Vielleicht würden die Götter mich einst dafür bestrafen. Aber das durfte mich nicht kümmern. Eher wäre eine solche Götterstrafe der

Beweis dafür, dass es den Versuch wert gewesen war. Jeder Komet hatte ein Ziel, in dem er einmal verglühen musste, sonst wäre er kein Komet. Zwar hatte ich irgendwo gelesen, dass Kometen nicht verglühten, sondern verdampften. Aber das konnten die Kometen selbst ganz anders sehen. Sie flogen auf ihr Ende zu. In einem Feuerball zu sterben, war ihr angemessenes Ziel. Seit ich mich erinnern konnte, liebte ich die Kometen wegen dieser Zielstrebigkeit. Die Sonne kam jetzt aus dem Osten immer rascher auf uns zu. Kam von dorther, wo Paris lag. In der Mitte sollten wir einander treffen. Für einen Schamanen war es kein Problem, zur Sonne und nach Paris gleichzeitig zu fliegen. Bloß für solche, die keine Schamanen sind, ist das schwer zu begreifen.

Aus dem Fenster blickend, konnte ich deutlich erkennen, wie groß die Sonne schon geworden war. Beinahe füllte sie schon den ganzen Horizont ganz aus. Durch das Glas hindurch war ihre sengende Hitze zu spüren. Ein wenig begann ich mir nun doch Sorgen zu machen, und deshalb drückte ich den Serviceknopf über meinen Sitz, um die Stewardess zu fragen, ob da draußen alles in Ordnung wäre.

„Hat mein Kleiner etwa Angst bekommen?"

Endlich strahlte sie mich an, wie ich mir das von Anfang an gewünscht hatte, und fuhr zugleich zärtlich und mit Kennermine einige Male mit ihrer bloßen Hand über meinen Kopf. Viele Menschen können der Versuchung, über eine Glatze zu streicheln, kaum widerstehen. Das hatte ich schon oft erfahren, meist zu meinem

Leidwesen. Diesmal aber konnte ich von ihren Berührungen nicht genug bekommen.

„Sehen Sie, wie riesig die Sonne da draußen vor den Fenstern steht?"

„Natürlich sehe ich das, wir fliegen ja auch geradewegs auf sie zu", flüsterte sie in mein Ohr.

„Und sie kommt uns entgegen."

Mit diesen Worten hatte sie sich auf meinen Schoß gesetzt, um mich zärtlich ins Ohr zu beißen. Der Sicherheitsgurt hatte sich von selbst gelöst, der Flugzeugsitz war groß und weich geworden wie ein Bett. Nichts beengte uns mehr. Die Luke hatte sich in ein breites Fenster verwandelt, und dahinter dehnte sich die Sonne immer schneller aus, als wollte sie ihre Arme weit öffnen, um uns beide, das ganze Flugzeug mit Mann und Maus, und auch noch das Meer unter uns in sich aufzunehmen, ganz ohne Rest.

3

Ghost City. Die Siedlung war für Kohlearbeiter gebaut worden. In einer Zeit, als Kohle noch für das schwarze Gold gehalten wurde. Es gab ein Kino, einen Supermarkt, einen Kindergarten und einen Waschsalon. Am Rand, jenseits der sogenannten „Ringstraße", die den Ortskern umschloss und dabei eher einem verwackelten Osterei glich, existierte ein kleines Bordell, das den Namen „Zur Goldmine" trug. In früherer Zeit waren dort Pferdefuhrwerke vorgefahren. Später Autos. Zuletzt niemand mehr. Offiziell war es ein Hotel gewesen, aber jeder wusste, was dort abgelaufen war. Als die Geschäfte im Ort schlechter gingen, hatte zuerst das Kino zugesperrt. Die meisten Kumpel hatten zu diesem Zeitpunkt ohnehin einen Fernseher zu Hause. Dann musste der Waschsalon daran glauben, wenig später der Kindergarten und zuletzt der Supermarkt. Familien und Kinder konnten sich die Arbeiter ohnehin nicht mehr leisten. Nach einem verheerenden Unglück, bei dem die meisten der Arbeiter verschüttet worden waren und die Überlebenden auch unter Drohungen nicht mehr einfahren hatten wollen, hatte man auch die Stollen endgültig geschlossen. Danach brachte die Armee ihre Soldaten in den Schlafsilos unter. Die Mannschaften trainierten Sprengungen und Rettungseinsätze sowie Bergungen von Verschütteten. Aber dann wechselte in der Hauptstadt wieder einmal die Regierung, und die Soldaten wurden in ein anderes strukturschwaches Gebiet des Landes verlegt. Die altgewordene Besitzerin der Goldmine war als Einzige einigermaßen über die Runden gekommen. Sie brauchte ihr Haus nicht zu schließen. Als keine Kunden mehr kamen, hatte sie genug angespart, um sich einen komfortablen Lebensabend zu leisten. Ihre Tochter Zoey, deren Vater niemand – schon gar nicht die Mutter selbst – zu nennen wusste, schickte sie in die Stadt, wo sie Medizin studierte. Die Alte blieb, schon aus Neugierde, um zu sehen, was weiter hier geschehen würde. Leider konnte die Dame mit den violetten Haaren ihren wohlverdienten Ruhestand nicht lange genießen. Sie verstarb allzu früh, aber friedlich und mit gutem Gewissen. Die Tochter brach ihr Studium ab, um die Mutter zu begraben und das Haus, wenn möglich, zu verkaufen. In der Zwischenzeit war eine in öffentlichem Besitz befindliche Anlage zuerst in ein allgemeines Krankenhaus und später in eine Nervenheilstätte umgewandelt worden. Für Fälle, die sonst nirgends mehr Platz fanden. Zoey, was aus dem Griechischen übersetzt so viel wie das „Leben" hieß, sah das als Wink des Schicksals. Mit offenen Armen wurde sie von der Anstaltsleitung aufgenommen und als Pflegerin eingestellt, zumal sie nicht nur Ortskenntnisse, sondern auch ein paar Semester Medizin vorzuweisen hatte. Während der ersten Jahre hegte sie die Hoffnung, es später einmal zur Nervenärztin zu bringen, zumal der Mangel an solchen Fachkräften überall spürbarer wurde. Erfüllt von Ehrgeiz und Hilfsbereitschaft, wurde sie die fleißigste Mitarbeiterin des Hauses, was mangels Konkurrenz nicht allzu schwierig war, ihr aber dennoch viel Mühe machte. Zum fünfundzwanzigjährigen Dienstjubiläum beförderte man sie zur Oberschwester, und dabei blieb es dann. Mit dem Krankenhaus selbst, am Rande der Welt in einer sich immer weiter entvölkernden Siedlung gelegen, wurde naturgemäß nicht mehr viel Aufwand getrieben. So verfiel es von Jahr zu Jahr, innen und außen, in traurigem Einklang mit der Umgebung. Neue Patienten wurden nicht mehr aufgenommen, und die vorhandenen, von denen die meisten seit Jahren keinen Besuch mehr erhalten hatten, starben nacheinander. In einem abgelegenen Teil des zu groß gewordenen Parks wurden sie zur ewigen Ruhe gebettet. Zuletzt waren nur noch zwei Patienten übriggeblieben, die schon so lange hier behandelt wurden, dass niemand mehr wusste, weshalb sie eigentlich eingeliefert worden waren.

Es kam der Tag, an dem das Datum der endgültigen Schließung des Institutes festgelegt wurde. Das wenige noch verbliebene Personal zog anderswo hin, in der Hoffnung, doch noch irgendwo gebraucht zu werden. Nur Zoey arbeitete weiter, als gäbe es keine Zukunft. Eine musste ja, was zu tun war, vollbringen, sagte sie mit einem gewissen Stolz. Er war der Rest ihres großen Ehrgeizes. Niemand hatte es bisher übers Herz gebracht, den beiden verbliebenen alten Männern beizubringen, dass auch sie umziehen mussten. Es hätte sie umgebracht, da war sich der Rest der Belegschaft einig. Diese bestand zuletzt nur noch aus zwei Personen, aus Zoey und dem Direktor. Als dieser nun, selbst schon weit in seinen Siebzigern, Abschied nahm und kam, um Zoey mitzunehmen, teilte sie ihm ihren Entschluss mit: Sie wollte ausharren, bis das Leben der beiden Alten seinen natürlichen Abschluss gefunden hätte. Lang könne es nicht mehr dauern. Der Direktor war erleichtert und enttäuscht zugleich. Insgeheim hatte er gehofft, dass Zoey bei ihm bleiben würde. In den langen Dienstjahren hatte er sich selbst an die Pflege durch seine Oberschwester gewöhnt und insgeheim gehofft, dass diese für ihn andauern würde. Sein Verantwortungsgefühl für die letzten Patienten hatte diese Hoffnung zwar bekämpft, aber nicht abtöten können. Nun fiel ihm dieser Konflikt wie ein Stein vom Herzen. Zoey hatte entschieden. Stumm und mit einigen Tränen in den Augen küsste er die treue Ungetreue auf beide Wangen und machte sich dann möglichst rasch aus dem Staub, um der eigenen Rührung Herr zu werden. Zoey winkte ihm noch lange hinterher, wie er mit einem alten Sanitätsauto laut knatternd davonfuhr. Dann machte sie sich an die tägliche Arbeit, als wäre weiter nichts dazu zu bemerken.

Die beiden Alten, durch die unübersehbaren Anzeichen der unmittelbar bevorstehenden Schließung alarmiert, hatten sich zwischen den wild wuchernden Büschen des ehemaligen Parks versteckt, um die Abfahrt mit gespannter Aufmerksamkeit zu beobachten. Ihre größte Sorge war, gemeinsam oder schlimmstenfalls sogar getrennt von hier weggebracht zu werden. Früher war es öfter vorgekommen, dass Patienten, bei denen Aussicht auf Heilung bestand, in modernere Anstalten verlegt wurden, von denen sich die Zurückbleibenden die grässlichsten Vorstellungen machten.

Angeblich wurde dort unter anderem mit Medikamenten experimentiert, welche auch noch die exaltiertesten Geister in pflegeleichtes Gemüse verwandeln konnten. Wenn das vielleicht auch Übertreibungen waren, so hatten sie diese und noch andere Informationen doch aus erster Hand erhalten. Einem alten Schizophrenen zum Beispiel, dessen größtes Vergnügen sein ganzes Leben lang aus heftigen Streitgesprächen mit sich selbst bestanden hatte, war mehr als ein Jahr nach seiner Verlegung die Flucht aus einem solchen hypermodernen Sanatorium gelungen. Durch Psychopharmaka von seiner Persönlichkeitsspaltung geheilt, hatte er dort in den wabenartig angelegten Schlafräumen dermaßen an seiner Einsamkeit gelitten, dass er einen unbeaufsichtigten Augenblick dazu genützt hatte, um sich durch ein unvergittertes Toilettenfenster zu zwängen und aus dem dritten Stockwerk in die Tiefe fallen zu lassen. Mit einem notdürftig selbst geschienten Bein hatte er dann die monatelange Wanderung zurück auf sich genommen, um in seine heimatliche, damals schon weitgehend verlassene Anstalt zurückzukehren und dort in Frieden zu sterben. Heftige Auseinandersetzungen mit sich selbst, welche den rechten Weg betreffen konnten oder die spinozistische Philosophie von der absoluten Einheit alles Existierenden, hatten ihn während dieser Zeit von Hunger und Kälte abgelenkt und seine Schritte immer wieder neu beflügelt. Glücklich angekommen, hatte er seinen alten Freunden schaurige Einzelheiten über die Fortschritte der gerontopsychiatrischen Wissenschaften berichtet. Seinem innigsten Wunsche gemäß verstarb er dann tatsächlich bald, wenige Tage nach der erfolgreichen Rückkehr, an Entkräftung, in einem Moment heftigsten Streites mit sich selbst.

Lange nachdem von dem Fahrzeug des Chefarztes mit seiner schwarzgrauen Rauchfahne nichts mehr zu hören, geschweige denn zu sehen war, wagten sich die beiden, immer noch am ganzen Leibe bebend, aus ihrem Versteck. Völlig uneins waren sie darüber, ob in diesem Auto nur eine oder alle beiden Personen, also die gesamte Besatzung des Krankenhauses, gesessen hatte. Mit anderen Worten, ob man sie einfach hier allein sich selbst überlassen hatte, oder ob ihnen gar der Abtransport durch die Behörde drohte. Nach heftigem Hin und Her einigten sie sich darauf, das Gebäude zunächst einmal gründlich zu durchsuchen. Auf diese Weise ließ sich vielleicht Sicherheit über ihr künftiges Schicksal gewinnen.

So weit ihre Erinnerungen zurückreichten, waren sie stets bemüht gewesen, jeden Zweifel an ihrer geistigen Unheilbarkeit zu zerstreuen, bevor er überhaupt ernsthafte Umrisse hätte gewinnen können. Als hoffnungslos Irre wollten sie gelten, und dies war ihnen nicht allzu schwergefallen. Diesbezüglich besaßen sie beachtliche Talente, und diese vorzuführen, bereitete ihnen immer wieder aufs Neue sogar außerordentlichen Spaß. Ihr Vorrat an Tricks und Ticks schien unerschöpflich. Jetzt aber, wo es darauf ankam, wo vielleicht schon Schlingen ausgelegt waren, um sie einzufangen und abzurichten, wollten sie so zweck- und zielorientiert handeln, wie es ihnen möglich war. Immerhin ging es um ihr weiteres Schicksal, um die Freiheit von Leib und Seele.

Die Dienstwohnung des Direktors lag direkt hinter der Kommandozentrale im Zentrum der Anstalt. Hier wollten sie mit ihrer Recherche starten. Allerdings lagen diese Räumlichkeiten im obersten Stockwerk, es war das fünfte, und das stellte für die beiden alten Herren keine geringe Herausforderung dar. Zwar war der eine von ihnen zeitlebens sehr viel zu Fuß unterwegs gewesen, weshalb er auch „der Wanderer" genannt wurde, und ging daher immer noch mit einigermaßen festem Schritt seiner Wege. Sein Haupthaar war mit den Jahren vollkommen weiß geworden. Allerdings schimmerte es im Sonnenlicht manchmal ein wenig grünlich. Meist ließ er es wachsen, wie es wollte, dann fiel es in langen, etwas ermüdeten Wellen bis auf die Schultern herab. Nur einmal im Jahr, meist im Frühling, kam die Schwester mit der großen Schere in sein Zimmer und erreichte durch sanftes Zureden, dass er sich seine Mähne vorsichtig kürzen ließ. Auffallend an ihm war, dass sein Bart mit den Jahren eher dunkler geworden war. Diesen Bart schnitt er selbst, beinahe täglich, um dessen Wildheit zu bezähmen, ohne sie ganz zu beseitigen. Trotz seiner etwas gebückten Haltung wirkte er kräftig – und war es auch. So war er in der Lage, seinen Freund Jim, dessen Kräfte im gleichen Ausmaß abgenommen hatten wie sein Bauchumfang zugenommen hatte, auf dem Weg nach oben zu stützen und zu schieben. Auf Morrisons Schädel wuchs kein einziges Haar mehr. Durch eine im Detail ungeklärte Verabredung der Natur mit sich selbst hatte das Wachstum dort von einem Tag auf den anderen aufgehört. Keiner außer ihm wusste weshalb, und er schwieg dazu. Auch war es sehr lange her, und er nannte es, wenn er überhaupt davon sprach, schlicht ein psychosomatisches Wunder. Schwer atmend und mit immer kürzeren Abständen zwischen den Erholungspausen, gelangten die beiden nach oben. Unter dem altmodischen Schild mit der verschlungenen Aufschrift OFFICE MEDICAL DIRECTOR auf goldenem Grund stand die Tür offen. Durch einen leeren Raum, in dem vor langen Zeiten einmal zwei Sekretärinnen ihre Arbeit gemacht hatten, erreichte man das Chefzimmer. Die vergilbten Tapeten waren einst stumme Zeugen wichtiger Entscheidungen über das Schicksal der Kranken gewesen. An der Wand hing ein mehrere Jahre alter Terminkalender. In jüngerer Zeit war so ein Plan nicht mehr für notwendig erachtet worden. Auf dem sonst leeren Schreibtisch stand ein Schachbrett mit einer nicht zu Ende gespielten Partie. Eine Staubschicht hatte sich über Figuren und Felder gelegt. Nichts in diesem Raum deutete auf irgendwelche, die nächste Zukunft betreffenden Tätigkeiten hin. Dennoch durften sich die beiden Männer nicht in trügerischer Sicherheit wiegen. Seitlich lag eine Tür, auf der ein Pappendeckelschild mit der handgeschriebenen Aufschrift ARCHIVE befestigt war. Als Morrison öffnete, drang abgestandene Luft heraus. Mehr zu erahnen als zu sehen war ein Gang, der sich nach hinten in diffuser Dunkelheit verlor. Rechts befanden sich vom Fußboden bis zur Decke Regale, die mit dunkelgrauen Ordnern gefüllt waren. Jeder von ihnen trug außen eine Jahreszahl plus einer laufenden Nummer. Auf der linken Seite das gleiche Bild. Diese Ordner enthielt die Akten mit den Lebens- und Krankengeschichten aller in dieser Anstalt im jeweiligen Jahr zur Behandlung untergebrachten Menschen.

„In welchem Jahr bist du hier angekommen?"

„Daran kann ich mich nicht erinnern."

Ein bedrückendes Schweigen wollte sich ausbreiten, während sie die in entmutigender Endlosigkeit aufgereihten Ordner scheu betrachteten. Beiden wagten es nicht, einen davon auch nur zu berühren.

„Und du?"

„Was ich?"

„Seit wann bist du da?"

Schulterzucken.

„Jedenfalls war ich vor dir da."

„Interessiert es dich nicht, weshalb du verrückt geworden bist?"

„Ich bin nicht verrückt."

„Wollte ich nicht behaupten. Ich bin auch nicht verrückt. Ich meinte bloß, es wäre immerhin interessant zu wissen, was die anderen über uns so sagen – oder schreiben. Sie haben ja nicht einmal genügend Fantasie, wenn es darum geht, die einfachsten Dinge angemessen auszudrücken."

„Da die Verrückten die Mehrheit bilden, ist es folgerichtig, dass sie, die Verrückten, sich für normal halten, und die Normalen für verrückt. Das ist doch logisch oder?"

„Ach was. Vergiss es."

Bald waren sie sich einig, dass es am besten wäre, das ganze Archiv restlos und radikal zu vernichten. Eine saubere Lösung. Wenn es keine Akten mehr gab, gab es auch keine Therapien. Keine Akte, keine Spuren. Ruhe für sie beide. Vollkommene Ruhe.

Ein Paradies tat sich vor ihnen auf. Verrücktsein hieß im Grunde ja nichts anderes, als den allgemeinen Wahnsinn nicht länger mitmachen zu wollen. Das war ihnen vor sehr langer Zeit klargeworden. Die Wahrheit dieses Grundsatzes war einfach genug zu erkennen, wenn man Augen und Ohren offenhielt. Dann war leicht zu durchschauen, dass alles das, was die meisten Menschen so ihre Wirklichkeit nannten, gar nicht wirklich war. Und schon wurde man gesund und fühlte endlich, dass alle bloß für das Schöne geboren waren. Das Problem lag darin, dass die Wahnsinnigen, die das nicht und nicht erkennen wollten, viel mehr waren und ihre Zahl immer weiter anwuchs, sodass sie mit ihrer Mehrheit die Regeln bestimmen konnten, nach denen alle Menschen eingeteilt wurden. Das gab ihnen die unwiderstehliche Macht, die ganze Welt im Laufe der Zeit in eine abstoßende Fratze zu verwandeln. Früher schon hatten die beiden Alten lange Tage damit zugebracht, einander gegenseitig immer neue Beispiele für diesen allgemeinen Wahnsinn auszumalen. Davon wurden sie nie müde, bis ihnen endlich zwischen Gelächter und Entsetzen schwindlig wurde. Diesmal aber machten sie sich zufrieden kichernd an die Arbeit, und wenig später knisterten an vielen Stellen des ehemaligen Archivs die Flammen.

Immer noch gut gelaunt betraten sie später den Saal des ehemaligen Kinos, das früher einmal „Lichtspieltheater“ geheißen hatte. Dort, wo sich einst die Leinwand befunden hatte, gähnte ein riesiges Loch in der Wand, und man konnte hinaussehen bis zu den Gebäuden und Resten der Hallen des alten Bergwerks, welche von den Soldaten einst in Schutt und Asche gesprengt worden waren. Anfangs, als sie das Kino entdeckt hatten, waren die beiden Männer gern still nebeneinander auf den wackligen Kinostühlen gesessen, hatten Popcorn gegessen oder, wenn Zoey vergessen hatte, welches zuzubereiten, trockene Kekse. Dabei schauten sie durch das Loch in der Wand in die unbegrenzte Ferne der Landschaft. Der mit den langen Haaren hatte dann geschwärmt, dass sie nun endlich das wahre Kino gefunden hätten. Ein Kino, das die Welt zeigte, wie sie wirklich war.

„Unsinn!“, hatte Jim heftig entgegnet.

„Die Welt ist gar nichts, wenn es nicht diesen Ausschnitt gibt, durch den wir sie sehen!“ Lange hatten sie über die Frage gestritten, was wichtiger war: die Welt oder der Ausschnitt? Später jedoch stellten sie sich Filme einfach vor, die sie in ihrem Kino sehen wollten. Es gab verschiedene Arten von Filmen. Kurze Filme, die nur wenige Minuten dauerten. Da gab es hinterher nicht viel zu bereden; sie zeigten mit dem Daumen nach oben oder unten, je nachdem, ob der Film was taugte oder nicht. Es gab auch die langen Filme, in denen unheimlich viel Unheimliches passierte, das nicht leicht zu verstehen war. Aber der eine oder andere hatte immer wieder eine Idee, wie es hätte weitergehen können. Da gab es dann viel zu besprechen.

Diesmal nichts von alledem. Keine Filme, keine Ablenkungen, keine Unterhaltung. Weil sie sich so wunderbar fröhlich und erleichtert fühlten, waren sie hergekommen, um Musik zu machen. In dem Kino gab es außer einem alten Ofen ein ebenso altes Klavier, bei dem einige Saiten fehlten und viele andere verstimmt waren. Auf diesem improvisierte der eine darauf los, bis ihm nichts mehr einfiel. Das war das Zeichen für Jim, mit einem seiner Lieder einzuspringen. Er verbeugte sich elegant wie vor einem riesigen Publikum, nahm einen vertrockneten Maiskolben als Mikrofon und legte los. Diesmal wurde er nach wenigen Takten von seinem Freund unterbrochen. Der schlug sich mit der flachen Hand auf die Stirn, dass es klatschte, und begann laut schallend zu lachen.

„Endlich ist mir eingefallen, woran ich mich seit Tagen ohne Erfolg hatte erinnern wollen. Ich wusste nur noch, dass es unglaublich wichtig gewesen war, hatte aber keine Ahnung mehr, warum. Aber jetzt, als du diesen dämlichen Maiskolben zur Hand genommen hast, hat meine Qual endlich ein Ende. Möchtest du wissen, was es war?"

Um Jim neugierig zu machen, führte er ein paar Tanzschritte vor, zu denen er sich mit einem Kinderlied begleitete.

„Ich weiß, ich weiß, ich weiß etwas, was du nicht weißt!"

Jim wurde schnell ungeduldig, besonders, wenn man ihn daran hinderte, seinen neuesten Song vorzuführen.

„Was kannst du denn schon wissen, was so wichtig wäre?"

„Ich weiß wieder, was ich dir unbedingt berichten wollte, bevor die Geschichte mit dem Direktor dazwischengekommen ist. Wie konnte ich es nur vergessen! Ganz und gar unglaublich!"

Während er sich vor Verwunderung kaum fassen konnte, drohte Jim zornig zu werden. Außerdem wollte er jetzt endlich sein Lied zum Besten geben.

„Also, sag es schnell. Es wird so wichtig nicht sein!"

„Doch. Sogar außerordentlich wichtig. Ich habe nämlich im Radio etwas gehört."

„Aber das Radio ist doch kaputt."

„Nicht immer. Das ist es ja. Manchmal funktioniert es. Also, ich habe eine Sendung gehört, und zwar über dich!"

Das war natürlich etwas! Trotzdem tat Jim so, als würde ihn das nicht besonders interessieren. Dennoch setzte er sich und hielt still, um nichts zu versäumen. Der andere, der merkte, dass Jim neugierig wurde, ließ sich Zeit.

„Vielleicht ärgerst du dich ja darüber …"

„Aber nein, man muss so viel ertragen, was über einen geschrieben und geredet wird. Ich war und bin eben ein Star! Bloß du glaubst immer, ich übertreibe. Also los, erzähl schon!"

„Sei nicht so ungeduldig. Ich muss mich konzentrieren. Ach ja … Also: Es war eine Gedenksendung. Eine Erinnerung an Jim Morrison – zu seinem fünfzigsten Todestag."

Nach einer Pause fügte er hinzu:

„Du bist nämlich genau seit fünfzig Jahren tot."

„Nein."

„Doch."

Die beiden schwiegen. Das wollte nicht so recht zusammenpassen.

„Aber du siehst sehr lebendig aus. Geister stelle ich mir anders vor. Irgendeine Veränderung hätte ich doch bemerken müssen …"

„Ich doch auch …"

„Aber sie haben sogar über dein Grab gesprochen. Es liegt in Paris. Père Lachaise heißt der Friedhof, auf dem man dich begraben hat. Und heute noch kommen Menschen vorbei, um Blumen für dich niederzulegen. Oder etwas auf den Grabstein zu schreiben und ein paar Tränen zu vergießen, oder deine Lieder zu singen. Manche tanzen sogar."

„Und was schreiben sie so, die Menschen, auf meinen Grabstein …?"

„Das haben sie nicht erzählt. Oder ich habe es vergessen."

„Schade. Vielleicht sollte ich einen Ausflug nach Paris machen und mir das Grab ansehen. Würde mich interessieren."

„Paris ist weit. Man muss fliegen."

Die beiden versanken wieder in Schweigen.

„Ich bin schon einmal nach Paris geflogen!"

Seine Reise war Jim plötzlich wieder eingefallen, und wie dann die Sonne immer näher gekommen war. Es war schwierig, das alles in Zusammenhang zu bringen.

„Damals ist etwas dazwischengekommen … Ich habe den Menschen das Feuer vom Himmel geholt …?"

„Das Feuer? Vom Himmel?"

„Ja. Genau. Vom Himmel."

„Und?"

„Das verstehst du nicht … du bist ein viel zu irdischer Mensch."

Abermals schwiegen sie. Aber diesmal jeder für sich, auf der Suche nach anderem Vergangenem, Vergessenem. Und es zog sich hin, weil keiner von beiden den anderen bei solchen Gedanken gerne stören wollte. Von draußen her trieb der Wind Rauchfähnchen herein, die den Geruch von Verbranntem mitbrachen. Es kitzelte in der Nase, reizte zum Husten und ließ den mit den langen Haaren seufzen, weil alles einmal zu Asche und Rauch werden musste.

Morrison aber ließ plötzlich einen Jubelruf hören, klatschte Beifall und versuchte sogar, mit beiden Beinen zugleich in die Luft zu springen, wie er das früher bei seinen Shows oft gemacht hatte. Natürlich klappte das nicht, und er wäre gestürzt, hätte sein Freund den beleibten Glatzkopf nicht aufgefangen.

„In Paris. Genau! Da bin ich gestorben …“

Kurzatmig, wie er war, hielt er sich bei seinem Freund fest, um wieder zu Luft zu kommen.

„… nicht gestorben, aber ich habe das alles selbst inszeniert! Damals. Fünfzig Jahre ist es her? Es war meine beste Show überhaupt. Ich wollte verschwinden. Dringend. Und der Tod ist das beste Versteck, das es gibt. Aber richtig sterben wollte ich natürlich nicht. Eine geniale Idee von mir. Wie in einem Film. Niemand hat etwas gewusst. Alles von mir geplant. Sogar Pam hat geglaubt, ich wäre in der Badewanne ertrunken. Und jetzt habe ich selbst gedacht, ich wäre tot, ohne es zu merken. Es hat funktioniert, und alle glauben es noch immer. Der perfekte Fake! Ein Jammer, dass ich nicht Regisseur geworden bin.“

Vor Begeisterung umarmte er den Freund und küsste ihn auf seinen bärtigen Mund. Er wollte ihn gar nicht mehr loslassen. In diesem Moment betrat Zoey das Kino, um die beiden zum Abendessen abzuholen. Ungeschickt sprangen sie wie ertappte Sünder auseinander, sodass Zoey verblüfft stehenblieb und die Hände in die Hüften stemmte.

„Was macht ihr denn da? In eurem Alter! Schämt ihr euch nicht?"

Sie beteuerten ihre Unschuld und wechselten das Thema. So erfuhren sie endlich, dass ihnen von amtlicher Seite keine Gefahr mehr drohte und dass Zoey bei ihnen bleiben würde, solange sie gebraucht wurde.

Im Abendlicht wanderten sie dann zu dritt über die leere Ringstraße, in deren zahlreichen Schlaglöchern sich Wasser sammelte und Froschvölker wohnten, zur Klinik zurück. Wie stets bei dieser Gelegenheit zeigte Zoey auf das Haus, in dem sie geboren worden war und in dem sie an ihren freien Tagen immer noch ihr kleines Mädchenzimmer bewohnte. „Zur Goldmine" war dort zu lesen. Auch wenn die Leuchtbuchstaben längst abgefallen waren, hatte die Schrift eine unauslöschliche Spur auf der Mauer hinterlassen. Diese würde erst mit dem völligen Verfall des ganzen Hauses verschwinden.

„Es hätte meine Altersversorgung sein sollen. Damit wird es wohl nichts. Ich kann mir nicht vorstellen, dass irgendwer die alte Ruine noch kaufen will."

Wie immer kicherte sie dann über ihren eigenen Scherz, und der mit seinen langen Haaren tröstete sie wie immer.

„Es ist immer noch ein schönes Hotel. Warum soll es keinen Käufer finden? Du musst ein Inserat aufgeben."

Und wie immer lachte Morrison ihn aus.

„Das ist kein Hotel. Nie gewesen. Es war immer ein Puff! Dort wurde gefickt, du Träumer!“

Ärgerlich wollte der Gemaßregelte sich verteidigen. Er mochte es nicht, wenn man ihn einen Träumer nannte. Da waren sie aber schon bei der Klinik angekommen und bemerkten die dunklen Rauchwolken, die oben im letzten Stockwerk aus den geöffneten Fenstern krochen. Der Brandgeruch von vorhin war also keine Einbildung gewesen und auch keine Metapher für die Vergänglichkeit, sondern die banale Wirklichkeit, die wie immer das letzte Wort haben wollte. Während die beiden Männer betretene Blicke wechselten, blickte Zoey prüfend nach oben und zuckte dann kurz mit den Schultern.

„Das muss das Archiv sein, sonst ist dort oben nichts mehr. Wahrscheinlich hat es der Direktor vor seiner Abreise selbst angesteckt. Okay, es wird niemandem abgehen. Und uns auch nicht.“

Obwohl es in der Anlage viele, ja ungezählt viele Zimmer gab, bewohnten die beiden Freunde nur ein einziges. Mit Vergnügen erzählten sie einander abends von den Gedanken des vergangenen Tages. Ihre Betten standen an gegenüberliegenden Wänden, und so flogen ihre Worte immer quer durch den Raum hin und her. Diesmal aber wollte Jim eine ihn schon lange bedrückende Sorge loswerden.

Jim:

„Was ich dich immer schon einmal fragen wollte … aber du darfst nicht böse werden. Versprochen?“

„Versprochen.“

Jim:

„Also … aber denk dran: nicht böse werden …"
„Ich habe es doch versprochen."
Jim:
„Oft vergisst du, was du versprochen hast …"
„Blödsinn! Ich, vergesse gar nichts."
Jim:
„Darüber wollen wir nicht streiten … Also im Ernst, was ich dich fragen wollte, ist … Gibt es dich eigentlich wirklich?"
Der andere schwieg, als hätte er die Frage nicht verstanden.
Jim:
„Ich meine … manchmal habe ich das Gefühl, dass ich mir dich bloß einbilde … Verstehst du?"
„Nein, das verstehe ich nicht."
Jim:
„Oder dass du mein anderes Ich bist. Mein Schatten. Hast du C. G. Jung gelesen? Der behauptet, jeder Mensch hat einen Schatten in sich …"
„Klar, das gibt's. Hat aber mit uns beiden nichts zu tun. Dein Schatten ist dein Schatten, und ich bin ich. Und du bist du."
Jim:
„Du kannst nicht beweisen, dass es dich gibt."
„Und du kannst es?"
Jim:
„So viele Menschen haben mir zugejubelt. Massen. Da muss doch was dran sein. Oder?"
„Vielleicht hast du dir alle nur eingebildet! So wie mich …"

Jim:

„Na ja … aber so viele können sich doch nicht alle irren …"

„Weißt du was? Es kommt gar nicht darauf an!"

Jim:

„Worauf kommt es nicht an?"

Danach blieb es länger still. Draußen kroch der Mond rund, einfallslos und langsam an den Fenstern vorbei. Dann erst kam eine geflüsterte Antwort herüber zu Jim.

„Auf die Existenz. Auf die kommt es nicht an. Nur das Leben gilt … und wie man es lebt."

Von Jims Seite antwortete bald nur noch das friedliche Geräusch seiner Atemzüge. Und wenig später lag zwischen ihnen nur noch die Finsternis des gemeinsamen Zimmers, friedvoll und ungestört.

So vergingen die Jahre, ohne dass viel geschah, was man sich hätte merken müssen. Rings um die Klinik waren schon vor geraumer Zeit ein paar Felder angelegt worden, auf denen nun Kartoffeln, Mais und verschiedene Gemüsesorten wuchsen. Was damals der therapeutischen Behandlung gedient hatte, versorgte jetzt die drei Alten mit dem Allernotwendigsten des täglichen Lebens. Für alle drei gab es Arbeit in Hülle und Fülle. Im Frühling mussten die frischen Triebe vor dem Frost behütet werden, im Sommer bedurfte es unter der unentwegt brennenden Sonne zusätzlichen Wassers. Wenn alles reifte und geerntet wurde, war der Herbst nah, brachte Wind und Regen, und im Winter hielt man sich im Haus auf oder im Kino. Durch das Loch in der Wand hatte die Kälte freien

Eintritt. In dicke Decken gewickelt, von denen es in der Anlage mehr als genug gab, erwärmten sie sich am Disput über ihre ständig neu erfundenen Filme. Eine Schar Hühner wurde regelmäßig gefüttert. Wie es sich gehörte, legten sie zum Dank täglich Eier ins Nest. Im Herbst wanderten sie nicht ganz so freiwillig in die Pfannen und Töpfe. Im Jahr darauf pickten andere als sie das angebotene Futter und machten alles genau wie ihre Vorgänger.

Ganz in der Nähe hatte Jim einen alten Weinberg entdeckt und zu neuem Leben erweckt. Ein Buch hatte ihm dabei geholfen, das sein Freund in der verstaubten Bibliothek entdeckt hatte und das den Titel „Im Garten des Dionysos“ trug. Es beschrieb mit praktischen Beiträgen die Geschichte des Weinbaus im Laufe der Jahrtausende. Es dauerte nicht allzu lange, bis die ersten Trauben gelesen werden konnten, und bald danach befeuerte der erste Wein die gemeinsamen Gedanken. So feierten sie die großen Feste des Jahres auf ihre eigene Weise. Sie gedachten Christi Geburt im Winter, tanzten zum Erwachen der Natur rituelle Tänze zu Ehren des Dionysos. Und wenn die Nächte wieder länger und die Tage kürzer wurden, gedachten sie gemeinsam ihrer Toten, die sie einst gekannt und geliebt hatten, mit rauchenden Opfergaben. Dazwischen machte der Wanderer lange Wanderungen in die weite Landschaft hinaus und blieb oft tagelang weg. Was er während dieser Zeit dachte und trieb, erzählte er niemandem. Aber manchmal brachte er von diesen Ausflügen kleinere oder auch längere Gedichte mit, von denen er manche in den Abendstunden vortrug. Meist waren sie einfach und heiter, handelten von den vielen verschiedenen Gesichtern der Natur, wie er sie unterwegs immer wieder neu entdeckte. Jim war aufgefallen, dass seine Haare nach längeren Ausflügen stets ein wenig grüner geworden waren, und Zoey nannte ihn dann ihren „verpflanzten Dichter". Das war einer jener Scherze, über die sie alle drei lange lachen konnten.

Als er von einer dieser Wanderungen später noch als sonst üblich zurückkehrte, wurde er von Jim bereits mit großer Aufregung erwartet. Schon von Weitem rief er ihm zu, er möge sich gefälligst beeilen und warum er ausgerechnet dieses Mal so lange ausgeblieben war. Zoey ging es nicht gut. Gewiss, sie war alt geworden, aber doch immer noch um einiges jünger als die beiden Männer. In den letzten Tagen hatte sie eine ungewöhnliche Schwäche befallen, berichtete Jim dem erschrockenen Freund. Zoey wollte keine Nahrung mehr zu sich nehmen und von dem Tee, den Jim ihr dreimal am Tag brachte, hatte sie immer nur ein wenig genippt.

„Wie ein kleiner Vogel."

Da lag sie nun in ihrem Mädchenzimmer unter dem Dach der „Goldmine" und lächelte, als die beiden mit verlegenem Grinsen bei ihr eintraten.

„Was ist denn mit euch los? Ihr macht euch wohl Sorgen, wer euch in den nächsten Monaten das Essen servieren wird. Hab ich recht? Es wird so schlimm nicht werden. Außerdem bilde ich mir ein, euch so manches Nützliches beigebracht zu haben in den vergangenen Jahren. Wozu sonst hätte ich es denn so lange hier ausgehalten? Eure Wäsche könnt ihr selber waschen, und die Zimmer sauber halten, die Hühner füttern. Die Kunst des Kochens kommt mit dem Hunger von allein. Da gehe ich jede Wette ein. Aber jetzt setzt euch doch einmal hin, ihr tragt mir ja den Frieden aus der Kammer mit eurer Zappelei. Ich habe für jeden von euch ein kleines Geschenk vorbereitet."

Da kam Stimmung auf, als wäre schon Weihnachten. Der Wanderer packte die Früchte aus, die er auf seinem Ausflug gesammelt hatte. So nah wie möglich rückten sie zusammen und ließen es sich schmecken. Man konnte ihnen ihre gespannte Neugierde ansehen, und Zoey freute sich darüber. Endlich war es so weit.

„Für dich, Jim, habe ich ein Mikrofon mit einem richtigen Verstärker. Früher, als ich hier anfing, haben Ärzte vor Studenten Vorträge über eure Verrücktheiten gehalten. Die Anlage funktioniert noch immer und sieht aus wie neu. Niemand hat sie seit damals wieder benützt. Sie steht in der Klinik, in der Waschküche. Jetzt gehört sie dir."

Jim sprang auf, um ihr die welken Wangen zu küssen. Verlegen wehrte sie ihn ab und wandte sich rasch an seinen Freund, der vor lauter Vorfreude zu essen aufgehört hatte.

„Und für dich, mein Lieber, habe ich etwas anderes. Du wirst dich an die Zeit nicht mehr erinnern, aber am Beginn deines Aufenthaltes hier hast du unglaublich viel erzählt. Meist wirres Zeug, aber manchmal auch zusammenhängende Gedanken oder Erinnerungen, die du danach wieder vergessen hast. Es war nicht zu unterscheiden, was wirklich war und was geträumt. Und ich habe einiges davon aufgeschrieben. Nur für dich, weil ich dachte, später wirst du es, wenn du willst, erklären, falls du dich wieder erinnerst. Das meiste vergessen wir alle, schnell und gründlich. Aber nur was erinnert wird, bekommt eine zweite Chance. Damals konntest du von null auf hundert sehr zornig werden. Und wer zornig wird, vergisst später oft den Grund. Und als du dann versucht hast, mir den Hals umzudrehen, haben sie mich lange nicht mehr zu dir gelassen. Weißt du noch?"

Der Angesprochene bekam einen roten Kopf und wusste einen Moment lang nicht, wo er seine Hände verstecken sollte. Zuletzt faltete er sie hinter seinem Rücken.

„Umbringen hat er dich wollen? Und ich habe ihn immer für einen Engel auf Erdurlaub gehalten."

Jim hatte vor lauter Überraschung fast die Fassung verloren, und weigerte sich, das zu glauben.

„Es kann nicht sein, dass ich mich so in ihm getäuscht habe!"

„Hast du auch nicht …"

Zoey lächelte und griff nach Jims Hand, um sie zu streicheln.

„Natürlich weiß er es nicht mehr! Aber eine ziemliche Zeit lang durfte er mit niemandem allein bleiben. Und als ich dann wieder zu ihm kam, hatte er mich und alles, was geschehen war, längst vergessen."

Der, um den es da ging, saß mit rotem Kopf da und schämte sich. Fassungslos über all das Fremde in ihm, das er vergessen hatte. Aus Zoeys Stimme sprach das Mitgefühl von damals, das sie bis heute nicht verloren hatte.

„Und erzählt hattest du danach lange nichts mehr. Warst in ein dumpfes Schweigeloch gefallen. Deshalb habe ich dir das Heft, das ich für dich geschrieben hatte, damals nicht gegeben, sondern aufgehoben. Da, ich hab es unter dem Kopfkissen versteckt. Damit du es in jedem Fall findest …"

Mit einiger Anstrengung brachte sie es zum Vorschein. *Andenken – aufgezeichnet von Zoey* stand vorne in großen Buchstaben zu lesen. Er starrte das Heft an und fürchtete sich, danach zu greifen. Jim nahm es und legte es ihm auf den Schoß. Wieder lächelte Zoey ihn dankbar an.

„Ich trage dir nichts nach, wirklich nicht. Aber eigentlich hat uns erst Jim wieder so richtig zusammengebracht. Damals, als er zu uns kam. Stimmt's, Jimmy? Unser großer Star, Jim, mit seiner Glatze, für die er sich so furchtbar geschämt hat. Ist doch so, Jimmy! Du brauchst nicht auch noch rot zu werden! Du warst ein bisschen verrückt und sehr arm zugleich. Ich habe gelernt, damit zurechtzukommen, und das hat dir gefallen. Und dann hast du mich verführt. Jetzt brauchst du dich nicht mehr zu schämen. Für nichts. Alles war gut und schön, was zwischen uns passiert ist. Etwas habe ich dir damals allerdings nie gesagt, weil ich mich geschämt hatte. Jetzt aber kann auch ich sagen, wofür."

Dann nahm sie einen Anlauf.

„Jimmy, du warst mein erster Liebhaber. Und mein letzter auch."

Mit dem Versuch, über diese Beichte zu lachen, blieb sie allein. Jim blätterte in dem kleinen Heft, um seine Verlegenheit zu verbergen. Und der andere ließ seine Blicke zwischen Jim und Zoey hin und her pendeln.

„Ihr beide? Aber …"

Er verschluckte sich und begann das erste Mal seit Langem wieder zu stottern.

Jim war, wenn das überhaupt möglich war, noch verlegener. Keiner der Männer fand ein passendes Wort. Stille breitete sich zwischen den dreien aus, viele Minuten lang. Bis Zoey, auf deren Gesicht kleine rötliche Flecken erschienen waren, wieder zu sprechen begann.

„Und noch etwas wollte ich sagen. Euch beiden. Damit ihr nicht eventuell traurig werdet, wenn alles vorbei ist. Okay?"

Wieder entstand eine kleine Pause. Niemand nickte, trotzdem sprach sie endlich weiter.

„Nichts ist wirklich vorbei. Nichts. Wir sind doch alle, jeder für sich, ohnehin und immer nur ein kleiner Teil von einem Ganzem, das wir viel zu wenig kennen. Von Geburt an sind wir das und lernen zu wenig dazu. Allerdings müssen wir das erst begreifen und an uns selbst erfahren. Wir sind nur ein Teil, ein Teilchen, das aber trotzdem auch das Ganze in sich trägt. Man muss es pflegen und schützen, ungefähr wie die Pflanze den Samen schützt und pflegt. Von diesem Ganzen verstehen wir nur das Wenigste. So sehr wir uns auch bemühen. Zu mehr reicht unsere Zeit einfach nicht. Deshalb bleiben wir immer nur Teilchen. Einige wenige versuchen, vom umgreifenden Ganzen etwas zu erzählen, wenn sie Glück haben. Aber es gibt zu wenig von ihnen, und deshalb entsteht überall diese unruhige Betriebsamkeit, die uns immer weitertreibt. Manche halten das für Energie. Sie irren sich. Wenn wir uns dieser Täuschung überlassen, treibt sie uns in einen friedlosen Tod. Das Gegenteil des Todes ist aber nicht die Unruhe, nicht dieses hektische, sogenannte

Leben, sondern die Ruhe. Die Ruhe, die weiß, dass sie ein Teil der großen Ruhe ist, die vom Ganzen spricht, das wir im Leben nicht erreichen können …"

In den Ohren der Männer klang das wie eine Predigt, die sie respektvoll zu ertragen versuchten, obwohl sie gerne von etwas anderem gesprochen hätten. Unten zappelten ihre Beine, oben machten sie feierliche Gesichter. Beides zusammen brachte Zoey zum Lachen.

„Wisst ihr, woher ich das weiß? Von euch beiden habe ich das gelernt. Weil ihr alles durcheinanderbringt, aber auch wie zufällig manches richtig macht. Und keiner kann mehr sein als ein Teil! Mit dem Tod kehrt jeder ins Ganze zurück. Wenn euch das nicht passt, so bedenkt eines: Sterben ist jedenfalls viel besser als in alle Ewigkeit dieses zufällige, eingebildete Ich zu bleiben. Oder? Mit dem kann keiner auf Dauer je glücklich werden, weil es einfach viel zu beschränkt ist. Stellt euch doch nur einmal so ein endloses Leben vor: Ewig mit euren mickrigen Banalitäten leben müssen. Ewig mit diesen Schwächen und Blödheiten. Das wäre wahrhaft zu viel des Elends. Macht keine so dummen Gesichter. Ich habe vor dem Sterben keine Angst, und ihr solltet auch keine haben, wenn es einmal so weit sein sollte. Was gut und wichtig, was groß und schön an uns war, bleibt, und zwar notwendigerweise. Eben weil es gut, wichtig, schön und groß ist, gehört es zu den Dingen, die bleiben müssen, weil sie zum Ganzen gehören."

Sie hatte geredet und geredet und wurde nicht fertig. Ihre Backen hatten sich noch einmal mit Begeisterung belebt. So fand sie kein Ende. Aber das Ende fand sie.

Ab da ging alles ganz schnell. Zuerst verschwand das Rot aus ihren Wangen, schneller noch, als es dort erschienen war. Dann öffnete sich ihr Mund. Sie hob ihren Brustkorb und bekam doch zu wenig Luft, um noch etwas zu sagen. Leer sank der Brustkorb zurück. Und dann war es auf einmal aus mit ihr.

Als sie Zoey zwei Tage später in einer Kiste, die sie beide recht und schlecht zusammengezimmert hatten, in der Nähe des Kinos begruben, beschien die Sonne einen herrlichen Spätsommertag. Jim hatte die elektrische Anlage herausgetragen und trug ein Lied vor, das er eigens für diesen Anlass geschrieben und komponiert hatte, während der andere dazu leise ein paar Scherze auf dem Klavier improvisierte. Jim aber sang wie in alten Zeiten und zwischendurch küsste er verzückt sein neues Mikrofon.

Science of night:
Earth Air Fire Water
Mother Father Sons & Daughters
Airplane in the starry night
First fright
Forest follows free
I love thee
Watch how I love thee

Was jedoch Zoey und alle anderen völlig vergessen hatten, war, dass es in der ganzen Siedlung keinen elektrischen Strom mehr gab. Die Leitungen quer über das Land waren nur noch für die Vögel nützlich, die dort rasteten, bevor sie dem Winter nach Süden hin entflohen. Es war also nicht viel zu hören gewesen von Jims Gesang. Aber das störte keinen.

Danach schaufelten sie das Grab wieder zu. Übrig blieb ein kleiner Hügel, auf den sie ein paar Blumen streuten. Rundum die weite Landschaft lag so ruhig da, wie beide sie noch nie erlebt hatten. Und so leer. Hinter dem Horizont stand der Dunst, dort musste das Meer liegen, das den Westen vom Osten trennt. Oder umgekehrt. Die Straßen verliefen im Sand oder waren von Sprüngen durchzogen, aus denen wilde Rosenbüsche wuchsen, die niemand gepflanzt hatte.

„So wird die Welt vielleicht einmal aussehen, wenn es keine Menschen mehr auf ihr gibt. Nach dem Atomkrieg, nach der Klimakatastrophe, oder einfach so, wenn alles vorbei ist. Platz genug für die Götter, um zurückzukehren."

„Glaubst du wirklich, da kommt jemand?"

„Wer kann das wissen? Zumindest wird ihnen niemand mehr von uns dazwischenfunken."

Gemeinsam räumten sie die nutzlose Anlage weg und verstauten sie im Kino. Dann standen sie einander gegenüber. Jim streckte dem anderen seine Hand entgegen. Dieser brach als Erster das Schweigen, das sie zu trennen begann.

„Was wirst du als Nächstes machen?"

„Ich werde nach Venice zurückgehen. Dorthin, wohin der Dunst mir die Richtung weist. Dort werde ich eine Weile am Strand leben, die Wellen zählen, mich dazulegen, wie damals, als alles anfing. Und du?"

„Ich möchte auch gerne nach Hause. In die alte Heimat."

Statt zu erklären, was er dort treiben würde, deutete er bloß in die entgegengesetzte Richtung.

„Die liegt auf der anderen Seite."

„Break on through to the other side!"

Jim begann dann tatsächlich noch einmal diesen Song für seinen Freund zu singen. Und der schlug mit einem trockenen Ast den Takt dazu.

Am Ende lachten sie beide noch einmal, leise und ausdauernd. Dazu schüttelten sie einander die Hände, als wollten sie nicht mehr aufhören.

„Bravo", prustete der eine.

„Du bist eben doch ein Popstar. Stimmt's?"

„Der Größte von allen."

Der andere.

„Mindestens!"

Sie umarmten einander nicht mehr. Gleichzeitig waren sie losgegangen, in verschiedene Richtungen. Der eine nach Westen, der andere nach Osten. Und je länger sie gingen, je weiter sie sich voneinander entfernten, desto stärker kam das Lachen wieder, das sie voneinander gelernt hatten. Obwohl sie sich nicht umdrehten, um zurückzuschauen, wussten sie doch, dass es ihnen beiden so ging und dass sie das gleiche Ziel vor Augen hatten. Irgendwann einmal wieder zusammenzukommen. Dann aber

Bonustrack

Für alle, die manches genauer wissen wollen.
Die anderen können das Buch jetzt zuklappen.

Der Fall Jim Morrison, 1968. Am Rande einer Revolution, die dann gar nicht stattfand, wurde ein exzentrischer Jüngling wie ein Komet in den Rock- und Pophimmel einer neuen Generation geschleudert. Der ständig steigende Marktwert des Kultstars weckte das Misstrauen der Moralwächter, und der Arm des Gesetzes griff ihm brutal in die gelockten Haare. Im Alter von siebenundzwanzig Jahren endete sein Aufstieg so jäh, wie er begonnen hatte. Endete in einem Albtraum, und sein bisheriges Leben erschien ihm nur noch wie ein Flickwerk fremder Versatzstücke, unzusammenhängend und sinnlos. Was ein Film hätte werden sollen – oder wenigstens ein Roman – war nichts als Kolportage geworden. Jetzt aber

Wenn ich zurückschaue
Auf mein Leben
Fallen mir Postkarten ein
Verblichene Schnappschüsse
Verblasste Poster
Aus einer Zeit, die mir entfallen ist.

Statt in die vorbereitete Badewanne zu sinken, um in ihr sein unrühmliches Ende zu finden, hätte er zögern müssen. Tönte da nicht aus den verfliesten Wänden wie ein Echo seiner eigenen, eine fremde Stimme?

Was bleibt aber, stiften die Dichter.

Was sollte das heißen? Muss etwas geschrieben sein, um zu gelten?

Suchend blickte er um sich. Da war aber nichts. Trotzdem, sein Herz zitterte warnend. Er stieg also nicht ins warme Bad, sondern hockte sich eilig an einen Tisch und begann zu schreiben, während das Wasser langsam auskühlte. Wie besessen von den eigenen Worten, schrieb er immer weiter, sprach aus, was bisher ungesagt geblieben war in seinem kurzen Leben.

Auf diese Weise hätte er gerettet werden können. Und sein Leben hätte sich als Märchen erzählen lassen, in dem das Wünschen noch geholfen hat.

„Und wenn sie nicht gestorben sind …"

Was er sich dann gewünscht hätte, hatte er längst und deutlich genug früher einmal schon ausgesprochen.

Augenblick innerer Freiheit/
wenn der Geist sich öffnet & das
unendliche Universum sich offenbart
& die Seele frei ist
benommen & verwirrt zu wandern
und hier & da Lehrer & Freunde zu suchen

Wenn Freiheit für Menschen möglich war, warum nicht auch für Jim Morrison? Weil sein Vater Karriere bei den US-Marines gemacht hatte? Damals befehligte er als Admiral einen Flugzeugträger, kreuzte über die Weltmeere und brachte den *American way of life* in die Urwälder Vietnams. Als Jim zwölf Jahre wurde, musste er sich ans Steuer des Kriegsschiffs stellen und sich fotografieren lassen. Ängstlich schaut der Junge aus dem Bild heraus. Seine Haare trug er so kurzgeschoren wie der Vater.

Lehrer und Vorbilder für eine mögliche Freiheit hatte er in seinem kurzen Leben immer wieder gesucht und manchmal auch gefunden. Am ehesten in Büchern und in Filmen. Gerne wäre er Regisseur geworden oder Autor. Am liebsten beides. Eine Welt erschaffen, in der ein Mensch zu Hause sein kann. Bis es so weit war, suchte er Worte und baute mit ihnen manches zusammen, wie es andere Kinder mit ihren Bauklötzen machten.

Augenblick der Freiheit
wenn der Gefangene
in die Sonne blinzelt
wie ein Maulwurf
aus seinem Loch
1. Ausflug eines Kindes
fort von daheim
Jener Augenblick der Freiheit.

Wer wie ein Gefangener nur die Dunkelheit kennt, für den ist jedes Licht ein Wunder, das er nicht beschreiben kann. Trotzdem fehlt dem Gefangenem, auch wenn er dann durchgebrochen ist zur anderen Seite, wie dem Maulwurf, die Sprache. Die muss er erst lernen. Die Sprache, jene Fragen zu stellen, auf die man im Finstern und allein nicht kommt. Unmögliche Fragen nach unmöglichen Dingen. Fragen, welche liegen geblieben sind, und von denen es so viele gibt.

Hast du jemals Gott geschaut?

Jim nannte es Gott und meinte das Licht, in dem alles erscheint. Das alles machte ihm Angst. Er war die Dunkelheit gewohnt.

Die anderen Maulwürfe krochen zurück ins Dunkle. Jim suchte die Freunde. Wühlte die Erde auf. Ganz unten, wo die Fundamente der großen Städte aufruhen, suchte er die Gefährten, wühlte tiefer und rief nach ihnen. Dort unten war es finster, aber er hörte sie graben, fressen und wie sie sich vermehrten. Damit man auch ihn hörte, begann er endlich zu singen. Dann jubelten sie, johlten oder lachten laut. Und er trank, um es auszuhalten. Die Fragen konnte er nicht vergessen.

Gott,
Ein Mandala. Ein symmetrischer Engel.
Gefühlt? Ja. Vögelnd. Die Sonne.
Gehört? Musik. Stimmen.
Berührt? Ein Tier. Deine Hand.
Geschmeckt? Rohes Fleisch, Mais, Wasser
& Wein.

Wo das Licht gesehen wurde, wo menschlich gelebt und empfunden wurde, wo es Freunde gab, da fand Morrison etwas, das er seinen Gott nannte. Sein Gott war ein sehr irdischer Gott. Einer, der sich nicht entzog, sondern sich ständig verwandelte. Der dort war, wo ihn niemand vermutete. Jim erkannte ihn am wachsenden Leben, am zunehmenden Licht. Überall, wo das Licht fehlte, oder die Musik schwieg, wo kein Gegenüber zu finden war, wartete der Tod, der ihn erschreckte und faszinierte zugleich, schon als Jüngling, wenn die Liebe verging und

Alles Menschliche
verschwindet
aus ihrem Gesicht

Bald wird sie versinken
Im stillen pflanzlichen
Morast

Bleib!
Meine wilde Liebe

Von solchen Gegensätzen wurde Morrison angetrieben. Zwischen Gewalt und Überschwang fand er keine Ruhe. Wo auch? Falsche Freunde verführten ihn. Menschen, die in ihm nur die Berühmtheit, den Popstar, sahen, und mit denen er die Nächte versoff, weil sie über ihn lachten und es ihm leicht machten. Seine Sehnsucht stand bloß noch auf den Papieren, die er heimlich vollschrieb. Manchmal schwieg er einfach. Wollte mit Wenigem, Einfachem zufrieden sein.

EIN MOMENT LEBEN
Jäh fliegen Vögel auf
Tagesanbruch
Sonne streichelt die Mauern

Ein alter Mann verlässt das Casino
Ein junger Mann bleibt lesend stehen
Auf dem Pfad zum Garten
Wenn der Schriftsteller schreiben &
der Farmer säen kann
Dann treffen alle Wunder aufeinander
erscheinen & geschehen
Wenn die Kinder essen, wenn sie
gen Mitternacht
weinten …
wenn Sonne Wein macht
& Blut gefährlich tanzt
in den Adern oder Reben

Er sang seine Songs und begrub die anderen Träume für diesen einen. Machte keine Filme. Schrieb keine Gedichte mehr. Machte nicht ernst mit sich und seinem Leben. Und doch war, was er tat, ein Anfang für viele. Wer die Hände in Farbe tauchte und gegen die Wand der Höhle drückte, in der er Unterschlupf gefunden hatte, zeigte immerhin, dass er da gewesen war. Sobald sich Menschen als Menschen erkannten, erschien Kunst. So waren seine Songs Abdrücke seines suchenden Lebens. Andere wollten nicht suchen, sondern finden. Besser noch, immer schon gefunden haben. Da wurden die Höhlen zugemauert. Unter solchen war er allein.

Warum trinke ich?
Damit ich Gedichte schreiben kann.
Manchmal, wenn sich alles dreht

und alles Hässliche in tiefen Schlaf
verfällt
Kommt eine Erleuchtung
und alles Verbliebene ist wahr.
Je mehr der Körper zerstört wird
desto stärker wird der Geist.
Verzeih mir Vater, denn ich weiß
was ich tue.
Ich möchte das letzte Gedicht
des letzten Dichters hören.

Die Stimme, die Morrison suchte, hätte es geben können. Den letzten Dichter, den er hören wollte, den gab es in Wirklichkeit, aber es gab ihn nicht für Jim. Als Jim zur Welt kam, war jener schon hundert Jahre tot. Für Jim konnte dieser letzte Dichter nur ein Märchen sein, in welchem dieser ihm erschien als ein Lehrer. Die Rettung Jims vor der todbringenden Badewanne ließe sich nur als ein solches Märchen erzählen. Aber wenn sie erzählt werden konnte, wäre sie auch möglich gewesen.

Es gab einen solchen Freund, dem die reißende Zeit zuletzt jene Sprache geraubt hatte, nach der Jim so vergeblich gesucht hatte. Jim hatte sich an sein Gesicht erinnern können, weil es existierte. Auf Bildern lebt es fort. Aber Bilder sind stumm, höchstens, dass sie ihre Botschaft gestottert wiedergeben könnten. Dieser letzte Dichter hatte den Nachtgeist, den die reißende Zeit losgelassen hatte, als seinen und unser aller Feind erkannt.

[...] der hat unser Land beschwätzet, mit Sprachen viel, unbändigen, und den Schutt gewälzet, bis diese Stunde.

Der Nachtgeist ist das Gerede derer, die nur an das Nützliche glauben. Die nicht zuhören wollen und lieber die Ohren verschließen. Deshalb fragte sich der letzte Dichter. Wozu? Wozu noch?

So zu harren, und was zu tun indes und zu sagen, weiß ich nicht und wozu Dichter in dürftiger Zeit.

So hatte er gesprochen, der Dichter, mehr als hundertfünfzig Jahre vor Morrisons Geburt. Damals, als man das Bild von ihm gezeichnet hat, an das sich Jim märchenhafterweise erinnern hatte können, hatte der den Kampf gegen den Nachtgeist verloren. Aber aufgegeben hatte er sich trotzdem nicht, bis zuletzt nicht.

In diesem Freund hatte Jim das Vorbild erkennen können, und deshalb hat Jim ihm einen Namen gegeben, zum eigenen Gebrauch. Jeder Mensch benützt Namen, um sich wichtige, unvergleichliche Sachen zu merken.

Hölderlin und Morrison, als wären sie einander wirklich begegnet, über den Abgrund von Jahrhunderten. Im Märchen ist das möglich. Nein, niemals wäre das möglich gewesen, entgegnet der rechnende Geist, um sie für immer zu trennen.

Jim hatte auf diesen Einwand eine treffliche Antwort bereit.

- Was ist Verbindung?
- Wenn 2 Bewegungen, die man
  für unendlich & einander
  ausschließend hält, sich in einemAugenblick treffen
- Der Zeit?
- Ja.

- Zeit existiert nicht.
  Es gibt keine Zeit.
- Zeit ist ein künstlicher Garten.

Dass es keine Zeit gibt, haben die Leute mit den guten Gründen und dem strengen Denken auch schon erkannt. So können wir ruhigen Gewissens dem Dialog der beiden Toten – sind sie es dann genau genommen überhaupt? – weiterhin folgen. Sie sind ja weder leblos noch vergangen, so lange wir ihrer gedenken. Überdies gibt es mehrere Verbindungen zwischen ihnen. Beide Dichter, der Schüler und der Lehrer, haben den Höhepunkt und die zugehörige Katastrophe ihres Lebens sehr früh erreicht. Morrison mit 27, als er sich von der Welt der Bühne zurückzog, um in Paris seine Gedichte zu schreiben. Hölderlin verfiel ein wenig später, zerrissen von seiner leidenschaftlichen Suche nach einem Weg für sein Werk, in eine von den Zeitgenossen so genannte Umnachtung, aus der er sich für die damaligen Beobachter scheinbar nicht mehr retten konnte – oder wollte. Beide scheinen sie ihr dramatisches Schicksal sogar begrüßt und es in gewisser Weise auch selbst befördert zu haben. Gleichsam als letztes Siegel für das Echte ihres Bemühens oder ihrer Berufung. Morrison beschrieb den Dichter, der er selbst gerne gewesen wäre, als einen modernen Prometheus, der den Göttern das Feuer stiehlt und dafür von ihnen bestraft wird.

Hölderlin hatte die Gefahr einer zu großen Annäherung an das Göttliche früh erkannt. Dieses Göttliche bestand für ihn vor allem aus den in der Natur wirksam gewordenen Kräften, die um uns herum und in uns alles hervorbringen. Die Aufgabe des Dichters bestand darin, diese Kräfte zu fassen, zu erfassen, das heißt aber vor allem, ihr Schweigen in eine Botschaft zu übersetzen, damit wir sie verstehen und uns ein Bild von ihnen machen können. Der Dichter war daran zu erkennen, dass er im Göttlichen nicht verbrennt.

Doch uns gebührt es, unter Gottes Gewittern, Ihr Dichter! mit entblößtem Haupte zu stehen, des Vaters Strahl, ihn selbst, mit eigner Hand zu fassen und dem Volk ins Lied gehüllt die himmlische Gabe zu reichen.

Aber beide, er und Morrison, mussten am eigenen Leib fühlen, dass dieser Vorsatz, ihre tiefste Aufgabe, mit dem Leben, zumindest mit dem, was man etwas leichtfertig das Leben des normalen Menschen nennt, nicht vereinbar war. Die Widersprüche zwischen wirtschaftlichen Interessen, alten Gewohnheiten und den Ansprüchen des allzu Neuen zerrieben den, der es wagte, sich zwischen die verfeindeten Fronten zu stellen. Kurz vor seinem Absturz musste Hölderlin es am eigenen Leib zu fühlen bekommen.

Das gewaltige Element, das Feuer des Himmels und die Stille der Menschen, [...] hat mich beständig ergriffen, und wie man Helden nachspricht, kann ich wohl sagen, dass mich Apollo geschlagen!

Wer Apollo ist, wissen wir heute nur mehr aus den alten Sagen, aber mit der gleichnamigen Raumfahrtinitiative der NASA hatte er wenig zu tun. Von ihm geschlagen zu werden war aber in jeder Zeit das Schicksal jener Menschen, die aufs Ganze gingen. „Hybris", nannten die Alten das. Die Gefahr, die auf solche lauerte, war der Preis, den sie zahlten, um uns, die wir in Ruhe ein Buch in die Hand nehmen oder einem Konzert lauschen, die „andere Seite" erleben zu lassen. Weil diese zum Leben gehört, zu jedem Leben, und es zugleich – hier wäre der Ausdruck „naturgemäß" einmal angebracht – auch bedroht.

Hölderlin und Morrison liefen nicht blind in ihr Schicksal. Sie haben von Anfang an gewusst, was sie riskierten, wenn sie es wagten, den Göttern das Feuer zu stehlen, und haben trotzdem, wie einst Prometheus, weitergemacht. Jim Morrison hatte sich die alternativen Möglichkeiten dieser Gefährdung auf einem kleinen Zettel notiert. Seiner Einschätzung nach gab es in dieser Hinsicht nur drei Arten von Menschen:

Die, die auf den Tod zurasen
Die, die warten
Die, die sich Sorgen machen

Es ist wohl keine Frage, zu welcher Gruppe er sich selbst – und auch Hölderlin, wenn er ihn denn gekannt hatte – hinzugezählt hätte. Einmal auf der anderen Seite angekommen, wurde ohnehin nicht mehr gezählt. Stattdessen zeigte sich dort vieles, was sich auf unserer Seite gar nicht aussprechen ließ. Jim hat manches ausgesprochen, von dem die sogenannten normalen Menschen lieber schweigen. Auch die Rede von Gott war ihm geläufig, wenn auch auf ausgesprochen alternative Weise. Und Hölderlin stand ihm in dieser Hinsicht nicht nach. Beide redeten von Gott als von etwas Hiesigem. Wo sonst als in der Natur und in uns, die wir aus ihr kommen, sollte Er sich auch sonst rumtreiben? Er, der Vater der Zeit.

Was ist Gott?

So einfach wie Hölderlin sich die Frage stellte, so einfach war auch seine Antwort.

Unbekannt, dennoch voll Eigenschaften ist das Angesicht des Himmels von Ihm!

Seine Anwesenheit fühlten sie beide hautnah, sie war zu sehen und mit Händen und allen Sinnen zu ergreifen. Aber Er will gesucht sein, überall.

Alles prüfe der Mensch, sagen die Himmlischen, dass er, kräftig genährt, danken für alles lern' und verstehe die Freiheit, aufzubrechen, wohin er will.

Diesem Vorsatz ist Hölderlin zeitlebens gefolgt, und einiges deutet darauf hin, dass er sein Ziel spät erreicht hat. Im Scheitern seiner kühnsten Pläne fand er zuletzt einen Frieden, in dem er die Krankheit und wohl auch den Tod überlebte. Auf der sichtbaren Ebene unseres heutigen Lebens geht es naturgemäß banaler zu. Das Bekenntnis zum Risiko war stets auch Eingeständnis einer Schwäche, die anders nicht zu beseitigen war, als durch einen Sprung ins Leere, Ungesicherte, in der man als Schwächerer geringe Chancen hatte. Das war Jims Weg.

Elvis hatte, was Sex betrifft,
mit 19 eine reife Stimme.
Meine eigene ist immer noch das
näselnde Winseln eines

unterdrückten Halbwüchsigen
minderwertiges Gequiek & Geschrei.
Ein interessanter Sänger,
bestenfalls – eine Lachnummer
oder ein Schmachbolzen. Nichts
dazwischen.

Das Nichts war immer um ihn, als Versuchung und als Versuch.

Aber auch ein Dichter wie Hölderlin musste seine Übertreibung und Fehlgriffe eingestehen. Wie Jim fand auch er sein *Maaß* nicht. Dann kritzelte er wild und quer über die ganze Seite seines Heftes:

WIE – KANN – ICH – SAGEN

… und auf dem nächsten Blatt steht in beruhigter, wenn auch immer noch zittriger Schrift:

Schweigen müssen wir oft; es fehlen heilige Namen. Herzen schlagen und doch bleibt die Rede zurück?

Diese stets wache Unzufriedenheit mit sich selbst war das wichtigste Erkennungszeichen für den Einsatz, den einer wagte, und für die Richtung, die er nehmen wollte. Im wachen Gefühl eines möglichen Versagens angesichts der Ansprüche der Welt, des Himmels oder welche Namen man der zielsetzenden Instanz sonst geben mochte, erkannte der von ähnlichen Sorgen verfolgte Morrison zuletzt die Ursache für seine eigene, immer wiederkehrende Todessehnsucht:

WARUM DIE SEHNSUCHT NACH DEM TOD?
Ein sauberes Papier oder eine reine

weiße Wand. Eine falsche
Zeile, ein Strich, ein Fehler.
Unauslöschlich. Darum verbirg ihn
durch Hinzufügung einer Million anderer
Zeichen, vertusche ihn,
verdecke ihn.
Aber der ursprüngliche Strich
bleibt, geschrieben in
goldenem Blut, glänzend.
wie die Sehnsucht nach einem vollkommenen Leben.

Die Sehnsucht nach einem vollkommenen Leben verband die beiden am innigsten. Hätte sie am innigsten verbinden können. Wenn Hölderlin Jims leibhaftiger Freund hätte sein können, dann hätte der Ältere den Jungen schulterklopfend an seiner eigenen Erfahrung teilnehmen lassen.

Sorgen, wie diese, muss, gern oder nicht, in der Seele tragen ein Sänger und oft, aber die anderen nicht. Aber ein Saitenspiel leiht jeder Stunde die Töne, und erfreuet vielleicht Himmlische, welche sich nahn.

Immer war und bleibt die Kunst ein Wagnis. Mit ironischem Sarkasmus hatte Morrison sich zu wappnen versucht. Wie man weiß, vergeblich.

Werke im Angesicht der Leere zu schaffen
Gestalt und Identität zu gewinnen
sich über die Herde zu erheben
Öffentliche Gunst
Öffentlicher Eifer

- selbst der verbitterte Dichteridiot ist ein Clown
der allabendlich die Bühne betritt.

Was diese Menschen in jene kaum erträgliche Spannung versetzen musste, vor der es kein Ausweichen gab, war der krasse Unterschied zwischen dem Möglichen und dem Erträumten, zwischen dem Endlichen und dem Unendlichen. Der Sieger stand ja jeweils von allem Anfang an fest. Um trotzdem weiterzumachen und auszuhalten, war ein fast kindlich optimistischer Glaube nötig, den der reale, sonst oft auch zynische Morrison auf sehr kindliche Weise so ausgesprochen hat:

Es gibt einen Glauben unter den
Menschenkindern, der besagt
Alles wird gut gehen.
Such weiter Mensch, ruhiger Retter
Gott sei mit dir & verzeih dir
Morgenstern, duftende
Wiese Person Frau

Um diesen naiven Mut zu behalten, hätte es eines Vertrauens bedurft, das frühere Zeiten *Gottvertrauen* genannt hätten. Auch wenn dieses heute altmodisch anmutet, sollte es geschützt werden, wie eine zarte Blüte, wenn die frostigeren Nächte nahen. Und erinnert dieser Gedanke Morrisons nicht trotz seines lakonischen Tons an eine der feierlichsten Stellen in Hölderlins Hymne *Patmos*, die dem Leben und eben auch dem Tod des Jesus Christus gewidmet war?

[...] nie genug hatt' er von Güte zu sagen der Worte, damals, und zu erheitern, da ers sahe, das Zürnen der Welt. Denn alles ist gut. Drauf starb er.

Vieles wäre zu sagen davon.

Das mag nun am Ende stehen bleiben, am Ausgang dieses Streifzugs durch die Felder des Lebens und Dichtens von zwei Menschen, die einander nie begegnet sind. Angeblich. Aber was weiß man davon? Wenig.

Alle Original-Zitate von Jim Morrison auf diesem
„Bonustrack" stammen aus
WILDERNESS
First Vintage Books Edition,
Dezember 1989
(Übersetzung J. K.)

Ebenfalls von Jürgen Kaizik im Braumüller Verlag erschienen:

Die Schatten Hölderlins
400 Seiten | Hardcover mit Schutzumschlag
€ 22,90 | ISBN 978-3-99200-008-1

Die Zukunft der Gottesanbeterin
292 Seiten | Hardcover mit Schutzumschlag
€ 21,90 | ISBN 978-3-99200-145-3

Musils Mörder
160 Seiten | Halbleinen
€ 18 | ISBN 978-3-99200-170-5

Liber Gott
216 Seiten | Hardcover mit Schutzumschlag
€ 20 | ISBN 978-3-99100-199-7